JN072169

科学歳時記

寺田寅彦

角川文庫
22188

目次

病室の花

発病する四、五日前、三越《みつこし》へ行ったついでに、ベコニアの小さい鉢を一つ買ってきた。書斎の机の上へ書架と並べておいて、毎夜電灯の光で眺めながら、暇があったらこれも一つ写生しておきたいと思っていたが、つい果たさずに入院するようになった。

入院の日に妻がいろいろの道具と一緒にこの鉢を持ってきた、そして寝台のすぐ横にある大理石を張った薬瓶台の上に載せた。灰色の壁と純白な窓掛とで囲まれたきりで、色彩といえばただ鈍い紅殻塗《べんがらぬり》の戸棚と、寝台の頭部に光る真鍮《しんちゅう》の金具のほかには何もない、陰鬱《いんうつ》に冷たい病室が急に温く賑《にぎや》かになった。宝石で作ったような真紅の蕾《つぼみ》と天鵞絨《ビロード》のようにつやのある緑の葉とを、臥《ね》ながら灰色の壁に投射してみると全く眼のさめるように美しかった。

いつでも思う事ではあるが、いかに精巧をきわめた造花でも、これを天然の花に比べては、到底比較にならぬほど粗雑なものである。いつかアメリカのどこかの博物館で、有名な製作者の造ったという硝子《ガラス》の花を見たが、それも天然の花に比べてはまるで話にならぬほどつまらない、しかも厭《いや》な感じのするものであった。このような差別の根原はいったいどこにあるだろう。色彩や形態に関するあらゆる抽象的な概念や言葉を標準にして比較すれば造花と生花の外形上の区別は非常に困難な不得要領なものになってしまう。「一方は死んでいるが他方は生きている」という人があるかもしれない。しかしそれはただ一つの疑問を他の言葉で置き換えたにすぎない。実際の明白な区別は、やはり両者を顕微鏡で検査してみて始めて分るのではあるまいか。一方はただ不規則な乾燥したそして簡単な繊維の集合か、あるいは不規則な凹凸のある無晶体の塊《かたまり》であるのに、他方は複雑に、しかも規則正しい細胞の有機的な団体である。美しいものと、これに似た美しくないものとの差別には、いつでもこのような、人間普通の感覚の範囲外にある微妙な点があるのではあるまいか。人間でも意識の奥に隠れた自己といったようなものが、その人柄の美しさを決定する要素ではあるまいか。こんな事を考えながらベコニアの花をしみじみ見つめていると、薄弱な自分の肉眼の力ですら、花弁の細胞の一つ一つから出る生命の輝きを認めるような気もする。

入院の翌日A君が菜の花を一束持ってきてくれた。適当な花瓶がなかったからしばらく金盥《かなだらい》へ入れておいた。室咲きであるせいか、あの雲雀《ひばり》の声を思わせるような強い香がなかった。間もなく宅から持ってきた花瓶にそれをさして、室の隅の洗面台にのせた。同じ日に甥《おい》のNが西洋種の蘭の鉢を持ってきてくれた。代赭色《たいしゃいろ》の小鉢に盛り上がった水苔《みずごけ》から、青竹篦《あおたけべら》のような厚い幅のある葉が数葉、対称的に左右に拡がって、その真中に一輪の花がややうなだれて立っている。大部分はただ緑色で、それに濃い紫の刷毛眼《はけめ》を引いた花冠は、普通の意味ではあまり美しいものではないが、しかしその代りにきわめて品のいい静かに落ち着いた美しさがあった。これを、花やかに美しい、例えばお伽噺《とぎばなし》の王女のようなベコニアと並べてみた時には、ちょうど重々しく沈《ちん》鬱《うつ》なしかも若く美しい公子でも見るような気がした。花冠の下半に垂れた袋のような弁の上にかぶさるようになった一片の弁は、いつか上に向き直って袋の口を開くだろうと思っていたが、とうとういつまでも開かなかった。

そのうちにT君夫妻がまた大きなベコニアの鉢を持ってきてくれた。それは宅から持ってきたのに比べて数倍大きく見事なものであった。この花が来てみると今まであったベコニアは急に見すぼらしい見る影もないものになってしまった。宅のは花の色ももう実際にいくらか薄くなったのだろう、これに較べてみると今度のは全く眼のさめるように鮮かであった。古い方のは室の隅の洗面台の上にやってしまって、この新しいベコニアを枕元に飽かず眺めた。しかし不思議な事には蘭の淋《さび》しい花はこれに比べてもちっとも見劣りがしないのみか、かえって今までよりも強くこの花の特徴を主張するかと思われた。古い小さいベコニアはそれでも捨てるのは惜しかった。自分は時々頭をねじ向けて洗面台の上に眼をやって、花も葉も日々に色の褪《あ》せていく哀れな鉢を見ないではいられなかった。淋しい花瓶の菜の花もそのたびに淡いあわれの情趣を誘うた。

今度はI君がサイクラメンとポインセチアを届けてくれた。ポインセチアはこれまで花屋で見かけた事はあるが、名はそれまでは知らなかった。もらった鉢に挿してある木札で始めて知った。薬瓶台に載せて始めてよく見ると、葉鶏頭に似た樹冠の燃えるような朱赤色はじつに強い色である、どうしても熱帯を想わせる色である。花よりはむしろ鳥類の飾毛にでもふさわしい色だと思う。頂上を見ると黄色がかった小さい花が簇生《そうせい》しているが、それはきわめて謙遜《けんそん》な、有るか無きかのものである。いったい自然はどうしていつもの習慣に背いてこの植物の生殖器をこんなに見すぼらしくして、その代りに呼吸同化の機関たる葉をこれほどまでに飾ったのだろう。植物学者や進化論者に聞いたら何かの学説はあるかもしれないが、それにしても不思議な心持がしないではいられない。自分はこのような植物の茂っている熱帯の樹林を想像しているうちにシンガポールに遊んだ日を想い出した。椰子《やし》木の森の中を縫う紅殻色《べんがらいろ》の大道に馬車を走しらせた時の名状のできない心持だけは今でもありあり胸に浮んでくるが、細かい記憶は夢のように薄れて、ただ緑と赭《あか》の地色の上に染め出された更紗模様《さらさもよう》のように混雑してしまっている。それでもこの寒く冷い寝床の上で、強烈な日光と生命の漲《みなぎ》った南国の天地を想うのはこの上もない慰藉《いしゃ》であった。

サイクラメンの方は少し生育が充分でなかった。花にもなんだか生気が少く、葉も少し縮れ上って、端の方はもう鳶色《とびいろ》に朽ちかかっていた。自分はこの花について妙な聯想《れんそう》がある。それはベルリンにいたころの事である。アカチーン街の語学の先生の誕生日に、何か花でも贈物にしたいと思って、アポステル・パウルス・キルへの前のけちな花屋へ寄って、あれかこれかと物色した末に買ったのがこの花であった。日本から輸入されたらしい桃色の縮緬《ちりめん》紙で鉢を包んでもらって、すぐその近所の先生の宅へ持っていった。その時に先生がこれはアルペン菫《ファイルヘン》という花だと教えてくれた。そのせいだか自分にはサイクラメンという名前よりこの名の方がなんとなくふさわしいような感じがする。あの女先生はその後どうしたのか。日本の留学生ばかりを弟子《でし》にして生活していたのが、大戦の爆発と共に留学生は皆引き上げるし、同時に日本人に対する市民の反感が高まった時に、なんらかの厭な経験をしたのではあるまいか、その後の生計をどうして立てていったろうか。これは何かの折には時々思い出す事であった。先生は結婚後間もなく夫のドクトルに死なれ、退役軍人の父親と、夫の忘れ形身で、当時十四ぐらいであった娘のヒルデガルトと二人で淋しく暮していた。よくは分らぬが父親とはあまり仲がよくないらしかった。ある日吾々《われわれ》お弟子仲間二、三人でこのヒルデガルトを連れて、ルイゼン座のお伽芝居を見に行った事がある。芝居は「雪姫」であった。観客の大部分はむろん子供であったので、吾々異国の大供連はなんだか少しきまりが悪いようであった。王妃に扮《ふん》した女優は恐ろしく肥《ふと》った女であったが、美しい声で「鏡よ鏡よ」を歌った。それから二、三日経って聞いてみると、ちょうどその晩に先生は激烈な腹部の痙攣《けいれん》を起して大騒ぎをしたとの事であった。先生の眼の周囲には碧黒《あおぐろ》い輪が歴然と残っていた。自分はなんという理由なしに、この病気を起させた責任が自分らにあるような気がして仕方がなかった。とにかくお伽芝居へ行ったのはただあの時一度だけであった。

五歳になる雪子が姉につれられて病院へ見舞に来た。始めのうちはおとなしくして看護婦の顔ばかり見て黙っていたが、だんだんに馴《な》れてきて、おしまいにはとうとう寝台の上まで上り込んできた。そして枕元の花鉢を覗《のぞ》き込んで、葉蔭《はかげ》にかくれた木札を見つけ、仮名で書いた花の名を一つ一つ大きな声で読み上げた、その読方がおかしいので皆が笑った。近ごろ片仮名を覚えたものだから、なんでも片仮名さえ見れば読んでみなくてはいられないのである。それから後は来るたびごとに寝台に坐《すわ》り込んで、この花の名を読まない事はなかった。自分は今さらのように「文字」というものの不思議な意味を考えさせられ、また人間の知識の未来というような事についてもいろいろの事を考えさせられた。

ポインセチアとはいったいどう綴《つづ》るのか知りたいと思っていた。偶然丸善《まるぜん》から取り寄せた「近世美術」を見たら、その中にロージャー・フライという人がこの花を主題にして描いた水彩があったのでそれが分った。この絵に附した解説にこんな事が書いである。「この絵は本当に特徴のスタディと呼ばるべきものである。物をそのままに見て、そして偏見なしに描こうとする近代の試みの好適例である云々《うんぬん》。」壁に片布や皺《しわ》くちゃの紙片をだらしなく貼りつけたのをバックにして、平凡な牛乳壜《びん》に二本のポインセチアが無雑作に突き挿してあるだけである。全体の感じはなるほど悪くないが、今枕元にある正物と比べてみると、どうもなんだか葉の排列の仕方がおかしい。植物学者の眼で見ればこれは確に間違っている。しかし前の解説を書いた美術批評家は上のような讃辞《さんじ》を呈している。この批評家のいっている事はずいぶんいい加減のようにも思われるが、また考え直してみると本当のようにも思われた。

看護婦は毎朝これらの花鉢を室外へ持ち出して水をやってくれた。そのたびごとに廊下で誰れかが「マア綺麗《きれい》な花ですこと」とぎょうさんにほめる声が聞こえた。ベコニアや蘭の勢のよいのに較べて、ポインセチアはしだいに弱るように見えた。真直に長い茎のまわりに規則正しい間隔をおいて輪生した緑の葉がだんだんに黄緑色に変ってくるのであった。水をやり過ぎるためではないかと思われたから看護婦にも妻にもそう注意した。しかし積極的に指図をするだけの知識はないからそのままに任せておいた。そのうちに葉はしだいにつやが無くなり、黄味が勝ってきて、とうとう下の方の葉が一つ二つ落ち始めた。残った葉もほんのちょっと指先でさわるだけで脆《もろ》く落ちるのであった。何かしら強い活力で幹から吹き出しているように見えた威勢のよかった葉がきわめてわずかな圧力にも堪えず、わけもなく落ちるのが不思議なようにも思われた。このようにして根元に近い方から順序正しくだんだんに脱落していくのであった。

S君がまたベコニアを届けてくれた。大さは前にT君からもらったのと同じくらいであった。しかし前のに比べて花の色も葉の色もいったいに薄くてなんとなく淋しかった。その代りまたなんとなくあっさりした野の花のような趣はあった。同じ種類の花でありながら培養の方法や周囲の状況の相違でこれほどにもちがったものができるかと思った。土の性質、肥料や水の供給、それから光線や温度の関係で同じ種から貴族と平民が生れるのであった。花の貴族と平民とは物を言わないから争闘はない。こんな事を考えたりした。

次にはO君から浅い大きな鉢にいろいろの草花を寄せ植にしたのを届けてくれた。中心になっているのはやはりベコニアで、その周囲には緑色の紗《しゃ》の片々と思うようなアスパラガスの葉が四方に拡がり、その下から燃えるようなゼラニウムが覗き、低い所にはアルヘイ糖のように蟹《かに》シャボの花がいくつか鉢の縁に垂れ下っていた。一つ一つの花は綺麗であるがこのように人工的に寄せ集めたところになんとなく物足りない不自然さがあった。しかしともかくも賑かに花やかなものであった。眠られぬ夜中の数時間はこの花のためにもどれほどか短かくされた。眠られぬままにいろいろな事を考えた中にも、N先生が病気重態という報知を受けて見舞に行った時の事を想い出した。あの時に江戸川《えどがわ》の大曲りの花屋へ寄って求めたのがやはりベコニアであった。紙で包んだ花鉢を大事にぶら下げて車にも乗らず早稲田《わせだ》まで持っていった。あのころからもうだいぶ悪くなっていた自分の胃はその日は特に固く突張るようで苦しかった。後から考えてみるとあの時分から自分の胃はもう少しずつ出血を始めていたのである。そうとも知らずわずかの車賃を倹約するつもりで我慢して歩いていった。重態の先生には面会は許されなかった。しかし持っていった花は夫人が病床へ運んでくれた。夫人はやがて病室から出てきて「綺麗だなと云っていましたよ」と云った。考えてみるとこれが先生から間接にでも受けた最後の言葉であった。今自分は先生の生命を奪い去った病と同じ病で入院している。幸に今度は大して危険もなくて済みそうである。同じ季節に同じ病気をして同じベコニアの花を枕元に見るというのは偶然の事といえば偶然であるが、よく考えてみたらそこに何かの必然の因果があるのではないかという気がした。普通に偶然の暗合と見られる事でも、じつはそうでない場合がかなりしばしばある。先生と弟子との間にある共通な点があらば、それは単に精神的のものでもこれが肉体の上に多少の影響を及ぼさないとはいわれない。あるいは逆に肉体に共通な点のあるのが原因でそれが精神に影響して二人の別々な人間の間に師弟の関係を生じる一つの因縁にならないとは限らぬ。もしそうだとすれば先生と弟子とが同じ病気に罹る確率は、全く縁のない二人がそうなるより大きいかもしれない。病気が同じならば同じ時候によけいに悪くなるのはむしろありそうな事である。こんな事を考えたりした。そしてその時にはこれが大変に確実な理論《セオリー》でもあるような気がしたのであった。

退院するころには蘭の花もすっかり枯れて葉ばかりになった。ポインセチアも頂上の赤い葉だけが鳥毛のようになって残っていた。サイクラメンもおおかた萎《しな》びてしまった。しかしベコニアだけは三つとも色は褪《あ》せながらもまだ咲き残っていた。それでともかくもみんな退院の荷車に載せて持ち帰るつもりでいたが、あいにくその日雨が降り出した、そして荷車には雨覆いがないというので人力車で荷物を搬《はこ》ぶ事になった。それがために花鉢は皆残していく事にした。看護婦に、迷惑だろうがどうにか始末をしてもらいたいと頼んだら「頂きます」と答えてニコニコしていたので安心した。ただO君からもらった寄せ植の鉢だけはまだ花の色も鮮かであるから惜しいと云って、妻が膝《ひざ》の上にのせて持ち帰った。しばらくはそれを応接間へ出してあったが、後には縁側の外の盆栽台に置かれたままで、毎夜の霜に曝《さら》されていた。ベコニアはすっかり枯れて茎だけが折れた杉箸《すぎばし》のようになり、蟹シャボの花も葉もうだったようにベトベトに白くなって鉢にへばりついている。アスパラガスの紗のような葉だけはまだ一部分濃い緑を保って立っている。

三週間あまり入院している間に自分の周囲にも内部にもいろいろの出来事が起った。いろいろの書物を読んでいろいろの事も考えた。いろいろの人が来ていろいろの光や影を自分の心の奥に投げ入れた。しかしそれについては別に何事も書き残しておくまいと思う。今こうしてただ病室を賑わしてくれた花の事だけを書いてみると入院中の自分の生活のあらゆるものがこれで尽されたような気がする。人が見たらなんでもないこの貧しい記録も自分にとってはあらゆる忘れがたい貴重な経験の総目次になるように思われる。

（大正九年五月『アララギ』）

春六題

一

暦の上の季節はいつでも天文学者の計画したとおりに進行していく。これは地球から見た時に太陽が天球のどこに来ているかという事を意味するだけの事であるから、太陽系に何か大きな質量の変化が起るか、重力の方則が変わらない限り、予定のとおり進行してゆくはずである。

近ごろ、アインシュタインの研究によってニュートンの力学が根柢《こんてい》から打ち壊された、というような話が世界中で持て囃《はや》されている。これがこういう場合にお定まりであるようにいろいろに誤解され訛伝《かでん》されている。今にも太陽系の平衡が破れでもするように、また林檎《りんご》が地面から天上に向って落下する事にでもなるように考える人もありそうである。そしてそれが近代人の伝統破壊を喜ぶ一種の心理に適合するために、見当違いに痛快がられているようである。しかし相対原理が一般化されて重力に関する学者の考が一変しても、林檎はやはり下へ落ち、彼岸《ひがん》の中日《ちゅうにち》には太陽が春分点に来る。これだけは確実である。力やエネルギーの概念がどうなったところで、建築や土木工事の設計書に変更を要するような心配はない。

アインシュタインおよびミンコフスキーの理論の優れた点と貴重なゆえんはそんな安直な事ではないらしい。時と空間に関する吾人《ごじん》の狭い囚《とら》われたごまかしの考を改造し、過去未来を通ずる大千世界の万象を四元の座標軸の内に整然と排列し刻み込んだ事でなければならない。夢幻的な間に合せの仮象を放逐して永遠な実在の中核を把握したと思われる事でなければならない。複雑な因果の網眼を枠に張って掌上に指摘し得るものとした事でなければならない。

この新しい理論を完全に理解する事はそう容易な事ではないだろう。アインシュタインが自分の今度書くものを理解する人は世界中に一ダースとはあるまいと云ったそうである。この言葉がまた例によって見当違いに誤解されて、坊間に持てはやされている。そして彼の理論の上に輝く何かしら神秘的の光環のようなものを想像している人もあるらしい。

特別な数学的素養のない人でも、この理論の根柢に横《よこた》わる認識論上の立場の優越を認める事はそう困難とは思われない。かえってむしろ悪く頭のかたまった吾々専門学者の方が始末が悪いかもしれない。この場合でも心の貧しき者は幸いである。

一般化された相対論はとにかくとして、等速運動に関するいわゆる特別論などはあまりに分りきった事であるために分りにくいと言われ得るかもしれない。それはガリレー以来、力学が始まってこの方誰れも考えつかなかったほど分りきった事であったのである。ここでアインシュタインが出てきてコロンバスの卵の殻をつぶしてデスクの上に立てた。

誰れにでも分るものでなければそれは科学ではないだろう。

二

暦の上の春と、気候の春とはある意味では没交渉である。編暦をつかさどる人々は、例えば東京における三月の平均温度が摂氏何度であるかを知らなくても職務上少しも差支はない。北半球の春は南半球の秋である事だけを考えてもそれは分るだろう。春という言葉が正当な意味をもつのは、地球上でも温帯の一部に限られている。これも誰れも知ってはいるが、リアライズしていないのは事実である。

しかし例えば東京なら東京という定まった土地では、一年中の気候の変化には自《おの》ら《ずか》きまった平均の径路がある。それが週期的ないし非週期的の異同の波によって歳々の不同を示す。

この平均温度というものが往々誤解されるものである。どうかするとその月にその温度の日が最も多いという意味に思いちがえられるのである。しかし実際は月のうちでその月の平均温度を示していた時間はきわめて稀《まれ》である。

それと事柄は別だが、いわゆる輿論《よろん》とか衆議の結果というようなものが実際に多数の意見を代表するかどうか疑わしい場合がはなはだ多いように思う。それから、また志士や学者が云っているような「民衆」というような人間は捜してみると存外容易に見つからない。餓《うえ》に泣いているはずの細民がどうかすると初鰹魚《はつがつお》を食って太平楽を並べていたり、縁日で盆栽をひやかしている。

これも別の事であるが流行あるいは最新流行という衣裳《いしょう》や粧飾品はむしろきわめて少数の人しか着けていない事を意味する。これも考えてみると妙な事である。新しい思想や学説でも、それが多少広く世間に行き渡るころにはもう「流行」はしない事になる。

三

春が来ると自然の生物界が急に賑《にぎや》かになる。いろいろの花が咲いたりいろいろの虫の卵が孵化《ふか》する。気候学者はこういう現象の起った時日を歳々に記録している。そのような記録は農業その他に参考になる。

例えばある庭のある桜の開花する日を調べてみると、もちろん特別な歳もあるが大概はある四、五日ぐらいの範囲内にあるのが通例である。これはなんでもないようでずいぶん不思議な事である。開花当時の気温を調べてみても必ずしも一定していない。むろんその間ぎわの数日の気温の高低はかなりの影響をもつには相違ないが、それにしてもこの現象を決定する因子はその瞬間の気象要素のみではなくて、遠く遡《さかのぼ》れば長い冬の間から初春へかけて、一見活動の中止しているように見える植物の内部に行われていた変化の積算したものが発現するものと考えられる。

そこへいくと人間などはだらしのないものである。仕事が忙しかったり、つい病気したりしていると、いつの間にか柳が芽を吹いたり、桜の莟《つぼみ》の膨らむのを知らないでいて、急に気がついて驚く事がある。

うっかりしている間に学年試験が眼の前に来ていたり、借金の返済期限が差し迫っていたりする。

眠っているような植物の細胞の内部に、ひそかにしかし確実に進行している春の準備を考えるとなんだか恐ろしいような気もする。

四

植物が生物である事は誰れでも知っている。しかしそれが「いきもの」である事は通例誰れでも忘れている。

ある日私は活動写真で、菊の生長の状況を見せられた事がある。まず映画に現われたのは一つの小さな植木鉢であった。その真中の土が妙に動くと思っていると、すうと双葉が出てきた。それが見る間に大きくなり、その中心から新しい芽が泉の湧くようにわき上り延び上った。延びるにしたがって茎の周囲に簇生《そうせい》した葉は上下左右に奇妙な運動をしている。それはあたかも自意識のある動物が、吾々には不可知なある感情を表わすためにもがいているようにも思われ、あるいはまた充実した生命の歓喜に躍っているようにも思われた。やがて茎の頂上にむくむくと一つの団塊が盛り上ったと思うと瞬《また》く間にその頭がばらばらに破れて数十の花弁が花火のように放散した。そして絶大な努力を仕遂げて喘《あえ》いででもいるように波打っていた。そこで惜しいところで映画はふっと消滅してしまった。

私はなんだか恐ろしいものを見たような気がした。つまらない草花がみんな「いきもの」だという事をこれほど明白に見せつけられたのは初めてであった。

日常見馴れた現象をただ時間の尺度を変えて見せられただけの事である。時の長短という事はもちろん相対的な意味しかない。蜉蝣《かげろう》の生涯も永劫《えいごう》であり国民の歴史も刹《せつ》那《な》の現象であるとすれば、どうして私はこの活動映画からこんなに強い衝動を感じたのだろう。

吾々がもっている生理的の「時」の尺度は、その実は物の変化の「速度」の尺度である。万象が停止すれば時の経過は無意味である。「時」が問題になるところにはそこに変化が問題になる四元世界の一つの軸としてのみ時間は存在する。

ところがこの生理的の速度計はきわめて感じの悪いものである。ある度以下の速度で行われる変化は変化として認める事ができない。これはまた吾人が箇々の印象を把《は》持《じ》する記憶の能力の薄弱なためとも言われよう。

忘却という事がなかったら記憶という事は成立たないと心理学者は云う。忘却というものがなかったら生きていられないと詩人は叫ぶ。

もし記憶の衰退率がどうにかなって、時の尺度が狂ったために植物の生長や運動が私の見た活動写真のように見え出したらどうであろう。春先きの植物界はどんなに恐ろしく物狂わしいものであろう。考えただけでも気が違いそうである。「青い鳥」の森の場面ぐらいの事ではあるまい。

五

近年急に年を取ったせいか毎年春の来るのが待遠しくなった。何よりも気温の高くなるのが、ありがたいのである。しかしいったいには年中の時候のうちでは春はあまり自分の性に合わない方である。なぜかと言えば第一胃が悪くなる、頭が重くなる。こういう点で同様な人はずいぶん多いらしい。それよりも一番厭な事は春が来るとこの自分が「悪人」になるからである。

冬の間は身体中の乏しい血液が身体の内部の方へ集合しているような気がする。それで手足の指などは自分のからだの一部とは思われないように冷え凍えてこちこちしている代りに頭の中などはいい加減に温いものがよい程度に充実しているような気がしている。ところが桜が咲く時分になるとこの血液が身体の外郭と末梢《まっしょう》の方へ出払ってしまって、急に頭の中が萎縮《いしゅく》してしまうような気がする。実際脳の灰白質を養う血管の中の圧力がどれだけ減るのかあるいは増すのか分らないが、ともかくもそんな気がする。そうしてなんとなく空虚と倦怠《けんたい》を感じると同時に妙な精神の不安が頭を擡《もた》げてくる。なんだかしなくてはならない要件を打捨ててでもあるような心持が始終につきまとっている。それが少しひどくなってくると、自分が何かしらもっと積極的な悪事を犯していて、今にもその応報を受けるべき時節が到来しそうな心持になる。これがもう一歩進むと立派な精神病になるのだが幸にそこまでにはならない。そうしてこういう時はちょっと風呂《ふろ》にでもはいってくると全く生まれ変ったように常態に復する。

このような変化がどうして起るかは分らないが、一番直接な原因はやはり血液の循環の模様が変ったために脳の物質にどうにか反応する点にあると素人《しろうと》考えに考えている。そのどうにかが一番の問題である。

物質と生命の間に橋のかかるのはまだいつの事か分らない。生物学者や遺伝学者は生命を切り砕いて細胞の中へ追い込んだ。そしてさらにその中に踏み込んで染色体の内部に親と子の生命の連鎖をつかもうとして骨を折っている。物理学者や化学者は物質を磨《す》り砕いて原子の内部に運転する電子の系統を探っている。そうして同一物質の原子の中にあるある「個性」の胚子《はいし》を認めんとしているものもある。化学的の分析と合成はしだいに精微をきわめて驚くべき複雑な分子や膠質粒《こうしつりゅう》が試験管の中で自由にされている。最も複雑な分子と細胞内の微粒との距離ははなはだ近そうに見える。しかしその距離は全く吾人現在の知識で想像し得られないものである。山の両側から掘っていく隧道《すいどう》がだんだん互に近づいて最後の鶴嘴《つるはし》の一撃でぽこりと相通ずるような日がいつ来るか全く見当がつかない。あるいはそういう日は来ないかもしれない。しかし科学者の多くはそれを目あてに不休の努力を続けている。もしそれが成効して生命の物理的説明がついたらどうであろう。

科学というものを知らずに毛嫌いする人はそういう日を呪うかもしれない。しかし生命の不思議が本当に味わわれるのはその日からであろう。生命の物理的説明とは生命を抹殺《まっさつ》する事ではなくて、逆に「物質の中に瀰漫《びまん》する生命」を発見する事でなければならない。

物質と生命をただそのままに祭壇の上に並べ飾って讃美するのもいいかもしれない。それはちょうど人生の表層に浮上った現象をそのままに遠くから眺めて甘く美しいロマンスに酔おうとするようなものである。

これから先の多くの人間がそれに満足ができるものであろうか。

私は生命の物質的説明という事から本当の宗教も本当の芸術も生れてこなければならないような気がする。本当の神秘を見つけるにはあらゆる贋物《にせもの》を破棄しなくてはならないという気がする。

六

日本の春は太平洋から来る。

ある日二階の縁側に立って南から西の空に浮ぶ雲を眺めていた。上層の風は西から東へ流れているらしく、それが地形の影響を受けて上方に吹きあがる処には雲ができてそこに固定しへばりついているらしかった。磁石とコンパスでこれらの雲のおおよその方角と高度を測って、そして雲の高さを仮定して算出したその位置を地図の上に当ってみると、西は甲武信岳《こぶしだけ》から富士《ふじ》箱根《はこね》や伊豆《いず》の連山の上にかかった雲を一つ一つ指摘する事ができた。箱根の峠を越した後再び丹沢《たんざわ》山大山《おおやま》の影響で吹上がる風は鼠《ねずみ》色の厚味のある雲を醸《かも》してそれが旗のように斜に靡《なび》いていた。南の方には相模《さがみ》半島から房総《ぼうそう》半島の山々の影響もそれと認められるように思った。

高層の風が空中に描き出した関東の地形図を裏から見上げるのは不思議な見物であった。その雲の国に徂徠《そらい》する天人の生活を夢想しながら、なお遥《はる》かな南の地平線を眺めた時に私の眼は予想しなかったある物にぶつかった。

それは遥かな遥かな太平洋の上に蔽《おお》っている積雲の堤であった。典型的なもくもくと盛り上った円い頭を並べて隙間もなく並び立っていた。都会の上に拡がる濁った空気を透して見るのでそれが妙な赤茶けた温い色をしていた。それはもうどうしても冬の雲ではなくて、春から夏の空を飾るべきものであった。

庭の日かげはまだ霜柱に閉じられて、隣の栗の樹の梢《こずえ》には灰色の寒い風が揺れているのに南の沖のかなたからはもう桃色の春の雲がこっそり頭を出してのぞいているのであった。

こんな事を始めて気づいて驚いている私の鼻の先に突き出た楓《かえで》の小枝の一つ一つの尖端《せんたん》には、ルビーやガーネットのように輝く新芽がもうだいぶ芽らしい形をしてふくらんでいた。

（大正十年四月『新文学』）

簑虫と蜘蛛

二階の縁側の硝子戸のすぐ前に大きな楓が空いっぱいに枝を拡げている。その枝にたくさんな簑虫《みのむし》がぶら下っている。

去年の夏中はこの虫が盛んに活動していた。いつも午《ひる》ごろになると這《は》い出して、小枝の先の青葉をたぐり寄せては喰《く》っていた。身体のわりに旺盛《おうせい》な彼らの食慾《しょくよく》は、多数の小枝を坊主にしてしまうまでは満足されなかった。紅葉が美しくなるころには、もう活動はしなかったようである。とにかく私は日々に変っていく葉の色彩に注意を奪われて、しばらく簑虫の存在などは忘れていた。

しかし紅葉が干からび縮れてやがて散ってしまうと、裸になった梢にぶら下っている多数の簑虫が急に目立ってきた。大きいのや小さいのや、長い小枝を杖《つえ》のようにさげたのや、枯れ葉を一枚肩に羽織ったのや、いろいろさまざまの恰好《かっこう》をしたのが、明るい空に対して黒く浮き出して見えた。それがその日その日の風に吹かれてゆらいでいた。

かよわい糸で吊《つる》されているように見えるが、いかなる木枯にも決して吹き落されないほど、しっかり取りついているのであった。縁側から箒《ほうき》の先などではね落そうとしたが、そんな事ではなかなか落ちそうもなかった。

自分は冬中この死んでいるか生きているかも分らない虫の外殻の鈴成りになっているのを眺めて暮してきた。そして自分自身の生活がなんだかこの虫のによく似ているような気のする時もあった。

春がやって来た。今まで灰色や土色をしていたあらゆる落葉樹の梢にはいつとなしにぽうっと赤味がさしてきた。鼻のさきの例の楓の小枝の先端も一つ一つ膨らみを帯びてきて、それがちょうどガーネットのような光沢をして輝き始めた。私はそれがやがて若葉になる時の事を考えているうちに、それまでにこの簑虫《みのむし》を駆除しておく必要を感じてきた。

たぶんだめだろうとは思ったが、試に物干竿《ざお》の長いのを持ってきて、たたき落とし、はね落そうとした。しかしやっぱり無効であった。はねるたびにあの紡錘形《ぼうすいけい》の袋はプロペラーのように空中に輪をかいて廻転《かいてん》するだけであった。悪くすると小枝を折り若芽を傷つけるばかりである。今度は小さな鋏《はさみ》を出してきて竿の先に縛りつけた。それは数年前に流行した十幾とおりの使い方のあるという西洋鋏である。自分は今その十幾種のほかのもう一つの使い方をしようというのであった。鋏の発明者も、よもやこれが簑虫を取るために使われようとは思わなかったろう。鋏の先を半ば開いた形で、竿の先に縛りつけた。円滑な竹の肌と、ニッケル鍍金《めっき》の鋏の柄とを縛り合せるのはあまり容易ではなかった。

ぶらぶらする竿の先を、狙いを定めて虫の方へ持っていった。そして開いた鋏の刃の間に虫の袋の口に近い処を喰い込ませておいてそっと下から突き上げると案外にうまくちぎれるのであった。それでもかなりに強い抵抗のために細長い竿は弓状に曲がる事もあった。幸に枝を傷つけないで袋だけをむしり取る事ができたのである。あるものは枝を離れると同時に鋏を離れて落ちてきた。しかしまたあるものは鋏の間に固く喰い込んでしまった。始めから面白がって見ていた子供らは、落ちてくるのを拾い、鋏に挿《はさ》まったのを外したりした。二人の子が順番でかわるがわる取るのであったが、年上の方は虫に手をつけるのを嫌がって小さなショベルですくってはジャムの空缶へほうり込んでいた。小さい妹の方はかえって平気で指でつまんで筆入れの箱の上に並べていた。

庭の楓のはあらかた取り尽して、他の樹のもあさって歩いた。結局数えてみたら、大小取り交ぜて四十九個あった。ジャムの空缶一つと筆入れはちょうどいっぱいになった。それをいっぺん庭の芝生の上にぶちまけて並べてみた。

一つ一つの虫の外殻にはやはりそれぞれの個性があった。わりに大きく長い枯れ枝の片を並べたのが大多数であるが、中にはほとんど目立つほどの枝片はつけないで、渋紙のような肌をしているのもあった。えにしだの豆の莢《さや》をうまくつなぎ合せているのもあって、これがのそのそ這って歩いていた時の滑稽《こっけい》な様子が自から想像された。

なかんずく大きなのを選んで袋を切り開き、虫がどうなっているかを見たいと思った。竿の先の鋏を外して袋の両端から少しずつ虫を傷つけないように注意しながら切っていった。袋の繊維はなかなか強靭《きょうじん》であるので鈍い鋏の刃はしばしば切り損じて上滑りをした。やっと取り出した虫はかなり大きなものであった、紫黒色の肌がはち切れそうに肥《ふと》っていて、大きな貪慾《どんよく》そうな口嘴《くちばし》は褐色《かっしょく》に光っていた。袋の暗闇から急に強烈な春の日光に照されて虫のからだにどんな変化が起っているか、それは人間には想像もつかないが、なんだか酔ってでもいるように、あるいはまだ永い眠がさめきらないように懶気《ものうげ》に八対の足を動かしていた。芝生の上に置いてもとの古巣の空き殻を頭の処におっつけてやっても、もはやそれを忘れてしまったのか、這い込むだけの力がないのか、もうそれきり身体を動かさないでじっとしていた。

もう一つのを開いてみると、それは身体の下半が干すばって舎利《しゃり》になっていた。蚕にあるような病菌がやはりこの虫の世界にも入り込んで自然の制裁を行っているのかと想像された。しかし簑虫の恐ろしい敵はまだほかにあった。

たくさんの袋を外からつまんで見ているうちに、中空で虫のお留守になっているのがかなり多くのパーセントを占めているのに気がついた。よく見ていると、そのようなのに限って袋の横腹に直径一ミリかそこらの小さい孔《あな》がある事を発見した。変だと思って鋏でその一つを切り破っていくうちに、袋の中から思いがけなく小さい蜘蛛《くも》が一疋《ぴき》飛び出してきて慌ただしくどこかへ逃げ去った。ちらりと見ただけであるがそれは薄い紫色をした可愛らしい小蜘蛛であった。

この意外な空巣《あきす》の占有者を見た時に、私の頭に一つの恐ろしい考が電光のように閃《ひらめ》いた。それで急いで袋を縦に切り開いてみると、果して袋の底に滓《かす》のようになった蓑虫の遺骸《いがい》の片々が残っていた。あの肥大な虫の汁気という汁気はことごとく吸い尽され嘗《な》め尽されて、ただ一つまみの灰殻のようなものしか残っていなかった。ただあの堅い褐色の口嘴だけはそのままの形を留《とど》めていた。それはなんだか兜《かぶと》の鉢のような恰好にも見られた。灰色の壙穴《こうけつ》の底に朽ち残った戦衣の屑《くず》といったような気もした。

この恐ろしい敵は、蓑虫の難攻不落と頼む外郭の壁上を忍び足で這い歩くに相違ない。そしてわずかな弱点を捜しあてて、そこに鋭い毒牙《どくが》を働かせ始める。壁がやがて破れたと思うと、もう蓑虫の脇腹に一滴の毒液が注射されるのであろう。

人間ならば来年の夏の青葉の夢でも見ながら、安楽な眠に包まれている最中に、突然脇腹を喰い破る狼の牙《きば》を感じるようなものである。これを払いのけるためには蓑虫《みのむし》の足は全く無能である。唯一の武器とする吻を使おうとするとあまりに窮屈な自分の家はからだを曲げる事を許さない。最後の苦悩にもがくだけの余裕さえもない。生物の間に行われる殺戮《さつりく》の中でも、これはおそらく最も残酷なものの一つに相違ない。全く無抵抗な状態において、そして苦痛を表現する事すら許されないで一分だめしに殺されるのである。

虫の肥大な身体はその十分の一にも足りない小さな蜘蛛の腹の中に消えてしまっている。残ったものはわずかな外皮の屑と、そして依然として小さい蜘蛛一疋の「生命」である。差引きした残りの「物質」はどうなったか分らない。

簑虫が繁殖しようとする処には自からこの蜘蛛が繁殖して、そこに自然の調節が行われているのであった。私が簑虫を駆除しなければ、今に楓の葉は喰い尽されるだろうと思ったのは、あまりにあさはかな人間の自負心であった。むしろただそのままにもう少し放置して自然の機巧を傍観した方がよかったように思われてきたのである。簑虫にはどうする事もできないこの蜘蛛にも、また相当の敵があるに相違ない。『昆虫の生活』という書物を読んだ時に、地蜂のあるものが蜘蛛を攻撃して、その毒針を正確に蜘蛛の胸の一局部に刺し通してこれを麻痺《まひ》させるという記事があった。麻痺した蜘蛛の脇腹に蜂は一つの卵を生みつけていく。卵から出た幼虫は親の据膳《すえぜん》をしておいてくれた佳肴《かこう》を貪《むさぼ》り食うて生長する、充分飽食して眠っている間に幼虫の単純な身体に複雑な変化が起って、今度眼を覚すともう一人前の蜂になっているというのである。

ある蜘蛛が、ある蛾《が》の幼虫であるところの簑虫の胸に喰いついている一方では、簑虫のような形をしたある蜂の幼虫が、他の蜘蛛の腹をしゃぶっている。このような闘争殺戮の世界が、美しい花園や庭の木立の間に行われているのである。人間が国際聯《れん》盟《めい》の夢を見ている間に。

ある学者の説によると、動物界が進化の途中で二派に分れ、一方は外皮に硬いキチン質を具《そな》えた昆虫になり、その最も進歩したものが蜂や蟻《あり》である。また他の分派は中心に硬い背骨ができて、その一番発展したのが人間だという事である。私にはこの説がどれだけ本当だか分らない。しかしいずれにしても昆虫の世界に行われると同じような闘争の魂があらゆる有脊椎動物《ゆうせきついどうぶつ》を伝わってきて、最後の人間に到ってどんな工合《ぐあい》に進歩してきたかをつくづく考えてみると、つまり吾々の先祖が簑虫や蜘蛛の先祖と同じであってもいいような気がしてくる。

四十九個の紡錘体の始末に困ったが、結局花畑の隅の土を深く掘ってその奥に埋めてしまった。その中の幾パーセントには、きっと蜘蛛がはいっていたに相違ない。こうして私の庭での簑虫と蜘蛛の歴史は一段落に達したわけである。

しかしこれだけではこの歴史はすみそうに思われない。私は少なからざる興味と期待をもって今年の夏を待ち受けている。

（大正十年五月『電気と文芸』）

雑記帳より

一

今年の春の花のころに一日用があって上野《うえの》の山内へ出かけていった。用をすました帰りにぶらぶら竹《たけ》の台《だい》を歩きながら全く予期しなかったお花見をした。花を見ながらふと気のついたことは、若いときから上野の花を何度見たかしれないわけであるが、本当に桜の花を見て楽しむ意味での花見をすることができるようになったのはほんの近年のことらしい、ということである。それ以前には花を見るつもりで行っても花よりは花を見にきている人間が気になって仕方がなかった。人にこだわりながら花見をして帰ると頭が疲れてがっかりしたものである。家族連れで出かけるとその上に家族にこだわるので疲れ方が一層はげしかった。それだのに、どうしたことか、近ごろはそれほど人にこだわらないで花が見られるようになったらしい。これが全くこだわらなくなるころにはもう花が見られなくなるかもしれない。

二

あらゆる花の中でも花の固有の色が単純で遠くから見てもその一色しか見えない花と、色の複雑な隈取《くまど》りがあって、少し離れて見ると何色ともはっきり分らないで色彩の揺曳《ようえい》とでも云ったようなものを感じる花とがある。朱色の罌粟《けし》や赤椿などは前者の例であり、紫色の金魚草やロベリアなどは後者の例である。いったいに朱赤色や濃黄色といったような熱色の花には単調な色彩が多くて紫青色がかったものや紅でも紫がかったものにはこうした色のかがよいとでもいったものがあるらしい。柱作りに適するローヤル・スカーレットという薔薇がある。濃紅色の花を群生させるが、少しはなれた所から見ると臙脂《えんじ》色《いろ》の団塊の周囲に紫色の雰囲気のようなものが揺曳しかげろうているように見える。

人間の色彩といったようなものにもやはりこうした二種類があるように思われる。少くも芸術的作品はそうであるし、またことによると科学的な仕事にもいくらかそういう区別があるような気がする。物理学の方面だけで見るといったいにドイツ学派の仕事は単色で英国派の仕事には色彩の陽炎《かげろう》とでもいったものを伴ったものが多いような気がするが、それはただそんな気がするだけで具体的の説明はむつかしい。

三

人間の個性の差別がじつに些細《ささい》なことにまで現われるという一つの実例をついこのごろ見つけ出した。ある研究所の廊下に所員の姓名を記した木の札が掛け並べてある。片側は墨で片側は朱で書いてあるのを、出勤したときは黒字の方を出し、帰るときは裏返して朱字の方を出しておくのである。粗末な白木の札であるから新入でない人の札はみんな手垢《てあか》で薄黒く汚れている。ところが、人によっては姓名の第一番の文字のところだけに真黒に指の跡を印している人があるかと思うと、また二番目の字を汚している人もある。そうかと思うとまた下の二字を一様に汚して上の二字は綺麗に保存しているのもある。一方ではまたちっともそうした汚点をつけていない人もある。こうした区別が何を意味するかはそう簡単な問題ではないであろう。しかし、ことによるとこの姓名札の汚し方の同じ型に属する人には自から共通な素質があるかもしれない。そうして、人間の性情の型を判断する場合にこの方がむしろ手相判断などよりも、もっと遥に科学的な典拠資料になりはしないかと想像される。

少くも、真黒な指の痕《あと》をつけている人は、名札の汚れなどという事には全然無関心な人であるというくらいのことは云われそうである。わざわざ痕をつけて、それが日々黒くなるのを楽しみにする人はめったになさそうに思われる。

気がついてみると自分は一番上の字の真中を真黒にしている。同じ仲間が近所に二人はある。この二人と自分とだいぶ似たところがあるらしい。自分の場合では、掛けた札がちゃんと後ろの板に密着しないと気持が悪いから掛けたあとでぱちんと札を押しつける、それを押しつけるには釘《くぎ》に近い上の方を押すのが一番機械的に有効だからそうするらしい、もちろん無意識にそうするのである。

釘に引っかける札の穴の周囲を疵《きず》だらけにしている人と、そうでない人との区別もあるらしい。これと汚れ方との相関もあるらしいがまだよく調べてみない。

ともかくも恐ろしいことである。「悪いことはできない」わけである。

四

ある家の告別式に参列して親類の列に伍《ご》して棺《ひつぎ》の片側に居並んでいた。参拝者の来るのが始めのうちは引切りなしに続いてくるが三十分もたつと一時まばらになりやがてちょっと途切れる。またひとしきりどかどかと続いてくるかと思うとまたぱったり途絶えるのである。それがなんとなく淋しいものである。

しばらく人の途絶えたときに、仏になった老人の未亡人が椅子に腰かけて看護に疲れたからだを休めていた。その背後に立っていたのは、この未亡人の二人の娘で、とうに他家に嫁いで二人ともに数人の子供の母となっているのであるが、その二人が何か小声で話しながら前に腰かけている老母の鬢《びん》の毛のほつれをかわるがわるとりあげて繕ってやっている。つい先刻までは悲しみと疲れとにやつれ果てていた老母の顔が、さも嬉《うれ》しそうに、今まで見たことのないほど嬉しそうにかがやいて見えるのであった。なんだか非常に羨《うらや》ましいような気がして同時に今まで出なかった涙が急に眼頭を熱くするのを感じた。

五

八十三で亡くなった母の葬儀も済んで後に母の居間の押入を片付けていたら、古いボールの菓子箱がいくつか積み重ねてあるのに気がついた。何だろうと思って明けてみると、箱の奥に少しずついろいろの菓子の欠けらが散らばっていた。それを見たときにはっと何かしら胸を突かれるような気がして、張りつめてきた心が一時にゆるみ、そうして止処《とめど》のない涙が流れ出るのであった。

六

ある食堂の隣室に自働電話の自働交換台がある。同じような筒形のものが整列し、それが数段に重なっている。食事をしながらぼんやり見ていると、ときどきあちこちに小さな豆電灯がついたり消えたりする。それらの灯のあるものは点《とも》ったと思うとパチパチパチとせわしなく瞬《まばた》きをしてふっと消える。器械の機構を何も知らないものの眼で見ていると、その豆電灯の明滅が何を意味するのか全く見当がつかない。ただ全く偶然な蛍火の明滅としか思われないであろう。しかし、この機構の背後にはいろいろの人間がさまざまの用談をし取引を進行させており、あらゆる思惟《しい》と感情の流れが電流の複雑な交錯となってこの交換台に集散しているのである。

現象を記載するだけが科学の仕事だというスローガンがしばしば勘違いに解釈されて、現象の背後に伏在する機構への探究を阻止しようとすることがあるような気がする。しかし、気をつけないと、自働交換台の豆電灯の瞬きを手帳に記録するだけで満足するようなことになる恐れがないとは云われない。

七

ドンキホーテの映画を見た。彼の誇大妄想狂の原因は彼の蒐集《しゅうしゅう》した書物にあるから、これを焼き捨てなければいけないというので大勢の役人達が大きな書物をかかえて搬《はこ》び出す場面がある。この画面が進行していたとき、自分の前の座席にいた男の子が突然大きな声で「アー、大掃除だ」と云った。つい近頃五月の大掃除があったのを思い出したのであろう。あちらこちらの暗がりで笑声が聞えた。

子供は子供の見方をするように人々はまた思い思いの見方をしているであろう。自分はこの映画を見ているうちに、なんだか自分のことを諷刺《ふうし》されるような気のするところがあった。自分の能力を計らないでむつかしい学問に志していっぱしの騎士になったつもりで武者修行に出かけて、そうしてつまらない問題ととっ組み合って怪物のつもりでただの羊を仕とめてみたり、風車に突きかかって空中に釣り上げられるような目に会ったことはなかったかどうか、そんなことを考えないわけにはゆかなかった。

しかしまたこんなことも考えた。この映画に現われてくる登場人物のうちで誰が一番幸福な人間かと思って見ると、あっぱれ衆人の嘲笑《ちょうしょう》と愚弄《ぐろう》の的になりながら死ぬまで騎士の夢をすてなかったドンキホーテと、その夢を信じて案山子《かかし》の殿様に忠誠を捧《ささ》げ尽すことのできたサンチョと、この二人にまさるものはないような気もするのであった。

燃え尽した書物がフィルムの逆転によって焼灰からフェニックスのごとく甦《よみがえ》ってくる。巻き縮んだ黒焦《くろこげ》の紙が一枚一枚するすると伸びて焼けない前のページに変る。その中からシャリアピンの悲しくも美しいバスのメロディーが溢《あふ》れ出るのであった。

歴史に名を止《とど》めたような、えらい武人や学者のどれだけのパーセントが一種のドンキホーテでなかったか。現在眼前に栄えているえらい人達のうちにも、もしかしたら立派なドンキホーテが一人や二人はいるのではないか。そんなことを考えながら帝劇《ていげき》の玄関を下りて、雨のない六月晴の堀端《ほりばた》の薫風に吹かれたのであった。

八

随筆は誰でも書けるが小説はなかなか誰にでも書けないとある有名な小説家が何かに書いていたが全くその通りだと思う。随筆はなんでも本当のことを書けばよいのであるが、小説は嘘を書いてそうしてさも本当らしく読ませなければならないからである。もっとも、本当に本当のことを云うのも実はそうやさしくはないと思われるが、それでも本当に本当らしい嘘を云うことのむつかしさに比べればなんでもないと思われる。実際、嘘を云って、そうして辻褄《つじつま》の合わなくなることを完全に無くするにはほとんど超人的な智恵の持主であることが必要と思われるからである。

真実を記述するといっても、とにかく主観的の真実を書きさえすれば少くも一つの随筆にはなる。客観的にはどんな間違ったことを書き連ねていても、その人がそういうことを信じているという事実が読者には面白い場合があり得るからである。しかし本来はやはり客観的の真実の何かしら多少でも目新らしい一つの相を提供しなければ随筆という読物としての存在理由は稀薄《きはく》になる、そうだとすると随筆なら誰でも書けるとも限らないかもしれない。

前記の小説家もこんなことぐらいはもちろん承知の上でそれとは少し別の意味でそう云ったには相違ないが、しかし不用意に読み流した読者の中には著者の意味とちがった風に解釈して、それだから概括的に小説は高級なもので随筆は低級なものであるという風に呑《の》み込んでいる人が案外多いということに近ごろ気がついて、そういう事実に興味を感じている。こんな風に、文字の表面の意味とよほどちがった意味を読者に暗示するような記述法が新聞記事の中などにはたくさんに見出《みいだ》されるようであるが、これらも巧妙な修辞法の一例と思われる。

とにかく科学者には随筆は書けるが小説は容易に書けそうもない。

昔ある国での話であるが、天文の学生が怠けて星の観測簿を偽造して先生に差出したらたちまち見破られてひどくお眼玉を頂戴《ちょうだい》した。実際一晩の観測簿をもっともらしく偽造するための労力は十晩百晩の観測の労力よりも大きいものだろうと想像されるのである。

（昭和九年八月『文学』）

五月の唯物観

西洋では五月に林檎《りんご》やリラの花が咲き乱れて一年中で一番美しい自然の姿が見られる地方が多いようである。しかし日本も東京辺では四月末から五月初へかけていろいろな花がひと通り咲いてしまって次の季節の花のシーズンに移るまでの間にちょっとした中休みの期間があるような気がする。少くも自分の家の植物界ではそういうことになっているようである。

四月も末近く、紫木蓮《しもくれん》の花弁の居住いがなんとなくだらしがなくなると同時にはじめ目立たなかった青葉の方がしだいに威勢がよくなってくるとその隣の赤椿の朝々の落花の数が多くなり、蘇枋《すおう》の花房の枝の先に若葉がちょぼちょぼと散点して見え出す。すると霧島《きりしま》つつじが二、三日の間に爆発的に咲き揃う。少しおくれて、それまでは藤棚から干からびた何かの小動物の尻尾《しっぽ》のように垂れていた花房が急に伸び開き簇生《そうせい》した蕾《つぼみ》が破れてあでやかな紫の雲を棚引かせる。そういう時によく武蔵野《むさしの》名物のから風が吹くことがあってせっかく咲きかけた藤の花を吹きちぎり、ついでに柔かい銀杏《いちょう》の若葉を吹きむしることがあるが、不連続線の狂風が雨を呼んで干からびたむせっぽい風が収まると共に、穏やかにしめやかな雨がおとずれてくると花も若葉も急に蘇生《そせい》したように光彩を増して、人間の頭の中までも一時に洗われたように清々《すがすが》しくなる。そういう時に軒の雨垂れを聞きながら静かに浴槽に浸《ひた》っている心持は、およそ他に比較するもののない閑寂で爽快《そうかい》なものである。そういう日が年のうちに一日あることもあり、ないこともあるような気がする。そうだとすると生命のあるうちにそういう稀有《けう》な日をできるだけしみじみと味わっておかなければならないわけである。

若かった時分には四月から五月にかけての若葉時が年中で一番いやな時候であった。理由のない不安と憂鬱《ゆううつ》の雰囲気のようなものが菖蒲や牡丹《ぼたん》の花弁から醸《かも》され、鯉幟《こいのぼり》の翻る青葉の空に流れたなびくような気がしたものである。その代り秋風が立ち始めて黍《きび》の葉がかさかさ音を立てるころになると世の中が急に頼もしく明るくなる。したがって一概に秋を悲しいものときめてしまった昔の歌人などの気持が自分にはさっぱり呑《の》みこめなかったのであった。それが年を取るうちにいつの間にか自分の季節的情感がまるで反対になって、このごろでは初夏の若葉時が年中で一番気持のいい、勉強にも遊楽にも快適な季節になってきたようである。

この著しい「転向」の原因は主に生理的なものらしい。試に自分のあやしげな素人《しろうと》生理学の知識を基礎にして臆説《おくせつ》を立ててみるとおおよそ次のようなことではないかと思う。

吾々《われわれ》が格別の具体的事由なしに憂鬱になったり快活になったりする心情《ムード》の変化はある特殊の内分泌《ぶんぴつ》ホルモンの分泌量に支配されるものではないかと思われる。それが過剰になると憂鬱になったり感傷的になったり怒りっぽくなったりするし、また、過少になると意気銷沈《しょうちん》した不感《アパシー》の状態になるのでないかと思われる。そこで分泌が過剰でもなく過少でもない中間のある適当な段階のある範囲内にあるときが生理的に最も健全な状態で、そういう時に最も快適な平衡のとれた心情の動きを享有することができるのだと仮定する。

一方でまたこの分泌には一年を週期とする季節的変化があって、その最高《マキシマム》が晩春、最低《ミニマム》が初秋のころにあると仮定する。それからまたその週期的な波の「平均水準」が人々によっていろいろ違うのみならず、同一個人でも健康状態によりまた年齢によりいろいろちがうものとする。さらにまたその平均水準の上下に昇降する週期的変化の「振幅《アンプリチユード》」がやはり人によっていろいろの差があり、ある人は春秋の差がそれほど大きくないのに、ある人はそれが割合に大きいという風な変異《ヴエリエーシヨン》があるものとする。

数式で書き現わすと、この問題の分泌量Hがざっと $H = H_0 + A \sin nt$ のような形で書き現わされその平均水準の H_0 と振幅Aとが各個人の各年齢でいろいろになる量だとする。そこで今一番適当なHの量を仮りにKだとすると、上式をKに等しいと置いたときにその式を満足するような時間ｔに相当する時季がその人の一番気持のいいときになる勘定である。

もしも H_0-A がKより大きいような人ならばその人は年中怒りっぽくまた憂鬱になりやすいし、また H_0+A がKより小さい人は年中元気がなく悄気《しょげ》ていることになる。この仮説を応用して自分の場合に当てはめてみると若い時分にはH_0もAも相当大きくてしかも H_0-A がほぼKに等しかった、しかし年を取ってある時期以後H_0が著しく減って $H_0+A=K$ に近くなったという風に解釈すると一応の説明がつきそうである。もっともH_0がだんだんに減ってきたとすると、中年ごろに一度 $H_0=K$、換言すれば夏と冬とがちょうど快適だという時期があったとしなければ勘定が合わぬことになるが、しかし実際は上のような簡単な式ですべてが現わされるはずはないので、例えば過剰や過少が寒暖の急な変り目だけに起り、そういう時期だけにそれが有効に心情を支配するのだとすれば、それでも一応はこの困難が避けられるであろうと思われる。

この素人学説はたぶん全然間違っているか、あるいはことによると、もうすでにこれといくらか似た形でよく知られていることかもしれない。しかし自分がここでこんなことを書きならべたのは別にそうした学説を唱えるためでもなんでもないので、ただここでいったような季節的・気候的環境の変化に伴う生理的変化の効果が人間の精神的作用にかなり重大な影響を及ぼすことがあると思われるのに、そういう可能性を自覚しないばかりに、客観的には同じ環境が主観的にある時は限りなく悲観されたり、またある時は他愛《たわい》もなく楽観されたりするのを、うっかり思い違えて、本当に世界が暗くなったり明るくなったりするかのように思いつめてしまって、つい三原山《みはらやま》へ行きたくなりまた反対に有頂天《うちょうてん》になったりする、そういう場合に、前述のごとき馬鹿気た数式でもひねくってみることが少くも一つの有効な鎮静剤の役目をつとめることになりはしないかと思うので、そういう鎮静剤を一部の読者に紹介したいと思ったまでのことである。

兼好法師《けんこうほうし》の時代にはもちろん生理学などというものはなかったが、彼の『徒然草《つれづれぐさ》』第十九段を見ると「青葉になりゆくまで、よろづにたゞ心をのみなやます」とか、また「若葉の梢涼しげに茂りゆくほどこそ、世のあはれも、人の恋しさもまされ」と、人のおほせられしこそ、げにさるものなれ」などといっているところを見ると、この法師もその当時は $H_0 - A = K$ の仲間ではなかったかと想像されて可笑《おか》しい。それに引きかえて『枕草子《まくらのそうし》』に現われてくる清少納言《せいしょうなごん》の方はひどく健康がよくてAが小さくH_0がいつもKに近いという型の婦人であったように見えるのである。

『徒然草』の「あやめふく頃」で思い出すのはベルリンに住んではじめての聖霊降臨祭《フィングステン》の日に近所の家々の入口の軒に白樺《しらかば》の折枝を挿すのを見て、不思議なことだと思って二、三の人に聞いてみたが、どうした由来によるものか分らなかった。ただなんとなく軒端に菖蒲を葺《ふ》いた郷国の古俗を想い浮べて、何かしら東西両洋をつなぐ縁の糸のようなものを想像したのであったが、後にまたウィーンの歳の暮に寺の広場で門松《かどまつ》によく似た樅《もみ》の枝を売る歳の市の光景を見て、同じような空想を逞《たくま》しゅうしたこともあった。こんな習俗ももとは何かしら人間の本能的生活に密接な関係のある年中行事から起ったものであろうと思うが、形式だけが生残って内容の原始的人間生活の匂いは永久に消えてしまい忘れられてしまったのであろう。

「早苗とる頃」で想い出すのは子供の頃に見た郷里の氏神の神田の田植の光景である。このときの晴れの早乙女《さおとめ》には村中の娘達が揃いの紺の着物に赤帯、赤襷《あかだすき》で出る。それを見物に行く町の若い衆達のうちには不思議な嗜《し》被虐《ひぎゃく》性変態趣味をもった仲間が交っていたようである。というのは、昔からの国の習俗で、この日の神聖な早乙女に近よってからかったりする者は彼女達の包囲を受けて頭から着物から泥を塗られ浴びせられても決して苦情はいわれないことになっていたのである。

そういう恐ろしい刑罰の危険を冒して彼女らを「テガイニイク」（からかいに行く）という冒険には相当な誘惑を感じる若者も多かったであろうが、中にはわざわざ彼女達につかまって田の泥を塗られることの快感を享楽するために出かける人もあるという話を聞いたことがあったようである。

一度実際に泥を塗られている場面を見たことがある。その時の犠牲は三十恰好《かっこう》の商人風の男で、なんでも茶がかった袷《あわせ》の着流しに兵児帯《へこおび》をしめていたように思う。それが下駄《げた》を片手にぶらさげて跣足《はだし》で田の畦《あぜ》を逃げ廻《まわ》るのを、村のアマゾン達が巧妙な戦陣を張ってあらゆる遁《に》げ路《みち》を遮断しながらだんだんに十六むさしの罫線《けいせん》のような畦を伝って攻め寄せていった。その後から年とった女達が鍬《くわ》の上に泥を引っかけたのを提げて弾薬補給の役目をつとめるためについていくのである。とうとうつかまって顔といわず着物といわずべとべとの腐泥《ふでい》を塗られてげらげら笑っている三十男の意気地なさをまざまざと眼底に刻みつけられたのは、誠に得がたい教訓であった。維新前の話であるが、通りがかりの武士が早乙女に泥を塗られたのを怒ってその場で相手を斬殺《ざんさつ》した事件があって、それを種に仕組んだ芝居が町の劇場で上演されたこともあったようである。

これらの泥塗事件も唯物論的に見ると、みんな結局は内分泌に関係のある生化学的問題に帰納されるのかもしれない。そういえば、春過ぎて若葉の茂るのも、初鰹《はつがつお》の味の乗ってくるのも山時鳥《やまほととぎす》の啼《な》き渡るのもみんなそれぞれいろいろな生化学の問題とどこかでつながっているようである。しかしたとえこれに関して科学者がどんな研究をしようとも、いかなる学説を立てようとも、青葉の美しさ、鰹のうまさには変りはなく、時鳥の声の喚《よ》び起す詩趣にもなんら別状はないはずであるが、それにかかわらずもしや現代が一世紀昔のように「学問」というものの意義の全然理解されない世の中であったとしたら、このような科学的五月観などはうっかり口にすることを憚《はばか》らなければならなかったかもしれないのである。そういう気がねのいらないのは誠に二十世紀のありがたさであろうと思われる。

（昭和十年五月『大阪朝日新聞』）

竜舌蘭

一日じめじめと、人の心を腐らせた霧雨もやんだようで、静かな宵闇の重く湿った空に、どこかの汽笛が長い波線を引く。さっきまで「青葉茂れる桜井《さくらい》の」と繰返していた隣のオルガンが止むと、間もなく門の鈴が鳴って軒の葉桜の雫《しずく》が風のないのにばらばらと落ちる。「初雷様だ、あすはお天気だよ」と勝手の方で婆さんが独り言を云う。地の底空の果から聞えてくるような重々しい響が腹にこたえて、昼間読んだ悲惨な小説や、隣の「青葉しげれる桜井の」やらが、今さらに胸をかき乱す。こんな時にはいつもするように、机の上に肱《ひじ》を突いて、頭をおさえて、何もない壁を見つめて、あった昔、ない先きの夢幻の影を追う。なんだか思い出そうとしても、思い出せぬ事があってうっとりしていると、雷の音が今度はやや近く聞えて、ふっと思い出すと共に、ありあり目の前に浮んだのは、雨に濡《ぬ》れた竜舌蘭《りゅうぜつらん》の鉢である。

河野の義さんが生れた歳だから、もうかれこれ十四、五年の昔になる。自分もまだやっと十か十三ぐらいであったろう。来る幾日義雄の初節句の祝をしますから皆さんおいで下さるようにとチョン髷《まげ》の兼作爺が案内に来て、その時にもらった紅白の餅《もち》が大きかった事も覚えている。いよいよその日となって、母上と自分と二人で、車で出かけた。折からの雨で車の中は窮屈であった。自分の住っている町から一里半余、石ころの田舎道《いなかみち》をゆられながらやっと姉さんの宅へ着いた。門の小流の菖蒲も雨にしおれている。もう大勢客が来ていて母上は一人一人に懇《ねんごろ》に一別以来の辞儀をせられる。自分はその後に小さくなって手持無沙汰《ぶさた》でいると、折よくここの俊ちゃんが出て来て、待ちかねていたという風で自分を引張ってお池の鯉を見にいった。姉さん所には池があっていいと子供心に羨《うらやま》しく思うていた。池はちょっとした中庭にいっぱいになっていて、門の小川の水が表から床下をくぐってこの池へ通い裏田圃《たんぼ》へぬけるようにしてある。大きな鯉、緋鯉《ひ》がたくさん飼ってあって、このごろの五月雨《さみだれ》に増した濁り水に、おとなしく泳いでいると思うと折々凄《すさ》まじい音を立ててはね上る。池の周りは岩組になって、痩《や》せた巻柏《まきがしわ》、棕櫚竹《しゅろちく》などが少しあるばかり、そして隅の扁《ひら》たい岩の上に大きな竜舌蘭の鉢が乗っている。姉さんがこの家へ輿入《こしいれ》になった時、始めてこの鉢を見て珍しい草だと思ったが、今でも故郷の姉を思うたびにはきっとこの池の竜舌蘭を思い出す。今思い出したのはこの鉢であった。

池を距《へだ》てて池の間と名のついたこの小座敷の向い側は、台所に続く物置の板蔀《いたじとみ》の、その上がちょっとしゃれた中二階になっている。

あのころの田舎の初節句の祝宴はたいていい二日続いたもので、親類縁者はもちろん、平素はあまり往来せぬ遠縁のいとこ、はとこまで、中にはずいぶん遠くからはるばる泊りがけで出てくる。それから近村の小作人、出入の職人まで寄り集って盛んな祝であった。近親の婦人が総出で杯盤の世話をし、酌をする。その上、町から芸者を迎えて興を添えさせるのが例なので、この時も二人来ていた。これも祝のあるうちは泊っているので、池の向うの中二階はこの芸者の化粧部屋にも休憩所にもまた寝室にもなっていた。

夕方近くから夜中過ぎるまで、家中ただ眼のまわるほど忙しく騒がしい。台所では皿鉢のふれ合う音、庖丁《ほうちょう》の音、料理人や下女らの無作法な話声などで一通り騒がしい上に、ねこ、犬、それから雨に降り込められて土間へ集っている鶏までが一層の賑《にぎや》かさを添える。奥の間、表座敷、玄関ともいわず、いっぱいの人で、それが一人一人にお辞儀をしてはむつかしい挨拶《あいさつ》を交換している。

その混雑の間をくぐり、お辞儀の頭の上を踏み越さぬばかりに杯盤酒肴《しゅこう》を座敷へはこぶ往来も見るからに忙しい。子供ら《たち》は仲間が大勢できた嬉《うれ》しさで威勢よく駆け廻る。いったい自分はそのころから陰気な性で、こんな騒ぎが面白くないから、いつものように宵のうちいい加減御馳走《ごちそう》を食ってしまうと奥の蔵の間へ行って戸棚から『八犬伝《はっけんでん》』、『三国志《さんごくし》』などを引っぱり出し、おなじみの信乃《しの》や道節《どうせつ》、孔明《こうめい》や関羽《かんう》に親しむ。この室は女の衣裳《いしょう》を着更《きが》える処になっていたので、四面にずらりと衣桁《いこう》を並べ、衣紋《えもん》竹《だけ》を掛けつらねて、派手なやら、地味なやらいろんな着物が、虫干の時のように並んでいる。白粉《おしろい》臭い、汗くさい変な香が籠《こも》った中で、自分は信乃が浜路《はまじ》の幽霊と語るくだりを読んだ。夜の更けるにつれて、座敷の方はだんだん賑かになる。調子を合す三味線の音がすると、清らかな女の声で唄《うた》うのが手に取るように聞える。調子はずれの鄙歌《ひなうた》が一度に起って皿をたたく音もする。ひとしきり唄が止んだと思うと、不意に鞭《べん》声粛々《せいしゆくしゆく》と誰れやらが厭《いや》な声でわめく。

　信乃が腕を拱《こまね》いてうつむいている前に片手を畳につき、片袖《そで》をくわえている浜路の後に、影のように現われた幽霊の絵を見ていた時、自分の後の唐紙がするすると開いて、はいってきた人がある。見ると年増《としま》の方の芸者であった。自分にはかまわず片隅の衣桁に懸っている着物の袂《たもと》をさぐって何か帯の間へはさんでいたが、不意に自分の方をふり向いて「あちらへいらっしゃいね、坊ちゃん」と云った。そして自分の傍へ膝《ひざ》のふれるほどに坐《すわ》って「オオいやだ、お化け」と絵をのぞく。髪の油が匂う。二人でだまって無心にこの絵を見ていたら誰れかが「清香さん」とあっちの方で呼ぶ。芸者はだまって立って部屋を出ていった。

　俊ちゃんと二人で奥の間で寝てしまったころも、座敷の方はまだ宵のさまであった。

　翌《あく》る日も朝から雨であった。昨夜の騒ぎにひきかえて静か過ぎるほど静かであった。男は表の座敷、女同志は奥の一間へ集って、しめやかに話している。母上は姉さんと押入から子供の着物など引きちらして何か相談している。新聞を拡げた上に居眠りを始めている人もある。酒の匂の籠った重くるしい鬱陶《うっとう》しい空気が家の中に充《み》ちて、誰れも彼れも、とんと気抜のしたような風である。台所では折々トン、コトンと魚の骨でも打つらしい単調な響が静かな家中にひびいて、それがまた一種の眠気をさそう。中二階の方で、つま引の三絃《さんげん》の音がして「夜の雨もしや来るかと」とつやのある低い声で唄う。それもじき止んで五月雨の軒の玉水が亜鉛のとゆに咽《むせ》んでいる。骨を打つ音は思い出したように台所にひびく。

昼から俊ちゃんなどと、じき隣の新宅へ遊びに行った。うちの人は皆姉さんの方へ手伝に行っているので、ただ中気《ちゅうき》で手足のきかぬ祖父さんと雇婆さんがいるばかり、いつもは賑かな家もひっそりして、床の間の金太郎や鍾馗《しょうき》も淋しげに見えた。十六むさし、将棋の駒の当てっこなどしてみたが気が乗らぬ。縁側に出てみると小庭を囲う低い土塀を越して一面の青田が見える。雨は煙のようで、遠くもない八幡《はちまん》の森や衣笠山もぼんやりとにじんだ墨絵の中に、薄く萌黄《もえぎ》をぼかした稲田には、草取る人の簑笠《みのかさ》が黄色い点を打っている。ゆるい調子の、眠そうな草取り歌が聞える。歌の詞は聞き取れぬが、単調な悲しげな節で消え入るように長く引いて、一ふしが終わると、しばらく黙ってまたゆるやかに歌い出す、これを聞いているとなんだか胸をおさえられるようで急に姉さんの宅へ帰りたくなったから一人で帰った。帰ってみるともうそろそろ客が来始めて、例のうるさいお辞儀が始っている。さっきから頭が重いようで、気が落付かぬようで人に話しかけられるのがいやであったから、独りで蔵の間へ入って『八犬伝』を見たが、すぐいやになる。鯉でも見ようと思って池の間へ行って見た。縁側の柱へ頭をもたせてぼんやり立つ。水かさのました稲田から流れ込んだ浮草が、ゆるやかに廻りながら、水の面へ雨のしずくが画いては消し、画いては消す小さい紋と一緒に流れていく。鯉は片隅の岩組の陰に仲よく集ったまま静かに鰭《ひれ》を動かしている。竜舌蘭の厚いとげのある葉が濡れ色に光って立っている。中二階の池に臨んだ丸窓には、昨夜の清香の淋《さび》しい顔が見える。窓の縁に頬杖《ほおづえ》をついたまま、何やら物思わしそうに薄墨色の空のかなたを見つめている。こめかみに貼った頭《ず》痛膏《つうこう》にかかる後れ毛を撫《な》でつけながら、自分の方を向いたが、軽くうなずいて片頰で笑った。

夕方母上は、あんまり内をあけてはというので、姉上の止めるのにかかわらず帰る事になった。「お前も帰りましょうね」と聞かれた時、帰るのがなんだか名残り惜しいような気もして「ウン」と鼻の中で曖昧《あいまい》な返事をする。姉さんが「この児はいいでしょう。ねえ、お前もう一晩泊っておいで」とすすめる。これにも「ウン」と鼻で返事する。「泊るのはいいが姉さんに世話をおかけでないよ」と云っていよいよ一人で帰る支度をせられる。立場まで迎えにやった車が来たので姉さんと門まで送って出た。車が柳の番所の辻《つじ》を曲って見えなくなった時急に心細くなって、一緒に帰ればよかったと思う。「さあおいで」と姉さんは引立てるように内へはいる。

頭の工合《ぐあい》がいよいよ悪くなって心細い。母上と一緒に帰ればよかったと心で繰返す。けむる霧雨の田圃道をゆられていく幌車《ほろぐるま》の後影を追うような気がして、なつかしい我家の門の柳が胸にゆらぐ。騒々しい、殺風景な酒宴になんの心残りがあって帰りそこなったのか。帰りたい、今からでも帰りたいと便所の口の縁へ立ったまま南天の枝にかかっている紙のてるてる坊さんに祈るように思う。雨の日の黄昏《たそがれ》は知らぬ間に忍足で軒に迫って早や灯ともしごろの侘《わび》しい時刻になる。家の内はだんだん賑かになる。はしゃいだ笑声などが頭に響いて侘しさを増すばかりである。

姉上に、少し心持が悪いからと、云いにくかったのをやっと云って早く床を取ってもらって寝た。萌黄地《もえぎじ》に肉色で大きく鶴《つる》の丸を染め抜いた更紗《さらさ》蒲団《ふとん》が今も心に残っている。頭が冴《さ》えて眠られそうもない。天井に吊《つ》るした金銀色の蠅除《はえよ》け玉に写った小さい自分の寝姿を見ていると、妙に気が遠くなるようで、体がだんだん落ちていくようななんとも知れず心細い気がする。母上はもううちへ帰りついて奥の仏壇の前で何かしておられるかと思うとわけもなく悲しくなる。姉さんのうちが賑かなのに比べて我家の淋しさが身にしむ。いろんな事を考えて夜着の領《えり》を噛《か》んでいると、涙が眼じりからこめかみを伝うて枕にしみ入る。座敷では「夜の雨」を唄うのが聞える。池の竜舌蘭が眼に浮ぶと、清香の顔が見えて片頬で笑う。

この夜凄まじい雷が鳴って雨雲を蹴《け》散《ち》らした。朝はすっかり晴れて強い日光が青葉を射ていた。早起して顔を洗った自分の頭もせいせいして、勇ましい心は公園の球投《たまな》げ、樋川の夜振りと駆けめぐった。

義ちゃんは立派に大きくなったが、竜舌蘭は今はない。

雷はやんだ。あすは天気らしい。

（明治三十八年六月『ホトトギス』）

やもり物語

ただ取り止めもつかぬ短夜の物語である。

毎年夏始めに、ほど近い植物園からこのわたりへかけ、一体の若葉の梢《こずえ》が茂り黒み、情ない空風《からかぜ》が遠い街の塵《ちり》を揚げて森の香の清いこころまでも吹き込んでくるころになると、定まったように脳の工合が悪くなる。殺風景な下宿の庭に鬱陶《うっとう》しく生いくすぶった八つ手の葉蔭《はかげ》に、夕闇の蟇が出る頃にはますます悪くなるばかりである。何をするのも懶《ものう》くつまらない。過ぎ去ったさまざまの不幸を女々《めめ》しく悔んだり、意気地のない今の境遇に愛想をつかすのもこの頃の事である。自分のような身も心も弱い人間は、孟夏《もうか》を迎うる強烈な自然の力に圧服されてひとりでにこんな心持になるのかと考えた事もある。こんな厭《いや》な時候に、ただ一つ嬉しいのは、心ゆくばかり降る雨の夕を、風《ふ》呂《ろ》に行く事である。泥濘《ぬかるみ》のひどい道に古靴を引きずって役所から帰ると、濡れた服もシャツも脱ぎ捨てて汗をふき、四畳半の中敷に腰をかけて、森の葉末、庭の苔《こけ》の底までもとしみ入る雨の音を聞くのがまず嬉しい。塵埃《じんあい》にくすぶった草木の葉が洗われて美しい濃緑に返るのを見ると自分の脳の濁りも一緒に洗い清められたような心持がする。そしてじめじめする肌の汚れも洗って清浄な心になりたくなるので、手拭《てぬぐい》をさげて主婦の処へ傘と下駄を出してもらいに行く。主婦はいつもこの雨のふるのにお風呂ですかと聞くが、自分は雨が降るから出掛けるのである。門を出ると傘をたたく雨の音も、高い足駄《あしだ》の踏み心地もよい。

下宿から風呂屋までは一町に足らぬ。鬱陶しいほど両側から梢の蔽《おお》い重った暗闇阪を降り尽して、左に曲れば曙湯《あけぼのゆ》である。雨の日には浴客も少なく静かでよい。はいっているうちにもう灯がつく。疲労も不平も洗い流して蘇《よみがえ》ったようになって帰る暗闇阪は漆のような闇である。阪の中ほどに街灯がただ一つ覚束《おぼつか》ない光に辺りを照らしている。片側の大名邸の高い土堤《どて》の上に茂り重る萩青芒《あおすすき》の上から、芭蕉《ばしょう》の広葉が大わらわに道へ差し出て、街灯の下まで垂れ下り、風の夜は大きな黒い影が道いっぱいにゆれる。かなりに長いこの阪の凸凹道にただ一つの灯火とそのまわりの茂りのさまは、ただださえ一種の強い印象を与えるのであるが、一層自分の心を引いたのはその街灯に止った一疋《ぴき》の小さいやもりであった。汚れ煤《すす》けたガラスに吸い付いたように細長いからだを弓形《ゆみなり》に曲げたまま身じろきもせぬ。気味悪く真白な腹を照らされてさながら水のような光の中に浮いている。銀の雨はこの前をかすめて芭蕉の背をたたく。立止って気をつけて見ると、頭に突き出た大きな眼は、怪しいまなざしに何物かを呪うているかと思われた。

始めてこの阪のやもりを見た時、自分はふとこんな事を思い出した。自分が十九歳の夏休みに父に伴われて上京し麴町《こうじまち》の宿屋に二月ばかり泊っていた時の事である。とある雨の夜、父は他所《よそ》の宴会に招かれて更けるまで帰らず、離れの十畳はしんとして鉄瓶のたぎる音のみ冴える。外にはほど近い山王台の森から軒の板庇《いたびさし》を静にそそぐ雨の音も侘しい。所在なさに縁側の障子に背をもたせて宿で借りた尺八を吹いていた。一しきり襲いくる雨の足に座敷からさす灯が映えて、庭は金糸の光に満つる。恍惚《こうこつ》としていた時に雨を侵す傘の音と軽い庭下駄の音が入口に止んで白い浴衣《ゆかた》の姿が見えた。女中のお房が雨戸をしめに来たのである。自分は笛を下に置いて座敷にはいった。女中は縁側の戸を一枚一枚としめていって残る一枚を半ばで止め、暗い庭の方をじっと見ている。自分は父の机の前に足を投出したままで無心に華車《きゃしゃ》な浴衣の後姿から白い衿頸《えりくび》を見上げた時、女は肩越しにチラと振り向いたと思う間に戸をはたとしめた。この時の女の顔は不思議な美しさに輝いて、涼しい眼の中に燃ゆるような光は自分の胸を射るかと思ったが、やがて縁側に手をついて、よろしくば風呂を御召しあそばせと云った時はもう平生のお房であった。女が去った後自分は立って雨戸を一枚あけて庭を見た。霧のように細かな雨が降っている。どこかで轡虫《くつわむし》の鳴くのが静な闇に響く。夢から醒《さ》めたような心持である。戸袋のすぐ横に、便所の窓の磨硝子《すりガラス》から朧《おぼろ》な光のさすのに眼をうつすと、痩せたやもりが一疋、雨に迷う蚊を吸うとてか、窓の片側に黒いくの字を画いていた。

その後田舎《いなか》へ帰ってからも、再び東京に出た後も、つい一度もやもりというものを見なかったが、駒込《こまごめ》の下宿に移って後、夏も名残のある夜の雨にこの暗闇阪のやもりを見つけた時、十九の昔の一夜がありあり思い出された。あの後父が再び上京して帰った時の話の末に、お房と云う女中は縁あってある大尉とかの妻になったと聞いた。事によれば今も同じ東京にいるかもしれぬ。彼はいわば玉の輿《こし》にのったとも云われようが、自分の境遇はずいぶん変った。たとえ昔のお房に再会するような事があっても、今の自分を十年の昔豪奢《ごうしゃ》を尽した父の子とは誰れが思おう。やもりを見て昔を思い出すと運命のたよりなさという事を今さらのように感じる。そしてせっかく風呂に入って軽くなった心を腐らしてしまうのであった。

やもりは雨のふる夜ごとに暗闇阪の街灯に出ているが、いつどこから這《は》い上るともしれぬ。気をつけていたにもかかわらず一度も柱を登る姿を見た事がない。日の暮れるまでは影も見えず、夜はいつの間にか現われてガラスに貼り付けたように身動きせぬ。朝出がけに見るともういない。夜一夜あのままに貼り付いていたのが朝の光と共に忽然《こつぜん》と消えるのでないかというような事を考えた事もある。

暗闇阪を下りつめた角に荒物屋がある。この店はちょうど自分が今の処に移る少し前に新しく出来たそうである。毎日通り掛りに店の様も見れば、また阪の方に開いた裏口の竹垣から家内の模様もいつとなく知られる。主人はもう五十を越した、人のよさそうな男であるが、主婦はこれも五十近所で、皮膚の蒼《あお》黄色いどことなく険のあるいやな顔だと始め見た時から思った。主人夫婦のほかには二十二、三の息子らしい弱そうな脊《せ》の高い男と、それからいつも銀杏返《いちょうがえ》しに結うた十八、九の娘と、ほかには真黒な猫がいるようであった。亭主と息子は時々店の品物に溜《た》まる街道の塵をはたいている。主婦や娘は台所で立働いているのを裏口の方から見かける事があるが、いったいにどことなく陰気なこの家内のさまは、日を経るにしたごうて自分の眼に映る。主婦は時々鉢巻をして髪を乱して、いかにも苦しそうに洗濯などしている事がある。流し元で器皿を洗っている娘の淋しい顔はいつでも曇っているように思われた。

二、三ヶ月ほどたって後息子の顔が店に見えぬようになって、店の塵を払う亭主は前よりも忙がしげに見えたが、それでもいつも同じような柔和な顔つきで、この男のみは裏木戸に落つる梧葉《ごよう》の秋も知らぬようであった。

やもりはもう見えぬようになった。冬が容赦もなく迫ってきて木枯が吹募るある夜、散歩の帰り途《みち》に暗闇阪近くなった時、自分の数間前を肩をすぼめて俯向《うつむ》いて行く銀杏返しの女がある。たいていの店は早くしまって、寂れた町に渦巻き立つ砂ほこりの中を小きざみに行く後姿が非常に心細げに見えた。向うから来かかった老婆とすれちがった時、二人は急に立止って、老婆の方から、「ホー、しばらくだったね、もう少しはいいかえ」と聞く。振りむいたとき見ると荒物屋の娘であった。淋しい笑を片頬に見せて、消入るような声で何か云っているようであったが凄まじい木枯が打消してしまって、老婆の「ホー」と云った寒そうな声と、娘の淋しかった笑顔とは何かなしに自分の心にしみ込むようであった。暗闇阪の街灯は木枯の中に心細く瞬《またた》いていた。

翌《あく》る年の春、上野の花が散ってしまった頃、ある夜膳《ぜん》を下げにきた宿の主婦の問わず語りに、阪の下の荒物屋の娘が亡くなったという話をした。今日葬式が済んだという。気立の優しいよい娘であったが、可哀相にお袋が邪慳《じゃけん》で、せっかく夫婦仲のよかった養子を離縁した。いったいに病身であった娘は、その後だんだんに弱くなって、とうとう二十歳でこんな事になったと話して聞かせた。自分は少し前に上野でこの娘に会うたことを思い出した。その時は隣の菓子屋の主婦と子供を二、三人連れて、花吹雪の竹の台を歩いていた。横顔は著しく痩せてはいたが、やがて死ぬ人とも見えなかったのである。

自分が年中で一番厭な時候が再び来て暗闇阪にはまたやもりを見るようになった。ある夜荒物屋の裏を通ったら、雨戸を明け放して明るい座敷が見える。高く釣った蚊屋の中にしょんぼり坐っているのは年とった主婦で、乱れた髪に鉢巻をして重い病苦に悩むらしい。亭主はその傍に坐って背でも撫でているけはいである。蚊屋の裾《すそ》には黒猫が顔を洗っている。

やもりと荒物屋にはなんの縁もないが、何物かを呪うようなこの阪のやもりを行き通りに見、打ち続く荒物屋の不幸を見聞きするにつけて、恐ろしい空想が悪夢のように心を襲う。黒ずんだ血潮の色の幻の中に、病女の顔や、死んだ娘の顔や、十年昔のお房の顔が、呪の息を吹くやもりの姿と一緒に巴《ともえ》のようにぐるぐるめぐる。

二、三日経て後の夕方、荒物屋の座敷には隣家の誰れ彼れが大勢集って酒を酌んでいた。畳屋も来ている、八百屋の顔も見える。あかるいランプの光は人々の赤い顔に映えてなんとなく陽気に見える。台所では隣の菓子屋の主婦が忙がしそうに立働いている。知らぬ人が見たら祝いの酒宴とも見えるだろう。しかし病めるこの家の主婦は前夜に死んだのである。いまわという時に、死んだ娘の名を呼んだとも云う。

養子に離れ、娘にも妻にも取り残されて、今は形影相弔《あいちょう》するばかりの主人は、他所《よそ》眼《め》には一向悲しそうにも見えず、相変らず店の塵をはたいている。台所の方は近所の者などがかわるがわる世話をしているようであった。それから間もなく新しい女が店に坐るようになった。下宿の主婦は、荒物屋には若いよい後妻が来たと喜んで話した。自分も新しい主婦の晴れやかな顔を見て、なんとなくこの店に一縷《いちる》の明るい光がさすように思うた。

今年の夏、荒物屋には幼い可愛い顔が一つ増した。心よく晴れた夕方など、亭主はこの幼児を大事そうに抱いて店先をあちこちしている。近所のお内儀さんなどが通りがかりに児をあやすと、嬉しそうな色が父親の柔和な顔に漲《みなぎ》る。女房は店で団扇《うちわ》をつかいながら楽しげにこの様を見ている。涼しい風は店の灯を吹き、軒に吊した籠《かご》や箒《ほうき》やランプの笠を吹き、見て過ぐる自分の胸にも吹き入る。

自分の境遇にはその後なんの変りもない。雨が降ると風呂に行く。暗闇阪の街灯には今でもやもりがいるが、元のような空想はもう起らぬ、小さな細長い黒影は平和な灯影に眠っているように思われるのである。

（明治四十年十月『ホトトギス』）

花物語

一　昼顔

いくつぐらいの時であったかたしかには覚えぬが、自分が小さい時の事である。宅の前を流れている濁った堀川に沿うて半町ぐらい上ると川は左に折れて旧城のすその茂みに分け入る。その城に向うた此方の岸に広い空地があった。維新前には藩の調練場であったのが、そのころは県庁の所属になったままで荒地になっていた。一面の砂地に雑草が所まだらに生い茂りところどころ昼顔が咲いていた。近辺の子供はここをいい遊び場所にして柵の破れから出入していたが咎《とが》める者もなかった。夏の夕方はめいめいに長い竹竿《たけざお》を肩にして空地へ出かける。どこからともなくたくさんの蝙蝠《こうもり》が蚊を喰《く》いに出て、空を低く飛びかわすのを、竹竿を振るうては叩《たた》き落すのである。風のない煙ったような宵闇に、蝙蝠を呼ぶ声が対岸の城の石垣に反響して暗い川上に消えていく。「蝙蝠来い。水呑ましょ。そっちの水にがいぞ」とあちらこちらに声がして時々竹竿の空《くう》を切る力ない音がヒューと鳴っている。賑かなようで云い知らぬ淋しさが籠っている。蝙蝠の出さかるのは宵の口で、遅くなるにしたがって一つ減り二つ減りどことなく消えるようにいなくなってしまう。すると子供らも散り散りに帰っていく。後はしんとして死んだような空気が広場を鎖《とざ》してしまうのである。いつか塒《ねぐら》に迷うた蝙蝠を追うて荒地の隅まで行ったが、ふと気がついてみるとあたりには誰もいぬ。仲間も帰ったか声もせぬ。川向うを見ると城の石垣の上に鬱然《うつぜん》と茂った榎《えのき》が闇の空に物恐ろしく拡がって汀《みぎわ》の茂みは真黒に眠っている。足をあげると草の露がひやりとする。名状のできぬ暗い恐ろしい感じに襲われて夢中に駆出して帰ってきた事もあった。広場の片隅に高く小砂を盛上げた土堤《どて》のようなものがあった。自分らはこれを天文台と名づけていたが、じつは昔の射的場の玉避《よ》けの迹《あと》であったので時々砂の中から長い鉛玉を掘り出す事があった。年上の子供はこの砂山によじ登ってはすべり落ちる。時々戦争ごっこもやった。賊軍が天文台の上に軍旗を守っていると官軍が攻め登る。自分もこの軍勢の中に加わるのであったが、どうしてもこの砂山の頂きまで登る事ができなかった。いつもよく自分をいじめた年上の者らは苦もなく駆け上って上から弱虫と嘲《あざけ》る。「早く登って来い、ここから東京が見えるよ」などと云って笑った。口惜しいので懸命に登りかけると、砂は足元から崩れ、力草と頼む昼顔は脆《もろ》くちぎれてすべりおちる。砂山の上から賊軍が手を打って笑うた。しかしどうしても登りたいという一念は幼い胸に巣をくうた。ある時は夢にこの天文台に登りかけてどうしても登れず、もがいて泣き、母に起され蒲団の上に坐ってまだ泣いた事さえあった。「お前はまだ小さいから登れないが、今に大きくなったら登れますよ」と母が慰めてくれた。その後自分の一家は国を離れて都へ出た。執着のない子供心には故郷の事はしだいに消えて昼顔の咲く天文台もただ夢のような影を留《とど》めるばかりであった。二十年後の今日故郷へ帰ってみるとこの広場には町の小学校が立派に立っている。大きくなったら登れると思った天文台の砂山は取り崩されてもう影もない。ただ昔のままを留めてなつかしいのは放課後の庭に遊んでいる子供らの勇ましさと、柵の根元にかれがれに咲いた昼顔の花である。

二　月見草

高等学校の寄宿舎にはいった夏の末の事である。明けやすいというのは寄宿舎の二階に寝て始めて覚えた言葉である。寝相の悪い隣の男に踏みつけられて眼をさますと、時計は四時過ぎたばかりだのに、夜はしらしらと半分上げた寝室のガラス窓に明けかかって、覚めきらぬ眼には釣り並べた蚊帳《かや》の新しいのや古い萌黄色《もえぎいろ》が夢のようである。窓の下框《したがまち》には扁柏《へんばく》の高い梢が見えて、その上には今眼覚めたような裏山が覗《のぞ》いている。

床はそのままに、そっと抜け出して運動場へ下りると、広い芝生は露を浴びて、素足につっかけた兵隊靴を濡らす。ばったが驚いて飛び出す羽音も快い。芝原の囲《まわ》りは小松原が取り巻いて、隅のところどころには月見草が咲き乱れていた。その中を踏み散らして広い運動場を一囲りするうちに、赤い日影が時計台を染めて賄所の井戸が威勢よく軋《きし》り始めるのであった。そのころある夜自分は妙な夢を見た。ちょうど運動場のようで、もっと広い草原の中を朧《おぼろ》な月光を浴びて現《うつつ》ともなくさまようていた。淡い夜霧が草の葉末に下りて四方は薄絹に包まれたようである。どこともなく草花のような香がするがなんの匂いとも知れぬ。足許《あしもと》から四方にかけて一面に月見草の花が咲き連なっている。自分と並んで一人若い女が歩いているが、世の人と思われぬ蒼白い顔の輪郭に月の光を受けて黙って歩いている。薄鼠色《うすねずみいろ》の着物の長く曳《ひ》いた裾にはやはり月見草が美しく染め出されていた。どうしてこんな夢を見たものかそれは今考えても分らぬ。夢が覚めてみるとガラス窓がほのかに白んで、虫の音が聞えていた。寝汗が出ていて胸がしぼるような心持であった。起きるともなく床を離れて運動場へ下りて月見草の咲いている辺りをなんべんとなくあちこちと歩いた。その後も毎朝のように運動場へ出たが、これまでにここを歩いた時のような爽快な心持はしなくなった。むしろ非常に淋しい感じばかりして、そのころから自分はしだいに吾《われ》と吾《わ》が身を削るような、憂鬱《ゆううつ》な空想に耽《ふけ》るようになってしまった。自分が不治の病を得たのもこのころの事であった。

三　栗の花

三年の間下宿していた吉住の家は黒髪山《くろかみやま》の麓《ふもと》もやや奥まった所である。家の後ろは狭い裏庭で、その上はもうすぐに崖《がけ》になって大木の茂りが蔽《おお》い重なっている。傾く年の落葉木実と一緒に鵯《ひよどり》の鳴声も軒端に降らせた。自分の借りていた離室から表の門への出入にはぜひともこの裏庭を通らねばならぬ。庭に臨んだ座敷の外れに三畳敷ばかりの突き出た小室があって、洒落《しゃれ》た丸窓があった。ここは宿の娘の居間と極《きま》っていて、丸窓の障子は夏も閉じられてあった。ちょうどこの部屋の真上に大きな栗の木があって、夏初の試験前の調べが忙がしくなるころになると、黄色い房紐《ふさひも》のような花を屋根から庭へ一面に降らせた。落ちた花は朽ち腐れて一種甘いような強い香気が小庭に充ちる。ここらに多い大きな蠅《はえ》が勢いのよい羽音を立ててこれに集まっている。力強い自然の旺盛《おうせい》な気が脳を襲うように思われた。この花の散る窓のうちには内気な娘が垂れ込めて読物や針仕事の稽古《けいこ》をしているのであった。自分がこの家にはじめて来たころはようよう十四、五ぐらいで桃割《ももわれ》に結うた額髪を垂らせていた。色の黒い、顔立も美しいというのではないが眼の涼しいどこか可愛げな児であった。主人夫婦の間には年老っても子が無いので、親類の子供をもらって育てていたのである。娘のほかに大きな三毛猫がいるばかりでむしろ淋しい家庭であった。自分はいつも無口な変人と思われていたくらいで、宿の者と親しい無駄話をする事も滅多になければ、娘にもやさしい言葉をかけたこともなかった。毎日の食事時にはこの娘が駒下駄の音をさせて迎えに来る。土地の訛《なま》った言葉で「ご飯お上がんなさいまっせ」と云い捨ててすたすた帰っていく。初めはほんの子供のように思っていたが一夏一夏帰省してくるごとに、どことなくおとなびてくるのが自分の眼にもよく見えた。卒業試験の前のある日、灯ともしごろ、復習にも飽きて離室の縁側へ出たら栗の花の香は馴《な》れた身にもしむようであった。主家の前の植込の中に娘が白っぽい着物に赤い帯をしめて猫を抱いて立っていた。自分の方を見ていつにない顔を赤くしたらしいのが薄暗い中にも自分に分った。そしてまともにこっちを見つめて不思議な笑顔を洩《もら》したが、物に追われでもしたように座敷の方に駆込んでいった。その夏を限りに自分はこの土地を去って東京に出たが、翌年の夏初めごろほとんど忘れていた吉住の家から手紙が届いた。娘が書いたものらしかった。年賀の他には便りを聞かせた事もなかったが、どう思うたものか、細々《こまごま》と彼地の模様を知らせてよこした。自分の元借りていた離室はその後誰も下宿していないそうである。東京という処は定めてよい処であろう。一生に一度は行ってみたいというような事も書いてあった。別になんという事もないがどことなく艶《なまめ》かしいのはやはり若い人の筆だからであろう。一番おしまいに栗の花も咲き候。やがて散り申候とあった。名前は母親の名が書いてあった。

四　凌霄花

小学時代に一番嫌いな学科は算術であった。いつでも算術の点数が悪いので両親は心配して中学の先生を頼んで夏休み中先生の宅へ習いに行く事になった。宅から先生の所までは四、五町もある。宅の裏門を出て小川に沿うて少し行くと村はずれへ出る、そこから先生の家の高い松が近辺の藁屋根《わらやね》や植込の上に聳《そび》えて見える。これに凌霄《のうぜん》花《かずら》が下から隙間もなく絡んで美しい。毎日昼前に母から注意されていやいやながら出ていく。裏の小川には美しい藻《も》が澄んだ水底にうねりを打って揺れている。その間を小鮒《こぶな》の群が白い腹を光らせて時々通る。子供らが丸裸の背や胸に泥を塗っては小川へ入ってボチャボチャやっている。附木の水車を仕掛けているのもあれば、盥船《たらいぶね》に乗って流れていくのもある。自分は羨《うらや》ましい心をおさえて川沿いの岸の草をむしりながら石盤をかかえて先生の家へ急ぐ。寒竹の生籬《いけがき》をめぐらした冠木門《かぶきもん》をはいると、玄関の脇の坪には蓆《むしろ》を敷き並べた上によく繭を干してあった。玄関から案内を乞《こ》うと色の黒い奥さんが出てきて「暑いのによくご精が出ますねえ」といって座敷へ導く。綺麗《きれい》に掃除の届いた庭に臨んだ縁側近く、低い机を出してくれる。先生が出てきて、黙って床の間の本棚から算術の例題集を出してくれる。横に長い黄表紙で木版刷の古い本であった。「甲乙二人の旅人あり、甲は一時間一里を歩み乙は一里半を歩む……」といったような題を読んでその意味を講義して聞かせて、これをやってご覧といわれる。先生は縁側へ出て欠伸《あくび》をしたり勝手の方へ行って大きな声で奥さんと話をしたりしている。自分はその問題を前に置いて石盤の上で石筆をコツコツいわせて考える。座敷の縁側の軒下に投網が釣り下げてあって、長押《なげし》のようなものに釣竿がたくさん掛けてある。何時間で乙の旅人が甲の旅人に追い着くかという事がどうしても分らぬ、考えていると頭が熱くなる、汗が坐っている脚ににじみ出て、着物のひっつくのが心持が悪い。頭を抑えて庭を見ると、笠松の高い幹には真赤な凌霄の花が熱そうに咲いている。よい時分に先生が出てきて「どうだ、むつかしいか、ドレ」といって自分の前へ坐る。羅紗《らしゃ》切れを丸めた石盤拭《ふ》きで隅から隅まで一度拭いてそろそろ丁寧に説明してくれる。時々わかったかわかったかと念をおして聞かれるが、おおかたそれがよく分らぬので妙に悲しかった。うつむいていると水洟《みずばな》が自然に垂れかかってくるのをじっと堪《こら》えている、いよいよ落ちそうになると思いきってすすり上げる、これもつらかった。昼飯時が近くなるので、勝手の方では皿鉢の音がしたり、物を焼く匂がしたりする。腹の減るのもつらかった。繰り返して教えてくれても、結局あまりよくは分らぬと見ると、先生も悲しそうな声を少し高くすることがあった。それがまた妙に悲しかった。「もうよろしい、また明日おいで」と言われると一日の務がともかくもすんだような気がして大急ぎで帰ってきた。宅では何も知らぬ母がいろいろ涼しい御馳走をこしらえて待っていて、汗だらけの顔を冷水で清め、ちやほやされるのがまた妙に悲しかった。

五　芭蕉の花

晴れ上って急に暑くなった。朝から手紙を一通書いたばかりで何をする元気もない。なんべんも机の前へ坐ってみるが、じきに苦しくなってついねそべってしまう。時々涼しい風が来て軒のガラスの風鈴が鳴る。床の前には幌蚊帳《ほろがや》の中に俊坊が顔を真赤にして枕を脱してうつむきに寝ている。縁側へ出てみると庭はもう半分陰になって、陰と日向《ひなた》の境を蟻《あり》がうろうろして出入している。この間上田の家からもらってきたダーリアはどうしたものか少し芽を出しかけたままで大きくならぬ。戸袋の前に大きな広葉を伸した芭蕉《ばしよう》の中の一株には今年花が咲いた。大きな厚い花弁が三つ四つ開いたばかりで、とうとう開ききらずに朽ちてしまうのか、もう少し萎《しな》びかかったようである。蟻が二、三匹たかっている。俊坊が急に泣き出したから覗いてみると蚊帳の中に坐って手足を投げ出して泣いている。勝手から妻が飛んでくる。坊は牛乳の罎《びん》を、投げ出した膝の上で自分に抱えて乳首から呼吸もつかずごくごく飲む。涙でくしゃくしゃになった眼で両親の顔を等分に眺めながら飲んでいる。飲んでしまうとまた思い出したように泣き出す。まだ眼が覚めきらぬと見える。妻は俊坊を負ぶって縁側に立つ。「芭蕉の花、坊や芭蕉の花が咲きましたよ、それ、大きな花でしょう、実が生《な》りますよ、あの実は食べられないかしら。」坊は泣き止んで芭蕉の花を指して「モモモモ」という。「芭蕉は花が咲くとそれきり枯れてしまうってお父ちゃま、本当?」「そうよ、だが人間は花が咲かないでも死んでしまうね」といったら妻は「マア」といったきり背をゆすぶっている。坊が真似をして「マア」という。二人で笑ったら坊も一緒に笑った。そしてまた芭蕉の花を指して「モモモモ」といった。

六　野薔薇

夏の山路を旅した時の事である。峠を越してから急に風が絶えて蒸し暑くなった。狭い谷間に沿うてだんだんに並んだ山田の縁を縫う小径《こみち》には、蜻蜓《とんぼ》の羽根がぎらぎらして、時々蛇が行手から這い出す。谷を蔽《おお》う黒ずんだ蒼空には折々白雲が通り過ぎるが、それはただあちこちの峰に藍色《あいいろ》の影を引いて通るばかりである。咽喉《のど》が渇いて堪えがたい。道端の田の縁に小溝が流れているが、金気を帯びた水の面は蒼い皮を張って鈍い光を照り返している。行くうちに、片側の茂みの奥から径を横切って田に落つる清水の細い流れを見つけた時はわけもなく嬉しかった。すぐ草鞋《わらじ》のまま足を浸したら涼しさが身にしみた。道の脇に少し分入ると、ここだけは特別に樫《かし》や楢《なら》がこんもりと黒く茂っている。苔は湿って蟹《かに》が這うている。崖《がけ》からしみ出る水は美しい羊歯《しだ》の葉末から滴《したた》って下の岩の窪《くぼ》みにたまり、余った水は溢《あふ》れて苔の下をくぐって流れる。小さい竹柄杓《びしやく》が浮いたままに雫に打たれている。自分は柄杓にかじりつくようにして、旨《うま》い冷いはらわたにしむ水を味うた。少し離れた崖の下に一株の大きな野薔薇《のばら》があって純白な花が咲き乱れている。自分は近寄って強い薫りを嗅《か》いで小さい枝を折り取った。人の気はいがするのでふと見ると、今までちっとも気がつかなかったが、茂みの陰に柴刈《しばか》りの女が一人休んでいた。背負うた柴を崖にもたせて脚絆《きやはん》の足を投げ出したままじっと此方を見ていた。あまり思いがけなかったので驚いて見返した。継ぎはぎの着物は裾短かで縄の帯をしめている。白い手拭を眉深《まぶか》にかぶった下から黒髪が額に垂れかかっている。思いもかけず美しい顔であった。都では見ることのできぬ健全な顔色は少し日に焼けて一層美しい。人に臆《おく》せぬ黒い瞳でまともに見られた時、自分はなんだか咎められたような気がした。思わず意気地のないお辞儀を一つしてここを出た。蟬《せみ》が鳴いて蒸し暑さは一層烈《はげ》しい。今折ってきた野薔薇をかぎながら二、三町行くと、向うから柴を負うた若者が一人上ってきた。身の丈に余る柴を負うてのそりのそりあるいてきた。逞《たくま》しい赤黒い顔に鉢巻をきつくしめて、腰には研ぎすました鎌が光っている。行違う時に「どうもお邪魔さまで」といって自分の顔をちらと見た。しばらくして振り返って見たら、若者はもう清水のへん近く上っていたが、向うでも振りかえって此方を見た。自分はなんというわけなしに手に持っていた野薔薇を道端に捨てて行手の清水へと急いで歩いた。

七　常山の花

まだ小学校に通ったころ、昆虫を集める事が友達仲間ではやった。自分も母にねだって蚊帳《かや》の破れたので捕虫網を作ってもらって、土用の日盛りにも恐れず、これを肩にかけて毎日のように虫捕りに出かけた。蝶蛾《ちょうが》や甲虫《こうちゅう》類の一番たくさんに棲《す》んでいる城山の中をあちこちと永い日を暮した。二の丸三の丸の草原には珍しい蝶やばったが夥《おびただ》しい。少し茂みに入ると樹木の幹にさまざまの甲虫が見つかる。玉虫、こがね虫、米搗《こめつき》虫の種類がかずかずいた。強い草木の香にむせながら、胸をおどらせながらこんな虫をねらって歩いた。捕ってきた虫は熱湯や樟脳《しょうのう》で殺して菓子折の標本箱へ綺麗に並べた。そうしてこの箱の数の増すのが楽しみであった。虫捕りから帰ってくると、からだは汗を浴びたようになり、顔は火のようであった。どうしてあんなに虫好きであったろうと母が今でも昔話の一つに数える。年を経て面白い事にも出会うたが、あのころ珍しい虫を見つけて捕えた時のような鋭い喜びは稀《まれ》である。今でも城山の奥の茂みに蒸された朽木の香を思い出す事ができるのである。いつか城山のずっと裾のお濠《ほり》に臨んだ暗い茂みにはいったら、一株の大きな常山木《じょうざんぼく》があって桃色がかった花が梢を一面に蔽うていた。散った花は風にふかれて、汀《みぎわ》に朽ち沈んだ泥船に美しく散らばっていた。この樹の幹はところどころ虫の食い入った穴があって、穴の口には細い木《き》屑《くず》が虫の糞《ふん》と共にこぼれかかって一種の臭気が鼻を襲うた。樹の幹の高い処に、大きな見事な兜虫《かぶとむし》がいかめしい角を立てて止まっているのを見つけた時は嬉しかった。自分の標本箱にはまだ兜虫のよいのが一つもなかったので、胸を轟《とどろ》かして網を上げた。少し網が届きかねたがようよう首尾よく捕れたので、腰につけていた虫籠に急いで入れて、包みきれぬ喜びをいだいて森を出た。三の丸の石段の下まで来ると、向うから美しい蝙蝠傘《こうもりがさ》をさした女が子供の手を引いて樹陰を伝い伝い来るのに会うた。町の良い家の妻女であったろう。傘を持った手に薬瓶を下げて片手は子供の手を引いてくる。子供は大きい新しい麦藁帽の紐を可愛い頤《あご》にかけて真白な洋服のようなものを着ていた。自分の提げていた虫籠を見つけると母親の手を離れて覗きに来たが、眼を丸くして母親の方へ駆けていって、袖をぐいぐい引っぱっていると思うと、また虫籠を覗きに来た。母親は早くお出《い》でよと呼ぶけれども、なかなか自分の側を離れぬ。しいて連れていこうとすると道の真中に踞《しゃが》んでしまってとうとう泣き出した。母親は途方にくれながら叱っている。自分はその時虫籠の蓋《ふた》を開けて兜虫を引出し道端の相撲取草《すもうとりぐさ》を一本抜いて虫の角をしっかり縛った。そして、さあといって子供に渡した。子供は泣きやんできまりの悪いように嬉しい顔をする。母親は驚いて子供を叱りながらも礼をいうた。自分はなんだか極りが悪くなったから、黙って空になった虫籠を打ちふりながら駆け出したが、嬉しいような、惜しいような、かつて覚えない心持がした。その後たびたび同じ常山木の下へも行ったが、あの時のような見事な兜虫はもう見つからなかった。またあの時の母子にも再び逢《あ》わなかった。

八　竜胆花

同じ級に藤野というのがいた。夏期のエキスカーションに演習林へ行く時によく自分と同じ組になって測量などやって歩いた。見ても病身らしい、脊のひょろ長い、そしてからだのわりに頭の小さい、いつも前屈《かが》みになって歩く男であった。無口で始終何か茫然《ぼうぜん》考え込んでいるような風で、他の一般に快活な連中からはあまり歓迎されぬ方であった。しかしごく気の小さい好人物で柔和な眼にはどこやら人を引く力はあった。自分はこの男の顔を見ると、どういうわけか気の毒なというような心持がした。この男の過去や現在の境遇などについては当人も別に話した事はなし、他からも聞いた事はなかったが、何となしに不幸な人という感じが、初めて会うた時から胸に刻み付けられてしまった。ある夏演習林へ林道敷設の実習に行った時の事である。藤野のほかに三、四人が一組になって山小屋に二週間起臥《きが》を共にした。山小屋といっても、山の崖に斜めに丸太を横に立てかけ、その上を蓆《むしろ》や杉葉で蔽うた下に板を敷いて、めいめいに毛布にくるまってごろごろ寝るのである。小屋の隅に石を集めた竈《かまど》を築いて、ここで木樵《きこり》の人足が飯を炊いてくれる。一日の仕事から帰ってきて、小屋から立昇る蒼い煙を岨道《そばみち》から見上げるのは愉快であった。こんな小屋でも宅へ帰ったような心持になる。夜になると天井の丸太から吊したランプの光りに集まる虫を追いながら、必要な計算や製図をしたり、時にはビスケットの缶を真中に、みんなが腹ばいになってむだ話をする事もある。いつもよく学校の噂や教授達の真似が出て賑かに笑うが、また折々若やいだ艶かしいような話の出る事もあった。こんな時藤野は人の話を聴かぬでもなく聴くでもなく、何か不安の色を浮べて考えているようであるが、時々かくしから手馴れた手帳を出して楽書をしている。一夜夜中に眼が覚めたら山はしんとして月の光りが竈の処に差込んでいた。小屋の外を歩く足音がするから、蓆の隙から覗いてみると、蒼い月光の下で藤野がぶらりぶらり歩いていた。毎朝起きるときまりきった味噌《みそ》汁をぶっかけた飯を食ってセオドライトやポールを担いで出かける。目的の場所へ着くと器械を据えてかわるがわる観測を始める。藤野は他人の番の時には切り株に腰をかけたり草の上にねころんだりしていつものように考え込んでいるが、いよいよ自分の番になると急いで出てきて器械をのぞき、熱心に度盛りを読んでいるが、どういうものか時々とんでもない読み違いをする。ノートを控えている他の仲間から、それではあんまりちがうようだがと注意されて読み違えたことに気がつくと、顔を真赤にして非常に恥じておどおどする。どうも失敬した失敬したと云い訳をする。なるべく藤野には読ませぬようにしたいと誰も思ったろうが、そういうわけにもいかぬのでやはり順番で読ませる。すると五回に一度は何かしら間違えてそのたびに非常に恥じて悲しい顔をする。そしてズボンの膝を抱えて一層考え込むのである。こんな風で二週間もおおかた過ぎ、もう引上げて帰ろうという少し前であったろう。一日大雨がふって霧が渦巻き、仕事も何もできないので、みんな小屋に籠って寝ていた時、藤野の手帳が自分の傍に落ちていたのをなんの気なしに取り上げて開いてみたら、山に夥しい竜胆《りんどう》の花が一つ枝折に挿《はさ》んであって、いろんな楽書がしてあった。中に銀杏がえしの女の頭がいくつもあって、それから Fate という字がいろいろの書体でたくさん書き散らしてあった。仰向きに寝ていた藤野が起き上ってそれを見ると、蒼い顔をしたが何も云わなかった。

九　楝の花

一夏、脳が悪くて田舎《いなか》の親類の厄介になって一月ぐらい遊んでいた。家の前は清い小溝が音を立てて流れている。狭い村道の向側は一面の青田で向うには徳川《とくがわ》以前の小さい城趾《じょうし》の岡が見える。古風な屋根門のすぐ脇に大きな楝《おうち》の木が茂った枝を拡げて、日盛りの道に涼しい陰をこしらえていた。通りがかりの行商人などがよく門前で荷をおろし、門流れで顔を洗うた濡手拭を口にくわえて涼んでいる事がある。一日暑い盛りに門へ出たら、樹陰で桶屋《おけや》が釣瓶《つるべ》や桶の箍《たが》をはめていた。綺麗に掃いた道に青竹の削り屑や鉋屑《かんなくず》が散らばって楝の花がこぼれている。桶屋は黒い痘痕《とうこん》のある一癖ありそうな男である。手拭地の肌着から黒い胸毛を現わして逞しい腕に木槌《きづち》をふるうている。槌の音が向うの岡に反響して静な村里に響き渡る。稲田には強烈な日光が眩《まぶ》しいようにさして、田圃は暑さに眠っているように見える。そこへ羅宇屋が一人来て桶屋の側へ荷を下ろす。古いそして小さ過ぎて胸の合わぬ小倉の洋服に、腰から下は股引脚絆《ももひききゃはん》で、素足に草鞋《わらじ》をはいている。古い冬の中折れを眉深《まぶか》に着ているが、頭は綺麗に剃《そ》った坊主らしい。「今日も松魚《かつお》が捕れたのう」と羅宇屋が話しかける。桶屋は「捕れたかい、このごろはなんぼ捕れても、みんな蒸気が上《かみ》へ積み出すからこちらの口へははいらんわい」とやけに桶をポンポン叩く。門の屋根裏に巣をしている燕《つばめ》が田圃から帰ってきてまた出ていくのを、羅宇屋は煙管《きせる》をくわえて感心したように眺めていたが「鳥でも燕ぐらい感心な鳥はまずないね」と前置してこんな話を始めた。村のある旧家に燕が昔から巣をくうていたが、一日家の主人が燕に「お前には永年うちで宿を貸しているが、時たまには土産の一つも持ってきたらどうだ」と戯れに云った事があった。そしたら翌年燕が帰ってきた時、ちょうど主人が飯を食っていた膳の上へ飛んできて小さな木実を一粒落した。主人はなんの気なしにそれを庭へ投げ出したら、間もなくそこから奇妙な樹が生えた。誰も見た事もなければ聞いた事もない不思議な木であった。その木が生長すると枝も葉も一面に気味の悪い毛虫がついて、見るもあさましいようであったので主人はこの木を引抜いて風呂の焚《た》き附けに切ってしもうた。その時ちょうど町の医者が通りかかって、それは惜しい事をしたと歎息《たんそく》する。どうしてかと聞いてみると、それは我邦では得がたい麝香《じゃこう》というものであったそうな。ここまで一人で饒舌《しゃべ》ってしまってもっともらしい顔をして煙を輪に吹く。ポンポン桶をたたきながら黙って聞いていた桶屋はこの時ちょっと自分の方を見て変な眼つきをしたが、「そしてその麝香というのはその樹の事かい、それともまた毛虫かい」と聞く、「ウーン、そりゃあその、麝香にもまたいろいろ種類があるそうでのう」と、どちらとも分らぬ事をいう。桶屋はしいて聞こうともせぬ。桶をたたく音は向うの岡に反響して棟の花がほろほろこぼれる。

（明治四十一年十月『ホトトギス』）

小さな出来事

一　蜂

私の宅の庭は、わりに背の高い四つ目垣で、東西の二つの部分に仕切られている。東側の方のは応接間と書斎とその上の二階の座敷に面している。反対の西側の方は子供部屋と自分の居間と隠居部屋とに三方を囲まれた中庭になっている。この中庭の方は、垣に接近して小さな花壇があるだけで、方三間ばかりの空地は子供の遊び場所にもなり、また夏の夜の涼み場にもなっている。

この四つ目垣には野生の白薔薇《ばら》をからませてあるが、夏が来ると、これに一面に朝顔や花豆を這《は》わせる。その上に自然に生える烏瓜《からすうり》も搦《から》んで、ほとんど隙間のないくらいにいろいろの葉が密生する。朝戸をあけると赤、紺、水色、柿色さまざまの朝顔が咲き揃っているのはかなり美しい。夕方が来ると烏瓜の煙のような淡い花が繁みの中から覗《のぞ》いているのを蛾《が》がせせりに来る。薔薇の葉などは隠れて見えないくらいであるが、垣根の頂上からは幾本となく勢のよい新芽を延ばして、これが眼に見えるように日々生長する。これにまた朝顔や豆の蔓《つる》がからみついてどこまでも空へ空へと競っているように見える。

この盛んな勢で生長している植物の葉の茂りの中に、枯れかかったような薔薇の小枝から煤《すす》けた色をした妙なものが一つぶら下っている。それは蜂の巣である。

私が始めてこの蜂の巣を見つけたのは、五月の末ごろ、垣の白薔薇が散ってしまって、朝顔や豆がやっと二葉の外の葉を出し始めたころであったように記憶している。花の落ちた小枝を剪《き》っているうちに気がついて、よく見ると、大きさはやっと拇指《おやゆび》の頭くらいで、まだほんの造り始めのものであった。これにしっかりしがみついて、黄色い強そうな蜂が一疋《ぴき》働いていた。

蜂を見つけると、私は中庭で遊んでいる子供達を呼んで見せてやった。都会で育った子供には、こんなものでも珍らしかった。蜂の毒の恐ろしい事を学んだ長子らは何も知らない幼い子にいろんな事を云って警《いまし》めたりおどしたりした。自分は子供の時に蜂を怒らせて耳たぶを刺され、さんしちの葉をもんですりつけた事を想い出したりした。あの時分はアンモニア水を塗るというような事は誰も知らなかったのである。

とにかくこんな処に蜂の巣があってはあぶないから、落してしまおうと思ったが、蜂の居ない時の方が安全だと思ってその日はそのままにしておいた。

それから四、五日はまるで忘れていたが、ある朝子供らの学校へ行った留守に庭へ下りた何かのついでに、思い出して覗《のぞ》いてみると、蜂は前日と同じように、軀《からだ》を逆様《さかさま》に巣の下側に取り付いて仕事をしていた。二十くらいもあろうかと思う六角の蜂窩《ほうか》の一つの管に継ぎ足しをしている最中であった。六稜柱形《ろくりょうちゅうけい》の壁の端を顎《あご》でくわえて、ぐるぐる廻《まわ》っていくと、壁は二ミリメートルくらい長く延びていった。その新《あらた》に延びた部分だけが際立って生々しく見え、上の方の煤けた色とは著しくちがっているのであった。

一廻り壁が継ぎ足されたと思うと、蜂はさらにしっかりとからだの構えをなおして、そろそろと自分の頭を今造った穴の中へ挿し入れていった。いかにも用心深く徐々と身体を曲げて頭の見えなくなるまで挿し入れた、と思うと間もなく引き出した。穴の大きさを確めて始めて安心したといったように見えた。そしてすぐに隣の管に取りかかった。

私はこの歳になるまで、蜂のこのような挙動を詳しく見た事がなかったので、強い好奇心に駆られて見ているうちに、この小さな昆虫の巧妙な仕事を無残に破壊しようという気にはどうしてもなれなくなってしまった。

それからは時々、庭へ下りるたびにわざわざ覗いてみたが、蜂の居ない時はむしろ稀《まれ》であった。見るたびに六稜柱の壁はだんだんに延びていくようであった。

ある時は顎の間に灰色の泡立った物質をいっぱい溜《た》めている事が眼についた。そして壁を延ばす代りに穴の中へ頭を挿しこんで内部の仕事をやっている事もあった。しかしそれがどういう目的で何をしているのだか自分には分らなかった。

そのうちに私は何かの仕事にまぎれて、しばらく蜂の事は忘れていた。たぶん半月ほど経ってからと思うが、ある日ふと想い出して覗いてみると蜂は見えなかった。のみならず巣の工事は前に見た時と比べてちっとも進んでいないようであった。なんだか予想が外れたというだけでなしに一種の——ごく軽い淋《さび》しさといったような心持を感じた。

それから後はいつまで経っても、もう蜂の姿は再び見えなかった。私はどうしたのだろうといろいろな事を想像してみた。往来で近所の子供にでも捕えられたか、それとも私の知らないような自然界の敵に殺されたのかとも考えてみた。しかしまたこの蜂が今現にどこか遠いところで知らぬ家の庭の木立に迷って、あてもなく飛んでいるような気もした。

私は親しい友達などが死んだ後に、独りで街の中を歩いていると、ふとその友が現に同じ東京のどこかの町を歩いている姿をありあり想像して、云い知れぬ淋しさを感ずる事があるが、この蜂の場合にもこれとよく似た幻を頭に描いた。そして強い眩《まぶ》しい日光の中にキラキラして飛んでいる蜂の幻影が妙に淋しいものに思われて仕方がなかった。

ある日何かの話のついでにSにこの話をしたら、Sは私とはまるでちがった解釈をした。蜂は場所が悪いから断念して外へ移転したのだろうというのである。そう云われてみればあるいはそうかもしれない。実際両側に広い空地を控えたこの垣根では嵐が吹き通したり、雨に洗われたり、人の接近する事が頻繁であったりするので蜂にとってはあまり都合のいい場所ではない。しかし果して蜂がその本能あるいは智慧《ちえ》で判断していったん選定した場所を、作業の途中で中止して他所《よそ》へ移転するというような事があるものか、ないものか、これは専門の学者にでも聞いてみなければ判らない事である。

もしSの判断が本当であったとしたら、つまり私は自分の想像の中で強いて憐《あわ》れな蜂を殺してしまって、その死を題目にした小さな詩によって安直な感傷的の情緒を味わっていた事になるかもしれない。しかしいずれにしても私の幻想を無雑作に事務的に破ってしまったSに対して、軽い不平を抱かないではいられなかった。そしてこんな些細《ささい》な事柄にもオプチミストとペシミストの差別は現われるものかと思ったりした。

今日覗いてみると蜂の巣のすぐ上には棚蜘蛛《たなぐも》が網を張って、その上には枯葉や塵埃《じんあい》がいっぱいにきたなくたまっている。蜂の巣と云いながら、やはり住む人がなくて荒れ果てた廃屋のような気がする。この巣のすぐ向側に真紅のカンナの花が咲き乱れているのが一層蜂の巣をみじめなものに見せるようであった。

私はともかくもこの巣を来年の夏までこのままそっとしておこうと思っている。来年になったらこの古い巣に、もしや何事か起りはしないかというような予感がある。

二　乞食

ある朝Qが訪ねてきた。

この男は、私の宅へ来る時には、きっと何か一つ二つ皮肉なそして私を不愉快にするような暗示に富んだ言詞を用意してくるように見える。そして話しているうちに適当あるいは不適当な機会を捕えてその言詞を吐き出してしまうまでは落ち付く事ができないように見える。ともかくもそれを云ってしまうと、それまでひどく緊張してきつい表情をしていた彼の顔が急に柔かになってくる、そして平生気持の悪いような青黒い顔色には少し赤味さえさしてきて、見るから快いような感じに変化するのである。

私はこの男の癖をよく知っていて、かなり久しく馴《な》らされているし、またそのような特殊な行為の動機も充分に諒解《りょうかい》しているので、別にたいして気にしないつもりではいるが、それでもこの男と話した後ではどこか平常とはちがった心持になっているものと思われる。そうだという事が、その後に自分の身辺に起る些細な事柄に対する自分の情緒の反応によって証明される場合があるように見える。

この日Qが用意してきた材料は、私の病気に関した事であった。つまり私が、わざわざ自分の病気をわるくして長引かしては密《ひそか》に喜んだりする一種の精神病者に似た心理状態にあるという事を巧に暗示すると云うよりはむしろ露骨に押しつけようというのであった。自分はQに云われる前から自分の頭の奥底にどこかこのような不合理な心理状態が潜んでいるのではないかと疑ってみた事があっただけにこのQの暗示はかなりのききめがあった。

Qが帰ってから昼飯を食った。それから子供部屋へ行ってオルガンをひいた。

その日はよく晴れて暑い日であった。子供部屋の裏の縁先にある花壇には、強烈な正午過の日光が眩しいように輝いて、草木の葉もうなだれているようであった。花豆の赤い花が火のように見えた。しかしこの部屋は一番風がよく吹き通すので、みんながここに集っていた。子供らは寝転んで本を見ているのもあれば、絵具箱を出して絵を描いているのもあった。老人は襖《ふすま》に背をもたせてお伽噺《とぎばなし》の本を眼鏡でたどっていた。私は裏庭を左にした壁のオルガンの前に腰かけて、指の先の鍵盤《けんばん》から湧き上る快い楽音の波の中に包まれて、しばらくは何事も思わなかった。

涼しい風が、食事をして汗ばんだ顔を撫《な》でていくと同時に楽譜の頁を吹き乱した。そして頭の中のあらゆる濁ったものを吹き払うような気がした。

手ごろな短い曲をいくつか弾いてから、いつもよくやるベルゴレシの Quando corpus morietur というのをやり始めた。これは Stabat mater の一節だというから、いずれ十字架の下に立った聖母の悲痛を現わしたものであろう。私はこれをひいていると、歌の文句は何も知らないのにかかわらず、いつも名状のできないような敬虔《けいけん》と哀愁の心持が胸に充《み》ちるのを覚える。

この曲の終りに近づいたころに、誰れか裏木戸の方からはいってきて縁側に近よる気はいがした。振り向いてみると花壇の前の日向《ひなた》に妙な男が突っ立っていた。

三十前後かと思われる脊《せ》の低い男である。汚れた小倉の霜降りの洋服を着て、脚にも泥だらけのゲートルをまき、草鞋《わらじ》を履いている。頭髪は長くはないが、踏み荒された草原のように乱れよごれ、顎には虎髯《とらひげ》がもじゃもじゃ生えている。しかし顔にはむしろ柔和な、人のよさそうな表情があった。ただ額の真中に斜に深く切り込んだような大きな創痕《きずあと》が、見るも恐ろしく気味悪く引き釣っていた。よく見ると右の腕はつけ元からなくて洋服の袖《そで》は空しくだらりと下っている。一足二足進み寄るのを見ると足も片方不随であるらしい。

彼は私の顔を見てなんべんとなく頭を下げた。そしてしゃ嗄《が》れた、胸につまったような声で、何事かしきりに云っているのであった。顔いっぱいに暑い日が当って汚れた額の創のまわりには玉のような汗が湧いていた。

よく聞いてみるとある会社の職工であったが機械に喰《く》い込まれて怪我をしたというのである。そして多くの物貰《もら》いに共通なように、国へ帰るには旅費がないというような事も訴えていた。

幾度となくおじぎをしては私を見上げる彼の悲しげな眼を見ていた私は、立って居室の用箪笥《だんす》から小紙幣を一枚出してきて下女に渡した。下女は台所の方に呼んでそれをやった。

私が再びオルガンの前に腰を掛けると彼はまた縁側へ廻ってきて幾度となく礼を云った。そして「旦那《だんな》様、どうぞ、おからだをお大事に」と云った。さらに老人や子供らにも一人一人丁寧《ていねい》に礼を云ってから、とぼとぼと片足を引きずりながら出ていくのであった。

「どうぞ、おからだをお大事に」と云ったこの男の一言が、不思議に私の心に強く滲《し》み透るような気がした。これほど平凡な、あまりに常套《じょうとう》であるがためにほとんど無意味になったような言葉が、どうしてこの時に限って自分の胸に喰い入ったのであろうか。乞食《こじき》の眼や声はかなり哀れっぽいものであったが、ただそれだけでこのような不思議な印象を与えたのだろうか。

しゃがれた声に力を入れて、絞り出すように云った「どうぞ」という言葉が、彼の胸から直ちに自分の胸へ伝わるような気がすると同時に、私の心の片隅のどこかが急に柔かくなるような気がした。そしてもう一度彼を呼び返して、何かもう少しくれてやりたいような気さえした。

黙って乞食の挙動を見ていた子供らは、彼が帰ってしまうと、額のきずや、片手のない事などを小声でひそひそと話し合っていたが、間もなく、それぞれの仕事や遊びに気を奪われてしまったようである。子供らの受けた印象は知る事はできない。

乞食は私の病気の事などはもとより知っているはずはなかった。おそらく彼は誰の前にも繰返すお定まりの言詞を繰返したにすぎないだろう。ただそれがQの冷罵《れいば》とベルゴレシの音楽とのすぐ後に出くわしたばかりに、偶然自分の子供らしいイーゴチズムに迎合したのかもしれない。

しかし私が彼の帰っていく後姿を見た時に突然閃《ひらめ》いた感傷的な心持の中には、後から考えるとかなりにいろいろなものが含まれていたようである。例えば自分が彼の乞食であって門から門へともらって歩くとする。どこの玄関や勝手口でも疑と軽侮の眼で睨《にら》まれ追われる。その屈辱の苦味をかみしめて歩いているうちに偶然ある家へはいると、そこは冷やかな玄関でも台所でもなくそこに思いがけない平和な家庭の団欒《だんらん》があって、そして誰れかがオルガンをひいていたとする。その瞬間に乞食としての自分の情緒がいくらかの変化を受けはしないだろうか。少くもこの時のこの男はそんな心持がしたのではないかという気がする。彼の顔の表情には私がこれまで見たあらゆる乞食に見られない柔かく温かいある物があった。

彼はそれきり来ない。もう一度来ないかしらとも思うが、やはりもう来てくれない方がいい。

三　簑虫

八月のある日、空は鼠色に曇って雨気を帯びた風の涼しい昼過であった。私は二階の机に凭《もた》れてK君に端書《はがき》を書いていた。端書の面の五分の四くらいまで書くと、もう何も書く事がなくなったので、万年筆を握ったまま、しばらくぼんやり、縁側の手欄《てすり》越しに庭の楓樹《ふうじゅ》の梢《こずえ》を眺めていた。すると私のすぐ眼の前に突き出ている小枝に簑虫《みのむし》のぶら下っているのが眼に付いた。それはこの虫としてはかなり大きいものであった。よく見ると簑は主に紅葉《もみじ》の葉の切れはしや葉柄《ようへい》を綴《つづ》り集めたものらしかったが、その中に一本図抜けて長い小枝が交っていて、その先の方は簑の尾の尖端《せんたん》から下へ一寸ほども突き出て不恰好《ぶかっこう》に反りかえっていた。それがこの奇妙な紡錘体の把柄《とって》とでも云いたいような恰好をしているのであった。枝に取り付いている上端は眼に見えないほど小さい糸になっているので、風の吹くたびに簑はさまざまに複雑な振子運動をしまた垂直な軸のまわりに廻転《かいてん》もしていた。今にも落ちそうに見えるがじつはなかなかしっかりしているのであった。簑虫自身は眠っているのか、あるいは死んでいるのか、ともかくもこの干からびた簑を透して中に隠れた生命の断片を想像するのは困難なように思われた。それで私は今書きかけた端書のさきへこんな事を書き加えた。

「今僕の眼の前の紅葉の枝に簑虫が一疋いる。僕は蟻や蜂や毛虫や大概の虫についてその心持と云ったようなものを想像する事ができると思うが、この簑虫の心持だけはどうしても分らない。」

これだけで端書の余白はもうなくなってしまったが、これが端緒になって私はこの虫についていろいろの事を考えたり想像したりした。

昔の学者などの中にはほとんど年中、あるいは生涯貧しい薄暗い家の中に引籠《ひきこも》ったきりで深い思索や瞑想《めいそう》に耽《ふけ》っていたような人もあったらしい。今こんな人達はすぐ隣に住んでいるゴシップ等の眼にはあるいはちょうどこの簑虫のように気の知れない、また存在の朧気《おぼろげ》なものとしか見えなかったかもしれない。現世とはただわずかな糸でつながって、飄々《ひょうひょう》として風に吹かれているような趣があったかもしれない。ただ簑虫とちがうのは、幾年かの後に思索研究の結果を発表して、急にあるいは徐々に世間を驚かした事である。しかし中には纏《まと》まった結果を得なかったり、また得てもそれを発表しないで死んでしまった者もたくさんあるかもしれない。そんな人は脇目にはこの簑虫と変ったところはなかったかもしれない。

こんな空想に耽りながら見ていると、簑の上に隙間なく並んでいる葉柄の切片が、なんだかこの隠れた小哲学者の書棚に背皮を並べた書物ででもあるような気がした。

この簑について思い出すのは、私が子供の時分に、母か誰かに教わったままに、簑虫の裸にしたのを細かに刻んだいろいろの布片と一緒にマッチの空箱の中に入れて、五色の簑を作らせようとした事である。この試験の結果は熱心な期待を裏切って、虫は死んでしまった。それにもかかわらず、美しい五彩の簑を纏うた虫の心象《イメージ》だけは今も頭の中に呼び出す事ができる。ところが、つい近ごろ私の子供らがやはり祖母にこの話を聞いて私の失敗した経験を繰返していたようである。いったいこの話は事実であろうか。事実であるとしても稀有《けう》な事であるか、それとも普通な事であろうか。私の母自身にも実際自分で経験したのではないかもしれないが、つい今までそれを確めてはみなかった。また別に今すぐ確めようとも思っていない。そういう種類の事が容易《たやす》くたしかめられようとは思わないからである。

こんな事からつぎつぎに空想をたどりながら、私は人間のあらゆる知識に関するいわゆるオーソリティというものの価値に考え及んだ。そして考えれば考えるほど、今まで安心だとばかり思っていたいろいろの知識の根柢《こんてい》が、脚元からぐらついてくるような気がした。しかしその時考えた事はここに書くにはあまりに複雑でそしてデリケートな、そして纏りのつきかねるものであった。

このような事を考えた翌日の同じ時刻に私は例のように二階の机の前に坐《すわ》った。そして昨日の簑虫はと思っておおよそこの辺と思う見当を捜してみたが見つからない。そのうちにずっと高いところの大きな枝に何か動くものがあると思ってよく見ると、それが昨日のあの把柄のついた簑虫であった。ただ意外な事には、昨日生死も分らないように静まり返っていたあの小哲学者とは思われないように活動しているのであった。簑の上端から黒く光った頭が出ていた。それが波を打って動くにつれて紡錘体は一刻みずつ枝の下側に沿うて下りていった。時々休んで何か捜すような様子をするかと思うとまた急いで下りていく、とうとう枝の二叉《ふたまた》に別れた処まで来ると、そこから別の枝に移って今度は逆に上の方へ向いて彼の不細工な重そうな簑を引きずり引きずり這っていくのであった。把柄のような長い棒がいかにも邪魔そうに見えた。

見ているうちにだんだん滑稽《こっけい》な感じがしてきてつい笑わないではいられなくなった。そして昨日K君に書いた端書は訂正しなければならないと思った。昨日の哲学者も今日はやっぱり自分の家を荷厄介に引きずりながら、長過ぎて邪魔な把柄をもて扱いながら、あくせくと歩いていた。いったいどういう目的で歩いているのだろうと考えてみたが、たぶんやはり食うためだろうとしか思われなかった。

その日の夕方思いついて字引でみのむしというのを引いてみると、この虫の別名として「木螺《ぼくら》」というのがあった。なるほど這っていく様子はいかにも田螺《たにし》かあるいは寄居虫《やどかり》に似ている。それからまた「避債虫」という字もある。これもなかなか面白いと思った。それから手近な動物の事をかいた書物を捜したが、この虫の成虫であるべき蝶蛾《ちょうが》がどんなものであるか分らなかった。英語ではなんというかと思って和英辞書を開けてみたが虫の一種とあるばかりで要領を得なかった。いったいこの虫が西洋にもいるだろうか。もし居れば、こんな面白い虫の事だから、ずいぶんいろいろな人がいろいろな事をこれについて書いたのがありそうなものだと考えたりした。昆虫学者に会ったら聞いてみたいものだと思っている。

「簑虫鳴く」という俳句の季題があるのを思い出したから、調べついでに歳時記をあけてみると清少納言の『枕草子』からとして次のような話が引いてある。「簑虫の父親は鬼であった。親に似て恐ろしかろうといって、親のわるい着物を引きかぶせてやり、秋風が吹くころになったら来るよとだまして逃げていったのを、そうとは知らず、秋風を音にきき知って、父よ父よと恋しがって鳴くのだ」というのである。どういうところから出た伝説だか、あるいは才女の空想から生み出された事だか、とにかく現代人の思いもつかないような事を考えたものである。しかしこの清少納言のオーソリティが九百年もそのままに保存されてきたとすると、自然界に対する日本人の知識がいかに長い間平和安穏であったかという事を物語っている。

その後も二階へ上るたびに気をつけて見ると、簑虫の数は一つや二つではない。大小さまざまのが少くも七つ八つはいるらしい。長い棒の付いたのはまだほかにもいた。中にはちょうど一本足の案山子《かかし》に似たのもある。あるいは二本の長い棒を横えた武士のようなのもいる。皆大概はじっとしているが、午《ひる》ごろには時々活動しているのを見受ける。彼らにも一定の労働時間や食事の時間があるのかと思ったりした。ある時大きなのがちょうど紅葉の葉を食っているところを見つけたが、頭をさしのべて高いところの葉を引き曲げ蚕《かいこ》が桑を食うと同じようにして片はしから貪《むさぼ》り食うていた。近辺の葉はもうだいぶ喰い荒されているのであった。こんなところを見ているうちに簑虫に対する自分の心持はだんだんに変ってきた。そして虫の生活がしだいに人間に近く見えてくると同時に、いろいろの詩的な幻覚《イリュージョン》は片端から消えていった。

M君が来た時に、この話をしたら、M君は笑って、「だいぶ暇だと見えるね」と云った。しかし、M君自身もやはりだいぶ暇だと見えて、この間自分で蟻の巣を底まで掘り返してみた経験を話して聞かせた。

四　新星

毎年夏になってそろそろ夕方の風が恋しいころになると、物置にしまってある竹製の涼み台が中庭へ持ち出される。これが持ち出される日は、私の単調な一年中の生活に一つの著しい区切りをつける重要な日になっている。もう明日あたりは涼み台を出そうじゃないかという事が誰かの口から云い出される。しかしその翌日が雨であったり、そうでなくてもいろいろの事に紛れたりしてつい一日二日と延びる。そのうちにいよいよ今日はという事になって朝のうちに物置の屋根裏から台が取り下され、一年中の塵埃や黴《かび》が濡《ぬ》れ雑巾《ぞうきん》で丁寧に拭《ぬぐ》い清められ、それから裏庭の日蔭《ひかげ》で乾かされる。そしていよいよ夕方になってから中庭に持ち出されると、それで始めて私の家に本当に夏が来たという心持になるのである。

涼み台の外に折り畳み椅子が三つ同時に並べられて一同が中庭へ集る。まだ明るい宵のうちには縄飛びをする者もあれば、写生帖《ちょう》を出しておばあさんの後姿をかいているのもある。明朝咲く朝顔の蕾《つぼみ》を数えて報告するのもある。幼ない女児二人は縁側へいろいろなお花を並べて花屋さんごっこをする事もある。暗くなると花火をしたり、お伽噺をしたり、おばあさんに「お国の話」をさせたりしている。幼い子らには、まだ見たことのない父母の郷国が、お伽噺の中の妖精《ようせい》国のように不思議な幻像に満たされているように思われるらしい。例えば郷里の家の前の流れに家鴨《あひる》がたくさん並んでいて、夕方になると上流の方の飼主が小船で連れに来るというようななんでもない話でさえ、何かしら一種の夢のようなものを幼ない頭の中に描かせると見える。それでいつも「おくにの話」をねだってはおしまいに「あたしもお国へ行きたいなあ」と一人が云うと、もう一人が同じ言葉を繰返すのである。子供らの亡祖父の若かったころの昔話もしばしば出る。私自身が子供の時分に幾度も聞かされた話が、また同じ母の口から出るのを聞いていると、それがもう遠い遠い昔の出来事であって、数年前まで生きていた私の父に関する話とは思われないような気がする。まして祖父を見た事のない、あるいは朧《おぼろ》げにしか覚えていない子供らには、会津《あいづ》戦争や西南《せいなん》戦争時代の昔話は書物で見る古い歴史の断片のようにしか響かないだろう。そしてそれだけにかえって祖父に対するなつかしみは浄化され純化されて子供らの頭の中の神殿に収められるだろうと思ったりする。

今年の夏始めに、涼み台が持ち出されて間もなく、長男が宵のうちに南方の空に輝く大きな赤味がかった星を見つけてあれは何かと聞いた。見るとそれは黄道に近い処にあるし、チラチラ瞬きをしないからいずれ遊星にはちがいないと思った。そして近刊の天文の雑誌を調べてみるとそれが火星だという事がすぐに判った。星座図を出してきてあたってみるとそれは処女宮《ヴィルゴ》の一等星スピカの少し東にいるという事がわかった。それでその図の上に鉛筆で現在の位置をしるし、その脇へ日附をかいておいて、この夏中のこの遊星の軌道を図の上で追跡してみようという事にした。

それが動機になって子供は空のよくはれた晩には時々星座図を出して目立った星宿《せいしゅく》を見較べていた。そのころはまだ織女《しょくじょ》や牽牛《けんぎゅう》は宵のうちにはかなりに東にあった。

西の方の獅子宮《しし》には白く大きな木星が屋根越しに氷のような光を投げていた。

星座図にある「変光星」というのは何かという疑問も出た。私は簡単な説明をしてやってちょうど見えていた「織女《ヴエガ》」のすぐ隣りのベータ・ライラの面白い光度の変化を注意させた。それから夜ごとに気をつけて見ていると果して天文雑誌にある予報の通りに光が変るという事実が子供の頭にどういう風に感ぜられたか、それは私には分らなかった。

空を眺めているうちに時々流星が飛んだ。私は流星の話をすると同時に、熱心な流星観測者が夜中空を見張っている話をして、それからいわゆる新星《ノヴァ》の発見に関する話もして聞かせた。主だった星座を暗記していれば素人《しろうと》でも新星を発見し得る機会《チャンス》はあるという事も話した。

一秒時間に十八万六千マイルを走る光が一ケ年かかって達する距離を単位にして測られるような莫大《ばくだい》な距離をへだてて散布された天体の二つが偶然接近して新星の発現となる機会は、例えば釈迦《しゃか》の引いた譬喩《ひゆ》の盲亀《もうき》が百年に一度大海から首を出して孔《あな》のあいた浮木にぶつかる機会にも比べられるほど少なそうであるが、天体の数の莫大なために新星の出現はそれほど珍らしいものではない。ただ光度の著しく強いのが割合に稀である。

こんな話よりも子供を喜ばせたのは、新星の光が数十百年の過去のものだという事であった。

我家の先祖の誰れかがどこかでどうかしていたと同じ時刻に、遠い遠い宇宙の片隅に突発した事変の報知が、やっと今の世のこの世界に届くという事である。

　しかしそう云えばいったい吾《われ》らが「現在」と名づけているものが、ただ永劫《えいごう》な時の道程の上に孤立した一点というようなものにすぎないであろうか。よく考えてみるとそんなに切り離して存在するものとは思われない。つまりは遠い昔から近い過去までのあらゆる出来事にそれぞれの係数を乗じて積分《インテグレート》した総和が眼前に現われているにすぎないではあるまいか。

　こんな事を考えたりしながら、もう聞き古した母の昔話を今までとは別な新しい興味をもって聞く事もあった。

　八月になってから雨天や曇天がしばらく続いて涼み台も片隅の戸袋に立てかけられたままに幾日も経った。

　ある朝新聞を見ていると、今年卒業した理学士K氏が流星の観測中に白鳥星座に新星を発見したという記事が出ていた。その日の夕方になると涼み台へ出て子供と共にその新星を捜したらすぐ分った。しばらく見なかった間に季節が進んでいる事は織女牽牛が宵のうちに真上に来ているのでも知られた。そして新星はかなり天頂に近く白鳥座の一番大きな二等星と光を争うほどに輝きまたたいているのであった。

「しばらく怠けたので新星の発見をし損なったね」と云ったら、子供はどう思ったか顔を真赤にして、そしてさも面白そうに笑っていた。

私は冗談のつもりで云ったのだが子供には私の意味がよく分るまいと思った。それで誤解をしないために次のような説明をしておかなければならなかった。

新星の出現する機会《チャンス》はきわめて少ない。吾々素人が星座の点検をする機会もまたはなはだ少ない。したがってまず新星が現われて、それから吾々がそれを発見するという確率《プロバビリティ》は、二つの小さな分数の相乗積であるから、つまりごく小さいもののまだ小さい分数にすぎない。これに反して毎晩欠かさず空の見張している専門家にとっては、「偶然」はむしろ主に星の出現という事のみにあって、吾々の場合のように星と人とに関する二重の「偶然」ではない。強いて云えば天気の晴曇や日常の支障というような偶然の出来事のために一日早く見つけるかどうかという事が問題になるだけであろう。

この説明は子供には、よく分らないらしかった。

そのうちにまた曇天が続いて朝晩はもう秋の心地がする。どうかすると夜風は涼し過ぎる。涼み台もつい忘れられがちになった。したがって星の事ももう子供の頭からは消えてしまっているらしい。新星の今後の変化を研究すべき天文学者の仕事はこれから始まるので、学者達は毎晩曇った空を眺めては晴間を待ち明しているのであろう。

五　幼ない Ennui

夏休み中に一度は子供らを連れて近くの海岸へ日返りの旅をするのが近年の常例になっていた。その以前には一週間くらい泊りがけで出かける事にしていたが、そうするときっときまったように誰れかが転地先で病気をした。ある年は母がひどい腸加答児《カタル》に罹《かか》って半年ほど後までも祟《たた》られた。またある年は父子三人とも熱が出たり腸を害したりして、不安心な怪しげな医者の手にかからねばならなかった。そのうちに知人のある者は保養地で疫痢《えきり》のために愛児を亡くしたりした。それでもう海水浴というものが恐ろしくなって、泊りがけに行く気にはなれなくなってしまった。それでも一度も行かないのは子供らに気の毒なような気がするので、日返り旅行という事を考えついてそれにきめていたのである。子供らはそれでも十分に満足していたようである。

今年は自分が病気で行かれない事になった。のみならず二人の男の子も健康に故障があって旅行はあまり望ましくなかったので、とうとうどこへも行かない事にきめた。その代りにめいめいに何か望みの本や玩具《おもちゃ》を買ってやる事にして、それで現代が生み出したこの一種の新しい父親の義務といったようなものを免《ゆる》してもらう事にした。

年とった方の子供らは書籍を買った。近ごろ絵が面白くなった末から二番目の八重子は水彩絵具と筆とを買って規定の金額は一度に使ってしまった。末の冬子は線香花火や千代紙やこまこましたた品を少しずつしか買わないので、配当されたわずかな金が割合に長く使いでがあるようであった。そういう事実は多少小さな姉や兄の注意をひいているらしかった。

学校へ出ている子らは毎朝復習をしていた。まだ幼稚園の冬子はその時間中相手になってくれる人がないので、仲間はずれの侘《わび》しさといったようなものを感じているらしかった。それで自分も祖母の膝《ひざ》の前へ絵雑誌などをひろげてやはり一種の復習をしている事もあった。

この四、五月ごろから父親が毎日絵を描いていたのが子供らに影響して、みんなが熱心な自由画家になってしまった。誰れの発案だか小さな「絵の雑誌」をこしらえた。五人の子供がめいめいに隠しあって描いたのを長女が纏《まと》めて綴った後に発表する事にしていた。「みそさざい」という名前をつけて一週間に一回くらいずつ発行したのが存外持続して最近には第九号が刊行されたようである。表紙画は順番で受け持つ事になっているらしい。

出品画を書いているうちは、ひどく人の見るのを厭《いや》がって、みんな方々の部屋の隅へ頭をつっこんで描いていた。時々兄さん達が無理に覗きに来ていけないという訴が小さい子らから母や祖母の前に提出されているようであった。画家の中には未成品を人に見られる事を厭がる人がずいぶん多いようであるが、これにはむろんいろいろな複雑な実際的の理由もあるに相違ない、しかしそのほかにやはり子供の時からすでにもっている一種の妙な心理作用も手伝っている場合がありそうに思われた。

　五人の描く絵が五人ながら、それぞれの小さな個性を主張しているのがかなり目立って見えた。のみならずめいめいにもうすでにきまった一種の型のようなものが芽を出しかけているのであった。なんと云っても一番多くの独創的な点をもっているのは一番小さい冬子の自由画であったが、その面白い点が一度認められ賞《ほ》められるとそれがもう十八番になって、例えば富士山《ふじさん》が出だすとそれがいかなる絵にでも必ず現われるのであった。今度は趣向を変えて驚かしてやろうというような気はさすがにまだ無かった。

　そのうちにまた「みそさざい」文章号というのが発行された。私が読書している隣りの室で、八重子と宗二とがひそひそ話し合っては、宗二が何か半紙へ書いていると思ったら、それは八重子作のお伽噺を兄が筆記しているのであった。出来上ったのを見ると、ずいぶんいろいろの文章や歌があった。長男のは感想的のもので姉や弟の絵や文章の傾向が論じてあったりした。八重子の日記にはおやつやおかずの事がだいぶ詳しくかいてあった。冬子の「ホシ」と題した歌のようなものがあったが、意味のどうしても分らない全く未来派のようなものであった。

　子供らがこんな事をして割合に仲よく遊んでいるうちに夏休みは容赦もなく

経っていった。もういくつ寝ると学校や幼稚園が始まるかという事が幼ない子らによって毎日繰返されるようになった。そう思って見るせいか、子供らの顔にはどこかに倦怠《けんたい》の影がうかがわれた。私は親類や知人の誰れ彼れが避暑先からよこした絵葉書などを見るたびに、なんだか子供らにまだいつかの負債をしているような心持を打消す事ができなかった。

ある夕方一同が涼み台と縁側に集っていろんな話をしている間に、去年みんなである夜銀座《ぎんざ》へ行ってアイスクリームを食った時の話が出た。それを聞くと八重子と冬子が今年も銀座へ連れていってくれと云い出した。実際昨年行ったきりでその後一度も行かなかったのである。

翌日の夕方は空もよくはれ夕立のおそれも無さそうであるし、風も涼しくて漫歩には適当であったから、妻に五人の子供を連れさして銀座へ遊びにやった。末の二人はどんなよい処へ行くかと思われるように喜んで、そして自分らの好みで学校通いの洋服を着せてもらって、一時間も前から靴をはいて勇んで飛び廻っていた。私はこの二人のむしろ見すぼらしい形ばかりの洋服を見比べているうちに一種の侘しさを感じた。その侘しさはおそらく吾々階級の父親がこのような場合に感ずべき共通のものだろう。

子供らが出ていった後で私は涼み台で母とただ二人で話していた。座敷の電気もおおかた消してしまったので庭は暗かった。家中が珍らしくしんとして表庭の方で虫の音が高く聞えていた。

　十時ごろに床へはいって本を読んでいると門の戸が開いて皆がどやどや帰ってきた。どうしたのか冬子が泣きながらはいってきて、着物をきかえ床へはいってもまだしくしく泣いていた。どうしたかと聞いてみても何も云わないし、外のものにもなぜだか分らなかった。

　銀座を歩いて夜店をひやかしているうちに冬子が「どうして早く銀座へ行かないの」と何遍も聞いたそうである。ここが銀座だと説明しても分らなかった。どうも銀座というのはアイスクリームのある家の事と思っていたらしいという事である。宅の門までは元気よく帰ってきたのが、どうしたか門をはいると泣き出したそうである。

　私は「珍らしく繁華な街へ行ったから疳《かん》でも起ったのだろう」と云った。私がこれを云うと同時に冬子は急に泣き止めた。そして何か考えてでもいるような風であったが間もなくすやすや寝入ってしまった。


（大正九年十一月『中央公論』）

芝刈

私は自分の住家の庭としてはむしろ何もない広い芝生を愛する。吾々階級の生活に許される程度のわずかな面積を泉水や植込みや石灯籠《いしどうろう》などでわざわざ狭くしてしまって、逍遥《しょうよう》の自由を束縛したり、たださえ不足がちな空の光の供給を制限しようとは思わない。樹木ももちろん好きである、美しい草花以上にあらゆる樹木を愛する。それでもし数千坪の庭園を所有する事ができるならば、思い切って広い芝生の一方には必ずさまざまな樹林を造るだろうと思う。そして生気に乏しいいわゆる「庭木」と称する種類のものより、むしろ自然な山野の雑木林を選みたい。

しかしそのような過剰の許されない境遇としては、樹木の方は割愛しても、芝生だけは作らないではいられなかった。そうして木立の代りに安価な八つ手や丁子《ちょうじ》のようなものを垣根の裾《すそ》に植え、それを遠い地平線を限る常緑樹林の代用として冬枯の荒涼を緩和するほかはなかった。仕合せに近所中いったいに樹木が多いので、それが背景になって樹木の緑にはそれほど饑《う》える事はない。

許され得る限りの日光を吸収して、芝は気持よく生長する。無心な子供に踏み暴《あ》らされても、酷しい氷点下の寒さに曝《さら》されても、この粘り強い生命の根はしっかりと互にからみ合って、母なる土の胸にしがみついている。そうして父なる太陽が赤道を北に越えて回帰線への旅を急ぐころになると、その帰りを予想する喜びに堪えないように浮き立って新しい緑の芽を吹き始める。

梅雨期が来ると一雨ごとに緑の毛氈《もうせん》が濃密になるのが、不注意なものの眼にも際立って見える。静かな雨が音もなく芝生に落ちて吸い込まれているのを見ていると、本当に天界の甘露を含んだ一滴一滴を、数限りもない若芽が、その葉脈の一つ一つを歓喜に波打たせながら、呼吸《いき》もつかずに呑《の》み乾しているような気がする。

雨に曇りに、午前に午後に芝生の色はさまざまな変化を見せる。ある時は強烈な日光を斜に受けて針のような葉が金色に輝いている。その上をかすめて時々何かしら小さな羽虫が銀色の光を放って流星のように飛んでいく。

それよりも美しいのは、夏の夜がふけて家内も寝静まったころ、読み疲れた書物をたたんで縁側へ出ると、机の上に吊《つる》した電灯の光は明け放された雨戸の隙間を越えて芝生一面に注がれている。真暗な闇の中に拡げられた天鵞絨《ビロード》が不思議な緑色の蛍光を放っているように見える。ある時はそれがまた底の知れぬ深い淵《ふち》のように思われてくる事もある。これを見ていると疲れ熱した頭の中がすうっと涼しく爽《さわや》かに柔らいでくる。私は時々庭へ下りていっていろいろの方向からこの闇の中に浮き上った光の織物をすかしてみたりする。それからその真中に椅子を持ち出して空の星を点検したり、深い沈黙の小半時間を過ごす事もある。

芝の若芽が延び初めると同時に、この密生した葉の林の中から数限りもない小さな生き動くものの世界が産れる。去年の夏の終りから秋へかけて、小さなあわれな母親達が種属保存の本能の命ずるがままに、そこらに産みつけてあった微細な卵の内部では、吾々の夢にも知らない間に世界で一番不思議な奇蹟《きせき》が行われていたのである。その証拠には今試みに芝生に足を入れると、そこからは小さな土色の蝗蚸《ばった》や蛾《が》のようなものが群って飛び出した。蟋蟀《こおろぎ》や蜘蛛《くも》や蟻《あり》やその他名も知らない昆虫の繁華な都が、虫の眼から見たら天を摩するような緑色の尖塔《せんとう》の林の下に発展していた。

この動植物の新世代の活動している舞台は、また人間の新世代に対しても無尽蔵な驚異と歓喜の材料を提供した。子供らはよくこれらの小さな虫をつかまえて白粉《おしろい》の空缶へ入れたりした。なんのためにそんな事をして小さな生物を苦しめるかというような事は少しも考えてはいなかった。それでも虫の食物か何かのつもりで、むしり取った芝の葉を瓶の中へ詰め込んで、それで虫は充分満足しているものと思っているらしかった。そのまま忘れて打っちゃっておいた罎《びん》の底にひっくり返って死んでいる軀を見つけた時はやはりいくらか可哀相だとは思うらしい。それで垣根の隅や樹の下へ「虫のお墓」を築いて花を供えたりして、そういう場合に大人の味《あじわ》う機微な感情の胚《はい》子《し》に類したものを味っているらしく見える。子供が虫をつかまえたり、いじめたり殺したりするのは、やはりいわゆる種属的記憶と称するものの一つでもあろうか。このような記憶あるいは本能が人間種族からすっかり消え去らない限り、強者と弱者の関係はあらゆる学説などとは無関係に存続するだろう。

　子供らはまたよくかやつり草を芝の中から捜し出した。三角な茎を割いて方形の枠形を作るというむつかしい幾何学の問題を無意識に解いて、そして吾々の空間の微妙な形式美を味っている事には気がつかないでいた。相撲取草《すもうとりぐさ》を見つけて相撲を取らせては不可解な偶然の支配に対する怪訝《けげん》の種を小さな胸に植えつけていた。

　芝の中から蒲公英《たんぽぽ》や酸漿草《ほおずき》やその他いろいろの雑草も生えてきた。私はなんだかそれを引抜いてしまうのが惜しいような気がするのでそのままにしておくと、いつの間にか母や下女がむしり取るのであった。

　夏が進むにつれて芝はますます延びていった。芝生の単調を破るためにところどころに植えてある小さな躑躅《つつじ》やどうだんや薔薇《ばら》などの根元に近い処は人に踏まれないためにことに長く延びて、それがなんとなくほうけ立ってうるさく見え出した。母などは病人の頭髪のようで気持が悪いと云ったりした。植木屋へ端書を出して刈らせようと云っているうちに事に紛れて数日過ぎた。

　そのうちに私はふと近くの街の鍛冶屋《かじや》の店に吊してあった芝刈鋏《ばさみ》を思い出した。例年とちがって今年は閑《ひま》である。そして病気に障らぬ程度に身体を使って、過度な読書に疲れた脳に休息を与えたいと思っていたところであったので、ちょうど適当な仕事が見つかったと思った。芝の上に坐り込んで静に両腕を動かすだけならば私の腹部の病気にはなんの差支えもなさそうに思われた。もっとも一概に腕や手を使うだけなら腹にはこたえないという簡単な考が間違いだという事はすでに経験して知っていた。例えばタイプライターをたたいたり、ピアノを弾いたりするような動作でもどうかするとひどく胃にこたえる事がしばしばあった。ことに文句に絶えず頭を使いながら急《せ》き込んで印字機の鍵盤《けんばん》をあさる時、弾き馴れないむつかしい楽曲をものにしようとして努力する時、そういう時には病的に過敏になった私の胃はすぐになんらかの形式で不平を申し出した。しかしこれは手や指を使うというよりもむしろ頭を使うためらしく思われた、芝を刈るというような、機械的な、虚心でできる動作ならばおそらくそんな事はあるまいと思われた。少くも一日に半時間か一時間ずつ少しも急いだり努力したりしないで、気楽にやっていれば差支はあるまい。こんな事を考えながら私は試みに両腕を動かして鋏を使う真似をしてみた。まだ実際には経験しない芝刈の作業を強く頭に印象させながら腕を動かしてみたが、腹に力を入れるような感覚は少しも生じて来ないらしかった。念のために今度は印字機に向ったつもりになって両手の指を動かしているといつの間にか横隔膜の下の方がしだいに堅く凝ってくるのを感じた。

このような仮想的の試験があてになるかどうかは自分にも曖昧《あいまい》であったが、ともかくも一つ実物について試験をしてみて、もし障りがありそうであったら、すぐに止めればよいと思った。

風のない蒸暑いある日の夕方私は一番末の女の子をつれて鋏を買いに出かけた。灯火の乏しい樹木の多い狭い町ばかりのこのへんの宵闇は暗かった。めったに父と二人で出る事のない子供は何かしら改った心持にでもなっているのか、不思議に黙っていた。私も黙っていた。ある家の前まで来ると不意に「山本さんの……セッ子さんのおうちはここよ」と云って教えた。たぶん幼稚園の友達の家だろうと思われた。「セッ子さんは毎朝お父さんが連れてくるのよ。」……「お父さんはいつになったらお役所へ出るの。……出るようになったら幼稚園まで一緒に行きましょうね。」こんな事をぽつりぽつり話した。表通りへ出るとさすがに明るかった。床屋の硝子《ガラス》戸から洩《も》れる蒼《あお》白い水のような光や、水菓子屋の店先に並べられた緑や紅や黄の色彩は暗闇から出てきた眼に眩しいほどであった。しかしその隣りの鍛冶屋《かじや》の店には薄暗い電灯が一つついているきりで恐ろしく陰気に見えた。店にはすぐに数え悉《つく》されるくらいの品物――鍬《くわ》や鎌、鋏や庖丁《ほうちょう》などが板の間の上に並べてあった。私の求める鋏はただ二つ、長いのと短いのと鴨居《かもい》から吊してあった。

ちょうど夕飯をすまして膳《ぜん》の前で楊枝《ようじ》と団扇《うちわ》とを使っていた鍛冶屋《かじや》の主人は、袖無の襦袢《じゅばん》のままで出てきた。そして鴨居《かもい》から二つ鋏を取り下して積った塵《ちり》を口で吹き落しながら両臂《ひじ》を動かして工合《ぐあい》をためして見せた。

柄の短いわりに刃の長く幅広なのが芝刈専用ので、もう一つのはおもに樹《き》の枝などを剪るのだが芝も刈れない事はない。芝生の面積が広ければ前者でなくては追付かないが、少しばかりなら後のでもいい。素人《しろうと》の家庭ならかえってこれがいいかもしれないなどと説明しながら、そこらに散らばっている新聞紙を剪って見せたりした。「こういう物はやっぱり呼吸ですから……。」そんな事を云った、また幾枚も剪り散らして、その切屑《きりくず》で刃の塵を拭《ふ》いたりした。

芝を刈る鋏といえば一通りしかないものと簡単に思い込んでいた私は少し当惑した。このような原始的な器械にそんな分化があろうとは予期していなかった。どちらにしようかと思ってかわるがわる二つの鋏を取り上げて工合を見ながら考えていた。なるほど芝を刈るにはどうしても専用のものが工合がいいという事は自分にも明白に了解された。しかしそれで枯枝などを切ると刃が欠けるという主人の言葉は本当らしかった。

私はなんだか試験をされているような気がした。主人は団扇《うちわ》と楊枝とを使いながら往来を眺めていた。子供は退屈そうに時々私の顔を見上げていた。

とうとう柄の長い方が自分の今の運動の目的には適しているというある力学的な理

由を見つけた、と思ったのでその方を取る事にした。

鋏を柄に固定する目釘《めくぎ》をまださしてないから少し待ってくれというので、それができるまでそこらを散歩する事にした。しばらく歩いて帰ってきてみると目釘はもうさされていて、支点の軸に油をさしているところであった。店先へ中年の夫婦らしい男女の客が来て、出刃庖丁《でばぼうちょう》をあれかこれかと物色していた。……私がどういうわけで芝刈鋏を買っているかがこの夫婦にわからないと同様に、この夫婦がどういう径路からどういう目的で出刃庖丁を買っているのか私には少しもわからなかった。その庖丁の未来の運命もむろん誰れにも分ろうはずはなかった。それでも髪を櫛巻《くしまき》に結った顔色の妙に黄色いその女と、眼つきの険しい男とをこの出刃庖丁と並べて見た時はなんだか不安なような感じがした。これに反して私の鋏がなんだか平和な穏かなもののように思われた。

長い鋏をぶら下げて再び暗い屋敷町へはいった。今まで黙っていた子供は急に饒舌《じょうぜつ》になった。いつ芝を刈り始めるのか、刈る時には手伝わしてくれとか、今夜はもう刈らないかとか、そんな事をのべつに饒舌《しゃべ》っていた。父が自分で芝を刈るという事がよほど珍しい面白い事ででもあるように。

しかし私自身にとっても、それはやはり珍しく新しい事には相違なかった。

宅へ帰ると家内中のものがいずれも多少の好奇心と、漠然《ばくぜん》とした明日の期待を抱きながらかわるがわるこの新しい道具を点検した。

翌日は晴天で朝から強い日が照りつけた。あまり暑くならないうちにと思って鋏を持って庭へ出た。

どこから刈り始めるかという問題がすぐに起ってきた。それはなんでもない事であったがまた非常にむつかしい問題でもあった。いろいろの違った立場から見た答解はいろいろに違っていた。できるだけ短時間に、できるだけ少しの力学的仕事を費して、与えられた面積を刈り終るという数学的の問題もあった。刈りかけた中途で客間から見た時になるべく見にくくないようにという審美的の要求もあった。一番延び過ぎた処から始めるという植物の発育を本位に置いた考案もあった。こんな事にまで現代風の見方を持ってくるとすれば、ともかくも科学的に能率をよくするために前に挙げた第一の要求を充たす方法を選んだ方がよさそうに思われた。能率を論ずる場合には人間を器械と同様に見るのであるが、今の場合にはそれでは少し困るのであった。もともと自分の健康という事が主になっている以上、私はこの際最も利己的な動機に随《したが》っていくほかはないと思ったので、結局日蔭の涼しい処から刈り始めるというきわめて平凡なやり方に帰ってしまった。

するとまたすぐに第二の問題に逢着《ほうちゃく》した。芝生とそれより二寸ぐらい低い地面との境界線の処は芝の生え方も乱雑になっているし、葉の間に土塊《つちくれ》などが交っているために刈りにくく面倒である。その上に刈り取った葉がかぶさったりするとなおさら厄介であった。それでまずこの境界線の生え際を整理した後に平たい面積に掛る方が利口らしく思われた。しかしこの生え際の整理はきわめて面倒で不愉快であって、見たところの効果の少ない割りの悪い仕事であった。

　おしまいにはそんな事を考えている自分が馬鹿らしくなってきたので、いい加減に、無責任に、だらしなく刈り始めた。

　蒼白い刃が垂直に平行して密生した芝の針葉の影に動くたびにザックザックと気持のいい音と手ごたえがした。葉は根元を切られてもやはり隣り同志もたれ合って密生したままに直立している。その底を潜って進んでいく鋏の律動につれてムクムクと動いていた。鋏をあげて翻すと切られた葉の塊はバラバラに砕けて横に飛び散った。刈った跡には茶褐色にやけた朽葉と根との網の上に、真白にもえた茎が、針を植えたように現われた。そして強い土の香がぷんと鼻にしみるように立ちのぼった。

　無数の葉の一つ一つがきわめて迅速に相次いで切断されるために生ずる特殊な音はいろいろの事を思い出させた。理髪師の鋏が濃密な髪の一束一束を剪っていく音にいつも一種の快感を味っていた私は、今自分で理髪師の立場からまた少しちがった感覚を味っているような気がした。それから子供の時分に見世物で見た象が、藁《わら》の一束を鼻で巻いて自分の前脚の膝へたたきつけた後に、手際よく束の端を口に入れて藁のはかまを嚙《か》み切った、あの痛快な音を思い出したりした。しかしなぜこの種類の音が愉快であるかという理由はどう考えても分らなかった。音の性質から考えればこれは雑音の不規則な集合で、音楽的の価値などはむろん無いものである。しかしあるいはこれは聴感に対する音楽に対立させ得べき触感あるいは筋肉感に関する楽音のようなものではあるまいか。音自身よりはむしろ音から聯想《れんそう》する触感に一種の快を経験するのではあるまいか。それともまたもっと純粋に心理的な理由によるものだろうか。あるいはひょっとしたら吾々の祖先の類人猿《るいじんえん》時代のある感覚の記憶でないとも云われないと思ったりした。

　鋏の進んでいく先から無数の小さなばったや蛼《こおろぎ》が飛び出した。平和——であるかどうか、それは分らぬが、ともかくも人間の眼から見ては単調らしい虫の世界へ、思いがけもない恐ろしい暴力の悪魔が侵入して、非常な目にも止まらぬ速度で、空を蔽《おお》う森を薙《な》ぎ立てるのである。劇《はげ》しい恐慌に襲われた彼らは自分の身長の何倍、あるいは何十倍の高さを飛び上ってすぐ前面の茂みに隠れる。そうして再び鋏がそこに迫ってくるまではそこで落付いているらしい。彼らの恐慌は単に反射的の動作にすぎないか、あるいは非常に短い記憶しかもっていないのだろうか。……魚の視感を研究した人の話によると海中で威嚇《いかく》された魚はわずかに数尺遁《に》げのびると、もうすっかり安心して悠々《ゆうゆう》と泳いでいるという事である。……今度の大戦で荒らされた地方の森に巣をくっていた鴉《からす》は、砲撃が止んで数日経たないうちにもう帰ってきて、枝も何も弾丸の雨に吹き飛されて坊主になった樹の空洞で、平然と子を育てていたと伝えられている。もっともそういえば戦乱地の住民自身も同様であったかもしれない。またある島の火山の爆裂火口の中へ村落を作っていたのがある日突然の爆発に空中へ吹き飛され猫の子一つ残らなかった事があった。そうして数年の後にはその同じ火口の中へいつの間にかまた人間の集落が形造られていた。こんな事を考えてみると虫の短い記憶――虫にとっては長いかもしれない記憶を笑う事はできなかった。

無数に群がっている虫の中には私の鋏のために負傷したり死んだりするのもずいぶんありそうに思われて、多少酷《むご》たらしい気がしないでもなかった。しかしどうする事もできないので構わず刈っていった。これらの虫は害虫だか益虫だか私には分らなかった。

子供の時分に私の隣家に信心深い老人がいた。彼は手足に蚊がとまって吸おうとするのを見つけると、静にそれを追いのけるという事が金棒引の口から伝えられていた。そしてそれが一つの笑話の種になっていた。私も人並に笑ってはいたが、その老人の不思議な行為から一つの謎のようなものを授けられた。そうして今日になってもその謎は解く事ができないでそのままになっている。のみならずこの謎は長い間にいろいろの枝葉を生じてますます大きくなるばかりである。

例えば人間が始まって以来今日までかつて断えた事のないあらゆる闘争の歴史に関するいろいろの学者の解説は、一つも私の腑《ふ》に落ちないように思われた。……私には牛肉を食っていながら生体解剖《ヴィヴィセクション》に反対している人達の心持が分らなかった。……人間の平等を論じる人達がその平等を猿や蝙蝠《こうもり》以下におしひろめない理由がはっきり分らなかった。……普通選挙を主張している友人に、なぜ家畜にも同じ権利を認めないかと聞いて怒を買った事もあった。

今鋏のさきから飛び出す昆虫の群を眺めていた瞬間に、突然ある一つの考が脳裏に閃《ひら》めいた。それは別段に珍しい考でもなかったが、その時にはそれが唯一の真理であるように思われた。——もう昆虫の生命などは方則の前の「物質」にすぎなくなった。私と私の鋏はその方則であり征服者であり同時に神様であった。私は吾々人間の頭上に恐ろしい大きな鋏を振り廻している神様の残忍に痛快な心持を想像しながら勢よく鋏の把柄を動かしていった。

病気に障る事を恐れて初めの日は三尺平方ぐらいにして止めた。昼過に行ってみると、刈られた葉はすっかり乾き上って、蒼白い干草になって散らばっていた。日向《ひなた》に曝《さら》されたままの鋏の刃は触ってみると暑いほどにほてっていた。

学校から帰ってきた子供らは、少なからざる好奇心をもって刈られた部分を点検したあとで、我れがちに争って鋏を手にした。しばらくして見に行ってみると、芝生の上には鼠《ねずみ》が噛《かじ》ったように、三角形や、片仮名や、ローマ字などが表われていた。九歳になる女の子は裁縫用の鋏で丁寧に一尺四方ぐらいの部分を刈りひらいて、人差指の根元に大きな可愛い肉刺《まめ》をこしらえていた。

いろいろの時刻にいろいろの人が思い思いの場所を刈っていた。人々の個性はこんな些細《ささい》な事にも強く刻みつけられていた。大まかに不揃いに刈り散らして虎斑《とらふ》をこしらえる者もあれば、一方から丁寧に秩序正しく、蚕が桑の葉を食っていくように着々進行していくものもあった。ある者は根元までつめて刈り込まないと承知しないし、またある者はある長さの緑を残すように骨を折っているらしく見えた。

書斎で聞いていると時々鋏の音が聞えたが、その音の工合で誰れがやっているかはたいてい分った。

午前に私が刈り初めようとするとよく来客があった。そういう事が三、四回もつづいた。来客を呼ぶおまじないだと云って笑うものもあった。これはむろん直接の因果関係ではなかったが、しかし全くの偶然でもなかった。二つの事柄を制約する共通な条件はあった。ただその条件が必至のものでないだけの事であった。

毎日少しずつ鋏を使いながら少しずついろいろの事を考えた。いろいろの考はどこから出てくるか分らなかった。前の考とあとの考との関係も分らなかった。昔ミダス王の理髪師が囁《ささや》いた秘密を蘆《あし》の葉が再び囁いたように、今この芝の葉の一つ一つが、昔誰れかに聞いた事を今私に囁いているのかもしれない。

例えば私は自分で芝を刈る事によって、植木屋の賃銀を奪っているのではないかという問題に出会った。そしていろいろもて扱っているうちに、これがもうかなりに古いありふれた問題である事に気がついた。それかといってこれに対する明快な解決はやはり得られなかった。

延び過ぎた芝の根元が腐れかかっているのを見た時に、私はふと単純な言葉の上の聯想から、あまりに栄え茂り過ぎた物質的文化のために人間生活の根本が腐れかかるのではないかと思ってみた。そしてそれを救うにはなんとかして少しこの文明を刈り込む必要がありはしないかと考えた。しかし芝と文化とはなんの関係もない。芝を刈るのがいいといっても文明を刈り取るがいいという証拠にも何もならない事は明らかであった。あまりに皮相的な軽率な類推の危険な事を今さらのように想ってみたりした。実際そんな単純な考が熱狂的な少数の人の口から群集の間に燎原《りょうげん》の火のように播《ひろ》がって、「芝」を根元まで焼き払おうとした例が西洋の歴史などにないでもなかった。文明の葉は刈るわけにも焼くわけにもいかない。

始めのうちは面白がっていた子供らもじきに飽きてしまって誰れも鋏を手にするも

のはなくなった。ただ長女と私とが時々少しずつ刈っていった。そのうちには雨が降ったりして休む日もあるので、一番始めに刈った処はもうかなりに新しい芽を延ばしてきた。

最後に刈り残された庭の片隅のカンナの葉陰に、ひときわ濃く茂った部分を刈っていた長女は、そこで妙なものを発見したと云って持ってきた。子供の指先ぐらいの大さをした何かの卵であった。つまんでみると殻《から》は柔かくてぶよぶよしていた。一つ鋏にかかってつぶれたのを開けてみたら中には蜥蜴《とかげ》の孵《かえ》りかかったのがはいっていたそうである。「人間のおなかの中にいるときとよく似ているわ」と傍から小さな女の子が付け加えた。私は非常に驚いてこの子供の知識の出所を聞き正してみると、それが御茶《おちゃ》の水《みず》で開かれたある展覧会で見たアルコル漬の標本から得たものである事が分った。

子供らはこの卵の三つか四つを日当りのいい縁側の下の土に埋めておいた。数日たった後に掘ってみたらもう何もなかったそうである。ここにも大きな奇蹟はあった。

十日ほどにわたった芝刈がやっと終った。結果はあまり体裁のいい方ではなかった。刈り手の個性と刈り時の遅速とが芝生の上に不規則な斑《まだら》を画いていた。休まず働いている自然の手がその痕跡《こんせき》を拭い消すにはまだ幾日か待たなければならなかった。

保養の目的が達せられたかどうかは分らなかった。たいして身体に障りもしなかった代りに別段のいい効果があったとも思われぬ。そのような効果が、秤《はかり》や升ではかれるように判然と分るものだったら、医師はさぞ喜びもしまた困る事だろうと思った。——ただ蜥蜴の卵というものを始めて実見したのがおそらくこの数日の仕事の一番の獲物であったろうと思っている。

（大正十年一月『中央公論』）

さまよえるユダヤ人の手記より

一　涼しさと暑さ

この夏は毎日のように実験室で油の蒸餾《じょうりゅう》の番人をして暮らした。昔の武士の中の変人達が酷暑の時候にドテラを着込んで火鉢を囲んで寒い寒いと云ったという話があるが、暑中の烈火の前に立って油の煮えるのを見るのはじつは案外に爽快《そうかい》なものである。暑い時に風呂《ふろ》に行って背中から熱い湯を浴びると、やはり「涼しい」とかなりよく似た感覚がある。あれも同じわけであろう。

涼しいというのは温度の低いということとは意味が違う。暑いという前提があって、それに特殊な条件が加わって始めて涼しさが成立するのである。

先年塩原《しおばら》の山中を歩いていた時に、偶然にこの涼しさの成立条件を発見した。とその時に思ったことがある。蒸されるような暑苦しい谷間の坂道の空気の中へ、ちょうど味噌《みそ》汁の中に入れた蓴菜《じゅんさい》のように、寒天の中に入れた小豆粒《あずきつぶ》のように、冷たい空気の大小の粒が交って、それが適当な速度で吾々《われわれ》の皮膚を撫《な》でて通るときに吾々は正真正銘の涼しさを感じるらしい。

暑中に冷蔵庫へ這入《はい》った時の感じは、あれは正当なる涼しさとは少しちがう。あれは不気味なる沈鬱《ちんうつ》である。涼しさの生じるためには、どうも時間的にまた空間的に温度の短週期的変化のあることが必要条件であるらしい。

しかし、寒中に焚火《たきび》をしてもいわゆる「涼しさ」は感じないところを見ると、やはり平均気温の高いということが涼しさの第一条件でなければならない。そうしてその平均気温からの擬週期的変化《クワジペリオディック・ヴェリエーション》が第二条件であると思われる。この変化は少しも低温の方向に起なくてもいいということは、暑中熱湯を浴びる実験からも分ると思う。たぶん温度が急激に降下するときに随伴する感覚であって、しかもそれはすぐに飽和される性質のものであるから、この感覚を継続させるためには結局週期的の変化に必要になると考えられる。

子供の時分、暑い盛りに背中へたくさんの灸《きゅう》をすえられた経験があるが、あの時の背中の感覚にはやはり「涼しさ」とどこか似通ったある物がある。これはここの仮説を裏書する。

こんな事を考えていたのであるが、今年の夏房州《ぼうしゅう》の千倉《ちくら》へ行って、海岸の強い輻射《ふくしゃ》のエネルギーに充《み》たされた空間の中を縫うてくる涼風に接したときに、暑さと涼しさとは互に排他的《エキスクルーシヴ》な感覚ではなくて共存的な感覚であることに始めて気がついたのである。暑いと同時に涼しいということあるいはむしろ暑い感じを伴うことなしに涼しさは感じ得られないということが一般的な事実であるのに、吾々は暑い涼しいという二つの言葉が反対のことのように思込んでしまっていたために、こんな分りきったことに今まで気がつかないでいたのではないか。ここでも吾々は「言葉」という嘘つきに欺《だま》されていたのではないか。

「暑い」ということと寒暖計の示度の高いということとも、互に関係はあるが同意義ではない。いつか新聞の演芸風聞録に、ある「頭の悪い」というので通っている名優の頭の悪い証拠として次のようなことを書いてあった。ある酷暑の日にその役者が「今日はだいぶ暑いと見える、観客席で扇の動き方が劇《はげ》しいようだ」と云ったというのである。これはしかしその役者の頭の悪い証拠でなくて良い方の破格の一例として取扱わるべきものであるかもしれない。暑い日の舞台の上は自然的の通風で案外涼しいかもしれないし、それでなくても、その役者が真面目に芝居をやっている限りその日が特に暑い日であるかないか分るはずがないのである。それは炭坑の底に働いている坑夫に、天気が晴れているのか暴《あ》れているのかが分らないのと同様である。それで扇の動き方でその日の暑さを知ったというのは、雁行《がんこう》の乱るるを見て伏兵を知った名将と同等以上であるのかもしれない。しかしおそらくこれはすべての役者に昔からよく知られたきわめて平凡な事実であるかもしれない。そうだとしてそれを今ごろ気がついたとすれば、なるほどこれは頭の悪い証拠になるかもしれない。演芸風聞録の頭のいい記者はたぶんこの意味で書いたに相違ないのであるが、これにこれだけの注釈をつけることもできるのである。

二　玉虫

夏のある日の正午駕籠町《かごまち》から上野行の電車に乗った。上富士《かみふじ》前の交叉点で乗込んだ人々の中に四十前後の色の黒い婦人がいた。自分の隣へ腰をかけると間もなく不思議な挙動をするのが自分の注意をひいた。ハンケチで首筋の辺をはたくようなことをしている。すると眼の下の床へぱたりと一疋《ぴき》の玉虫が落ちた。仰向きに泥だらけの床の上に落ちて、起き直ろうとしてもがいているのである。しばらく見ていたが乗客のうちの誰もそれを拾い上げようとする人はなかった。自分はそっとこの甲虫をつまみ上げてハンケチで背中の泥を拭《ぬぐ》うていると、隣の女が「それは毒虫じゃありませんか」と聞いた。虫をハンケチにくるんでカクシに押し込んでから自分はチェスタートンの『ブラウン教父の秘密』の読みかけを読みつづけた。

研究所へ帰ってから思い出してハンケチを開けてみると、だいぶ苦しんだと見えて、糞《ふん》をたくさんにひり散らした痕《あと》がハンケチに印銘されていた。手近にあったアルコールの数滴を机の上に垂してその上に玉虫の口をおっつけると、虫は活潑《かっぱつ》にその嘴《くちばし》を動かしてアルコールを飲み込んだ。それが吾々の眼にはさもさもうまそうに飲んでいるように見えた。虫の表情というものがあり得るかどうか知らないが、ただ机の上のアルコールの減じていく速度がそういう感じを起させたのである。幾ミリグラムかの毒液を飲み終ると、もう石のように動かなくなってしまった。

そこへ若いF君がやってきた。自分はF君に、この虫が再び甦《よみがえ》ると思うか、このまに死んでしまうと思うかと聞いた。もちろん自分にも分らなかったのである。F君は二〇プロセントは甦ると云い自分は百プロセント死ぬということにして、それで賭《かけ》をするとしたら、どういう勘定になるかという問題をいろいろに議論した。

「午後の御茶」の時間に皆で集まったときに、自分は、この玉虫がいったいどこで彼の婦人の髪の毛に附着して、そうして電車の中に運ばれたであろうかという問題を出した。Y君は染井《そめい》の墓地からという説を出した。私は吉祥寺《きちじょうじ》ではないかとも云ってみた。

この婦人には一人男の連れがあったが、電車ではずっと離れた向側に腰をかけていた。後にその隣に空席ができたときに女の方でそこへ行って何かしら話をしていたのである。

吾々の問題は、虫が髪に附いてから、それが首筋に這い下りて人の感覚を刺戟《しげき》するまでおおよそどのくらいからどのくらいまでの時間が経過するものかというのであった。もしもその時間が決定され、そしてその人が電車で来たものと仮定すれば、その時間と電車速度の相乗積に等しい半径で地図上に円を描き、その上にある樹林を物色することができる。しかし実際はそう簡単にはいかない。

しかしこの玉虫の一例は、吾々が吾々の現在にこびりついた過去の一片をからだのどこかにくっつけて歩いているということのいい例証にはなるであろう。

もしもその日の夕刊に、吉祥寺か染井の墓地である犯罪の行われた記事が出たとしたら、探偵でない自分は、少くも一つの月並みな探偵小説を心に描いて、これに「玉虫」と題したかもしれない。

アルコールを飲んだ玉虫はとうとう生き返らなかった。人間だとしたらたぶん一ポンドくらいの純アルコールを飲んだわけである。

手近にあった水銀灯を点じて玉虫を照らしてみた。あの美しい緑色は見えなくなって、鏽《さ》びたひわ茶色の金属光沢を見せたが、腹の美しい赤銅色はそのままに見られた。

三　杏仁水

ある夏の夜、神田《かんだ》の喫茶店へはいって一杯のアイスクリームを食った。そのアイスクリームの香味には普通のヴァニラのほかに一種特有な香味の混じているのに気がついた。そうしてそれが杏仁水《きょうにんすい》であることを思出すと同時に妙な記憶が喚《よ》び起されてきたのである。

中学四年ごろのことであったかと思う。同級のI君が脚気《かっけ》で亡くなったので、吾々数人の親しかった連中でその葬式に行った。南国の真夏の暑い盛りであった。町から東のO村まで二里ばかりの、樹蔭《じゅいん》一つない稲田の中の田圃《たんぼ》道を歩いていった。向へ着いたときに一同はコップに入れた黄色い飲料を振舞われた。それは強い薬臭い匂と甘い味をもった珍らしい飲料であった。要するにそれは一種の甘い水薬であったのである。もっともI君の家は医家であったので、炎天の長途を歩いてきた吾々子供達のために暑気払の清涼剤を振舞ってくれたのである。後で考えるとあの飲料の匂の主調をなすものが、やはりこの杏仁水であったらしい。

明治二十年代の片田舎《かたいなか》での出来事として考えるときにこの杏仁水の饗応《きょうおう》がはなはだオリジナルであり、ハイカラな現象であったような気がする。

大学在学中に、学生のために無料診察を引受けていたいわゆる校医にK氏がいた。いたずら好きの学生達は彼に「杏仁水」という渾名《あだな》を奉っていた。理由は簡単なことで、いかなる病気にでもその処方に杏仁水の零点幾グラムかが加えられるというだけである。いつか診察を受けに行ったときに、先に来ていた一学生がもらった処方箋《せん》を見ながら「また、杏仁水ですか」と云ってニヤリとした。K氏は平然として「君らは杏仁水杏仁水と馬鹿にするが、杏仁水でも、人を殺そうと思えば殺せる」と云った。この場合では杏仁水が、陳腐なるもののコンヴェンショナルなものの代表として現われたわけである。

自分の五十年の生涯の記録の索引を繰って杏仁水の項を見ると、まずこの二つの箇条が出てくる。

近来杏仁水の匂のする水薬を飲まされた記憶はさっぱりない。久しく嗅がなかった匂であったために、今このアイスクリームの匂の刺戟によって飛び出した追想の矢がひと飛びに三十年前へ飛び越したのかもしれない。

不思議なことに、この一杯のアイスクリームの香味はその時の自分には何かしら清新にして予言的なもののような気がしたのである。

四　橋の袂

千倉で泊った宿屋の二階の床は道路と同平面にある。自分の部屋の前が橋の袂《たもと》に当っているので、夕方橋の上に涼みに来る人と相対して楽に話しができるくらいである。

宿の主人が一匹の子猫の頸《くび》をつまんでぶら下げながら橋の向側の袂へ行ってぽいとそれをほうり出した。猫はあたかも何事も起らなかったかのようにうそうそと橋の欄《らん》干《かん》を嗅《か》いでいた。

女中に聞いてみると、この橋の袂へ猫を捨てに来る人が毎日のようにあって、それらの不幸なる孤児らが自然の径路でこの宿屋の台所に迷込んで来るそうである。なるほど始めてここへ来たときから、この村に痩《や》せた猫の数のはなはだ多いことに気がついたくらいであるから、したがって猫を捨てる人の多いのも当然であろうと思われた。

猫を捨てに出た人が恰好《かっこう》の捨場を求めて歩いていくうちに一つの橋の袂に来たとすれば、その人はまたおそらく当然そこでその目的の行為を果たすに相違ない。これは何故であろうか。橋の袂は交通線上の一つの特異点《シンギュラーポイント》であって、歩行者の心のテンポにある加速度を与えるために自然に予定の行為への衝動を受けるのかもしれない。

吾々の生活の行路の上にもまたこういう橋の袂がある。そうしてそこで自分の過去の重荷を下ろそうとして躊躇《ちゅうちょ》することがしばしばある。同様に国家社会の歴史の進展の途上にも幾多の橋の袂がある。教育家為政者は行手の橋の袂の所在を充分に地図の上で研究しておかなければならないと思う。

弁慶《べんけい》が辻斬《つじぎり》をしたのは橋の袂である。鍋焼《なべやき》うどんや夜鷹《よたか》もまたしばしば橋の袂を選んで店を張った。獄門の晒首《さらしくび》や迷子のしるべ、御触れの掲示などにもまたしばしば橋の袂が最もふさわしい地点であると考えられた。これは云うまでもなく、橋が多くの交通路の集合点であって一種の関門となっているからである。したがってあらゆる街路よりも交通の流れの密度が大きいからのことである。

この第二の意味における「橋の袂」のようなものもまた個人の生活や人類の歴史の上にたくさんの例がある。十字軍や一九一四年の欧洲《おうしゅう》大戦のごときは世界人類の歴史の橋の袂であり、ポール・セザンヌと名づけられた一人の田舎爺は世界の美術史の上の橋の袂である。ニュートン、アインシュタイン、プランクらのした仕事もまた物理学史上のそれぞれの橋の袂であったとも云われる。

吾々個人にとって一番重大なのは吾々の内部生活における、第一ならびに第二の意味における橋の袂である。ここで吾々は身を投げるか、弁慶の薙刀《なぎなた》の鏽となるか、夜鷹に食われるか、それともまた鍋焼うどんに腹をこしらえて行手の旅を急ぐかである。

（昭和四年九月『思想』）

夏

一　デパートの夏の午後

街路のアスファルトの表面の温度が華氏の百度を越すような日の午後に大百貨店の中を歩いていると、私はドビュシーの「フォーヌの午後」を思いだす。一面に陳列された商品がさき盛った野の花のように見え、天井に回るファンの羽ばたきとうなりが蜜蜂《みつばち》を思わせ、行交《ゆきか》う人々が鹿のように鳥のようにまたニンフのように思われてくるのである。あらゆる人間的なるものが、暑さのために蒸発してしまって、夢のようなおとぎ話の世界が残っているという気がするのである。この夢の世界を逍遥《しょうよう》している幾千人かのうちの幾プロセントかはまたおそらく単にこのフォーヌの夢を見るだけの目的で、あてもなく彷徨《ほうこう》しているかもしれない。こういう意味でデパートメントストアは一つの公園であり民衆の散歩場である。そうして同時に博物館であり、百科辞典であり、また一種のユニヴァーシティであるのである。そうしてそれがそうであることによって、それは現代世相の索引でありまた縮図ともなっているのである。

食堂や写真部はもちろん、理髪店、ツーリスト・ビュロー、なんでもある。近ごろ郵便局のできたところもある。職業紹介所と結婚媒介所はいまだないようであるが、そのうちにできてもよさそうなものである。今でも見合いのランデヴーには毎日のように利用されているくらいである。球戯場などもあっても差支はない。

しかし百貨店の可能性がまだどれほど残されているかは未知数である。その一つの可能性として考えられるものは、軽便で安価な「知識の即売」である。法医工文理農あらゆる学問の小売部を設けることである。

親類に民事上の訴訟問題でも起りかかった場合に、我々はある具体的の法律上の知識の概要を得ておきたくなる。そういう時に、もし百貨店で買物をした節に十分か十五分の時間と二円か三円の金を費して要領を得ることができれば便利である。

わざわざ医者にかかるほどでもないちょっとしたできものを診てもらって適当な療法を教わったり、また病気であるかないか分らないようなからだの工合《ぐあい》を話して意見を聞くようなことが、あたかも鉛筆一本、ハンケチ一枚買うように気軽にできれば便利である。

家を建てようと思う人が自分の素人《しろうと》設計図を見せてまずい所を直してもらったり、ちょっとした器械でも買う場合に目的を話して適当なものを選定してもらわれれば好都合である。メロンを作ってみたいと思う人が自分の畑の適否を相談し、栽培法の要領を教われれば軽便である。

もう少し実用を離れた知識でも我々は時に自分の畑違いの事でひととおりのことを心得ておきたい場合がある。書物を読めばいいとしたところで第一どういう本を読んでいいのかそれが分らない。そういう場合にもし百貨店で買物の節に軽便安直な知識を購入できれば工合がいい。例えば相対性原理とはどんな事か、マルキシズムとは何か、バロック芸術とは何、ベースボールとは何、ジャズとは何、そういうことが望みのままに早分りがすればはなはだ便利であり、また時代に適応するゆえんであるかもしれない。

現代に隆盛を極めている各方面の通俗的な雑誌はこういう安価で軽便な皮相的な知識を汽車弁当のおかずのごとく詰め込んであるが、ただ自分のちょうど欲しいと思うものを自分の欲しい時に手にいれようとするには不便である。それには百貨店に私のこの提案が採用されると便利であろう。

これらの「知識の売子」にはそうたいしたえらい本当の学者は入用はないのみならず、かえってはなはだ厄介でかつ不都合であろう。この選定はむしろ百貨店の支配人に一任すればよい。

某百貨店の入口の噴水の傍の椰子《やし》の葉蔭《はかげ》のベンチに腰かけてうっとりしているうち

に、私はこんな他愛《たわい》もない夢を見ていたのである。

（昭和四年八月『東京朝日新聞』）

二　地図をたどる

暑い汽車に乗って遠方へ出かけ、わざわざ不便で窮屈な間に合せの生活を求めに行くよりも、馴《な》れた自分の家にゆっくり落着いて心とからだの安静を保つのが自分には一番涼しい銷夏法《しょうかほう》である。

日中の暑い盛りにはやはり暑いには相違ない。しかし何か興味のある仕事に没頭することができれば暑さを忘れてしまうことは容易である。それにはあまり頭も苦しめなくて、ただ器械的に仕事を進めていくうちに自ら興味の泌《し》み出してくるようなことが適当である。例えばある年の夏は江戸時代の大火の記録をその時代の地図と較べながら焼失区域図を作って過ごした。仕事はある意味では器械的であるが一つ一つの記録を読んでいくうちに昔の江戸の生活が、小説や歴史の書物で見るよりも遥《はるか》に如実《にょじつ》に窺《うかが》われてじつに面白かった。昔の地図と今の電車線路入の地図と較べているうちにいろいろのことを発見して独りで面白がることもできた。

今年はある目的があって、陸地測量部五万分一地形図を一枚一枚調べて河川の流路を青鉛筆で記入し、また山岳地方のいわゆる変形地を赤鉛筆で記入することをやっている。河の流れをたどっていく鉛筆の尖端《せんたん》が平野からしだいに谿谷《けいこく》を遡《さかのぼ》っていくにしたがって温泉にぶつかり滝に行当りしているうちに幽邃《ゆうすい》な自然の幻影がおのずから眼前に展開されていく。谿谷の極まる処には峠があって、その向側にはまた他の谿谷が始まる、それをしだいにたどっていくといつの間にか思わぬ国の思わぬ里に出ていく。

去年の夏は研究所で油の蒸餾《じょうりゅう》に関する実験をやった。ブンゼン灯のバリバリと音を立てて吹き付ける焰《ほのお》の輻射《ふくしゃ》をワイシャツの胸に受けながらフラスコの口から滴下する綺麗《きれい》な宝石のような油滴を眺めているのは少しも暑いものではなかった。

夕方井戸水を汲《く》んで頭を冷やして全身の汗を拭うと藤棚の下に初嵐の起るのを感じる。これは自分の最大のラキジュリーである。

夜は中庭の籐《とう》椅子に寝て星と雲の往来を眺めていると時々流星が飛ぶ。雲が急いだり、立止まったり、消えるかと思うとまた現われる。大きな蛾がいくつとなくとんできて垣根の烏瓜《からすうり》の花をせせる。やはり夜の神秘な感じは夏の夜に尽きるようである。

（昭和五年七月『大阪朝日新聞』）

三　暑さの過去帳

少年時代に昆虫標本の採集をしたことがある。夏休みは標本採集の書いれ時なので、毎日捕虫網を肩にして旧城跡の公園に出かけたものである。南国の炎天に蒸された樹林は「小さなうごめく生命」の無尽蔵であった。人のはいらないような茂みの中には美しいフェアリーや滑稽《こっけい》なゴブリンの一大王国があったのである。後年「夏夜の夢」を観たり「フォーヌの午後」を聞いたりするたびに自分は必ずこの南国の城山の茂みの中の昆虫の王国を想いだした。しかし暑いことも無類であった。それは乾燥したさわやかな暑さとちがって水蒸気で飽和された重々しい暑さであった。「いつでもまるで海老《えび》をうでたように眼の中まで真赤になっていた」という母の思い出話をよく聞かされた。もっとも虫捕りに涼しいのもあった。朝まだ暗いうちに旧城の青苔滑かな石垣によじ上って鈴虫の鳴いている穴を捜し、火吹竹で静かにその穴を吹いていると、憐《あわ》れな小さな歌手は、この世に何時が起ったかを見るために、隠れ家の奥から戸口に匍《は》いだしてくる。それを待構えた残忍な悪太郎は、蚊帳《かや》の切れで作った小さな玉網でたちまちこれを俘虜《ふりょ》にする。そうして朝の光の溢《あふ》るる露の草原を蹴散《けち》らして凱歌《がいか》をあげながら家路に帰るのである。

中学時代に、京都に博覧会が開かれ、学校から夏休みの見学旅行をした。高知から三、四百トンくらいの汽船に寿司詰になっての神戸までの航海も暑い旅であった。荷物用の船倉に蓆《むしろ》を敷いた上に寿司を並べたように寝かされたのである。英語の先生のHというのが風貌魁偉《ふうぼうかいい》で生徒からこわがられていたが、それが船暈《ふなよい》でひどく弱って手ぬぐいで鉢巻してうんうんうなっていた。それでも講義の時の口調で「これではブラックホールの苦しみに優るとも劣ることはない」といって生徒を笑わせた。当時マコーレーのクライヴ伝を講じていて、ブラックホールの惨劇が一同の記憶に新鮮であったのである。

酷寒の季節に酷暑に遭った例がある。高等学校時代のある冬休みに大牟田《おおむた》炭坑を見学に行った時のことである。冬服にメリヤスを重ね着した地上からの訪問者には、地下増温率によって規定された坑内深所の温度はあまりに高過ぎた。おまけにところどころに蒸気機関があり、そのスチームパイプが何本も通っているのである。坑夫らはもちろん裸体で汗にぬれた膚《はだ》にカンテラの光を無気味に反映していた。坑内では時々人殺しがある。しかし下手人は決して分らない。こんな話を聞かされたりして威《おど》されていたために、一層の暑さを感じたのかもしれない。やっと地上へ出たときに白日の光のありがたい味を始めて覚えたのである。

高等学校を卒業していよいよ熊本を引上げる前日に保証人や教授方に暇《いとま》ごいに廻《まわ》っ

た。その日の暑さも記憶の中に際立って残っているものである。卒倒しそうになると氷屋へはいって休み休みしたので、とうとう一日に十一杯の氷水をのんだ。そうして下宿へ帰ると井戸端へ行って水ごりをとった。それでも、あるいはそのおかげで、からだに別条はなかった。

滞欧中の夏はついに暑さというものを覚えなかったが、アメリカへ渡っていわゆる「熱波」の現象を体験することを得た。五月初旬であったかと思う。ニューヨークの宿へ荷物をあずけて冬服のままでワシントンへ出かけた時には春のような気候であった。ワシントンを根拠にしてマウント・ウェザーの気象台などを見物して、帰ってくると非常な暑さで道路のアスファルトは飴《あめ》のようになり、馬が何頭倒れたというううわさである。その暑さに冬服を着て各所を歴訪した。夜寝ようとするとベッドが焼けつくようで眠られない。心臓の鼓動が異常に烈《はげ》しくなる。堪えかねてボーイを呼んで大きな氷塊を取寄せてそれを胸に載せて辛うじて不眠の一夜を過ごした。その時に氷塊を持ってぬっと出現した偉大なニグロのボーイの顔が記憶に焼きつけられて残っている。それから、ウェザー・ビュローの若い学者と一緒にあるいた。ある公衆食堂で昼飯を食ったときに「君、デヴィルド・クラブを食ってみないか」というから、何だと聞くと、蟹肉《かににく》に辛い香料をいれてホットにしてあるから、それで「デヴィルド」だといって聞かされた。このワシントンの「熱波」の記憶にはこのデヴィルド・クラブと彼のニグロの顔とが必ずクローズアップに映出されるのである。用事をすませてバルチモーアに立つという日に、急に「熱波」が退却して寒暖計はひととびに九十五度から六十度に下ってしまったのである。

父が亡くなった翌年の夏、郷里の家を畳んで母と長女を連れ、陸路琴平《ことひら》高松を経て岡山で一泊したその晩も暑かった。宿の三階から見下す一町くらい先のある家で、夜更けるまで大声で歌い騒ぎ怒鳴り散らすのが聞こえた。雨戸をしめにきた女中がこの騒ぎを眺めながら「またお米があがったそうな」といった。聞いてみると、それは米相場をやる人の家で、この家の宴楽の声が米の値段のメートルだというのであった。

その後再び高松を通過した時に遭った暑さも、私有レコード中の著しいものである。風に吹かれるとかえって余計に暑くて窒息しそうで、こうなると街路の柳の夕風に揺らぐのが、かえって暑さそのものの象徴であるように思われた。

シンガポールやコロンボの暑さは、たしかに暑いには相違ないが、その暑さはいわば板についた暑さで、自然の風物も人間の生活もその暑さにぴったり調和しているので、暑さが美化され純化されている。今思いだすだけでも熱帯の暑さの記憶はじつに美しい幻影で装飾されている。しかし岡山や高松の暑さの思い出にはそれがない。後《こう》楽園《らくえん》や栗林《りつりん》公園はやはり春秋に見るべきであろう。九十五度の風が吹くと温帯の風物は赤土色の憂愁に包まれてしまうのである。

喉元《のどもと》過ぎれば暑さを忘れるという。実際我々には暑さ寒さの感覚そのものの記憶は薄弱であるように見える。ただその感覚と同時に経験したいろいろの出来事の記憶の印銘される濃度が、その時の暑さ寒さの刺戟によって、強調されるのではないかという気がする。そうしてその時の出来事を想いだす時にはその暑寒の感覚はもう単なる概念的の抜殻になってしまっているようである。

今年の夏も相当に暑い。宅のすぐ向う側に風呂屋が建つことになって、昨日から取《と》毀《こわ》しが始まった。この出来事によって今年の夏の暑さの記憶は相当に濃厚なものになるであろうと思われる。

（昭和五年八月『東京朝日新聞』）

四　験潮旅行

明治三十七年の夏休みに陸中釜石《かまいし》附近の港湾の潮汐《ちょうせき》を調べにいったときの話である。塩竈《しおがま》から小さな汽船に乗って美しい女学生の一行と乗合せたが、土用波にひどく揺られてへとへとに酔ってしまって、仙台で買ってきたチョコレートをすっかり吐いてしまった。釜石の港へはいると、なんとも知れない悪臭が港内の空気に滲《し》み渡っていて、浜辺に近づくほどそれが猛烈になる。夥《おびただ》しいかもめの群が渦巻いている。いかの大漁があったのが販路を失って浜で腐ったのであった。上陸後半日もすると、我々一行の鼻の神経は悪臭に対して無感覚となって、うまく飯が食えるようになった。

千歳《せんざい》という岬端《こうたん》の村で半日くらい観測した時は、土地の豪家で昼食を食わしてもらった。生来見たことのない無気味な怪物のなますを御馳走《ごちそう》になった。それがホヤであった。海へはいって泳いでみたら、恐ろしく冷たいので、ふるえ上ってしまった。そこから吉浜《よしはま》まで海岸の雨の山道を、験潮器を背負って、苫《とま》をかぶってあるいていると、ホトトギスが啼《な》いた。根白《こんぱく》というところで煙草を買おうと思ったが、巻莨《まきたばこ》はおろか刻《きざみ》煙草《たばこ》もない。宿屋の親爺《おやじ》ののみしろを一服めぐんでもらったので、喜んで吸ってみると、それはじつに不思議な強烈な原始的の味をもった煙であった。煙草というものに対する我々の概念の拡張の可能性の極限を暗示するものであった。

吉浜へ行っても煙草がなく、菓子がない。黒砂糖でもないかと聞いて歩いたが徒労であった。煙草と菓子の中毒にかかっている文明病患者は、こういう処へ来ると、頭がぼんやりしてしまう。そうして朝から晩まで鱒《ます》一点張の御馳走をうけた。じつにテンポのゆるやかな国であった。

日露戦争当時であって、つい数日前露艦がこの辺の沖に見えたという噂もあった。我々が験潮器を浜に据えて、鉛管を海中へ引っぱっていたので、何か水雷でもしかけているという噂をされたそうである。

この浜の便所はおそらく世界一の広々とした明るい便所で、二人並んで、ゆるゆる談じながら用を達することができるしかけである。そして子供の時分から話にだけは聞いていたチュウギなるものが、目前の事実としてちゃんと鼻のさきの小函《こばこ》に入れてあった。これは教育博物館あたりに保存してほしい資料である。

（昭和四年七月『大阪朝日新聞』）

烏瓜の花と蛾

今年は庭の烏瓜《からすうり》がずいぶん勢いよく繁殖した。中庭の四ツ目垣の薔薇《ばら》にからみ、それからさらに蔓《つる》を延ばして手近なさんごの樹を侵略し、いつの間にかとうとう樹冠の全部を占領した。それでも飽足らずに今度は垣の反対側の楓樹《ふうじゅ》までも触手をのばしてわたりを付けた。そうしてその蔓の端は茂った楓《かえで》の大小の枝の間から糸のように長く垂れさがって、もう少しでその下の紅蜀葵《こうしょつき》の頭に届きそうである。この驚くべき征服慾《よく》は直径わずかに二、三ミリくらいの細い茎を通じてどこまでもと空中に流れ出すのである。

毎日夥《おびただ》しい花が咲いては落ちる。この花は昼間はみんな莟《つぼ》んでいる。それが小さな、可愛らしい、夏夜の妖精《フェアリー》の握《にぎ》り拳《こぶし》とでもいった恰好をしている。夕方太陽が没してもまだ空のあかりが強い間はこの拳は堅くしっかりと握りしめられているが、ちょっと眼を放していてやや薄暗くなりかけたころに見ると、もうすべての花はいっぺんに開きっているのである。スウィッチを入れると数十の電灯が一度に灯《とも》ると同じように、この植物のどこかに不思議なスウィッチがあって、それが光の加減で自働的に作用して一度に花を開かせるのではないかと思われるようである。ある日の暮方《くれがた》、時計を手にして花の咲くのを待っていた。縁側で新聞が読めるか読めないかというくらいの明るさの時刻が開花時で、開き始めから開き終りまでの時間の長さは五分と十分の間にある。つまり、十分前には一つも開いていなかったのが十分後にはことごとく満開しているのである。じつに驚くべき現象である。

　烏瓜の花は「花の骸骨《がいこつ》」とでもいった感じのするものである。遠くから見ると吉野《よしの》紙《がみ》のようでもありまた一抹の煙のようでもある。手に取って見ると、白く柔く、少しの粘りと臭気のある繊維が、五葉の星形の弁の縁辺から放射し分岐して細かい網のように拡がっている。蒼んでいるのを無理に指先でほごして開かせようとしても、この白い繊維は縮れ毛のように捲《ま》き縮んでいてなかなか思うようには延ばされない。強いて延ばそうとすると千切れがちである。それが、空の光の照明度がある限界値に達すると、多分細胞組織内の水圧の高くなるためであろう、螺旋《らせん》状の縮みが伸びて、するすると一度にほごれ拡がるものと見える。それで烏瓜の花は、いわば一種の光度計《フォトメーター》のようなものである。人間が光度計を発明するよりもおそらく何万年前からこんなものが天然にあったのである。

　烏瓜の花がおおかた開ききってしまうころになると、どこからともなく、ほとんど一せいにたくさんの蛾《が》が飛んできてこの花をせせって歩く。無線電話で召集でもされたかと思うように一時にあちらからもこちらからも飛んでくるのである。これもおそらく蛾が一種の光度計を所有しているためであろうが、それにしても何町何番地のどの家のどの部分に烏瓜の花が咲いているということを、前からちゃんと承知しており、またそこまでの通路をあらかじめすっかり研究しておいたかのように真一文字に飛んでくるのである。

初めて私の住居を尋ねてくる人は、たとえ真昼間でも、交番や店屋などを聞き聞き何度もまごついて後にやっと尋ねあてるくらいなものである。

この蛾は、戸外がすっかり暗くなって後は座敷の電灯を狙いに来る。大きな烏瓜か夕顔の花とでも思うのかもしれない。たまたま来客でもあって応接していると、肝心な話の途中でもなんでも一向会釈なしにいきなり飛込んできて直ちに忙《せ》わしく旋回運動を始めるのであるが、時には失礼にも来客の頭に顔に衝突し、そうしてせっかく接待のために出してある茶や菓子の上に箔《はく》の雪を降らせる。主客総立ちになって奇妙な手付をして手に手に団扇《うちわ》を振廻わしてみてもなかなかこれが打落されない。テニスの上手な来客でもこの羽根の生えたボールでは少し見当が違うらしい。婦人の中には特にこの蛾をいやがりこわがる人が多いようである。今から三十五年の昔のことであるがある田舎の退役軍人の家で大事の一人息子に才色兼備の嫁をもらった。ところが、その家の庭に咲き誇った夕顔をせせりに来る蛾の群が時々この芳紀《ほうき》二八《にはち》の花嫁をからかいに来る、そのたびに花嫁がたまぎるような悲鳴を上げてこわがるので、息子思いの父親はその次の年から断然夕顔の栽培を中止したという実例があるくらいである。この花嫁は実際夕顔の花のような感じのする女であったが、それからわずかに数年の後亡くなった。この花嫁の花婿であったところの老学者の記憶には夕顔の花と蛾とにまつわる美しくも悲しい夢幻の世界が残っている。そう云って彼は私に囁《ささや》くのである。私には彼女がむしろ烏瓜の花のようにはかない存在であったように思われるのである。

大きな蛾の複眼にある適当な角度で光を当ててみると気味の悪いように赤い、燐光《りんこう》に類した光を発するのがある。なんとなく物凄《ものすご》い感じのするものである。昔西洋の雑誌小説で蛾のお化けの出るのを読んだことがあるが、この眼玉の光りには実際多少の妖怪味《ようかいみ》といったようなものを帯びている。つまり、なんとなく非現実的な色と光があるのである。これは多分複眼の多数のレンズの作用でちょうど光り苔《ごけ》の場合と同じような反射をするせいと思われる。

蛾の襲撃で困った時には宅の猫を連れてくると、すぐに始末が着く。二疋いるうちの黄色い方の痩せっぽちの男猫が、他には何の能もない代りに蛾をつかまえることだけに妙を得ている。飛上ったと思うと、もういっぺんにはたき落す。それからさんざん玩具《おもちゃ》にした揚句に、空腹だとむしゃむしゃと喰《く》ってしまうのである。猫の神経の働きの速さと狙いの正確さには吾々人間は到底叶《かな》わない。猫が見たら人間のテニスやベースボールは定めて間だるっこくて滑稽《こっけい》なものだろうという気がするのである。それで、仮りに猫の十分の一秒が人間の一秒に相当すると、猫の寿命が八年ならば人間にとっては八十年に相当する勘定になる。どちらが長生きだかちょっと判らない。

これは書物で読んだことだが、樫鳥《かしどり》や山鳩や山鴫《やましぎ》のような鳥類が目にも止まらぬような急速度で錯雑した樹枝の間を縫うて飛んでいくのに、決して一枚の木の葉にも翼を触れるような事はない。これは鳥の眼の調節の速さと、その視覚に応じて反射的に行われる羽翼の筋肉の機制の敏活を物語るものである。もし吾々人間にこの半分の能力があれば、銀座の四つ角で自動車電車の行き違う間を、巡査やシグナルの助けを借りずとも自由自在に通過することができるにちがいない。しかし人間にはシグナルがあり法律があり道徳があるために鳥獣の敏活さがなくても安心して生きていかれる。そのために吾々はだんだんに鈍になり気永くなってしまったのであろう。

しかし鳥獣を羨《うらや》んだ原始人の三つ子の心はいつまでも生き延びて現代の文明人の社会にも活動している。蛾をはたき落す猫を羨み讃歎《さんたん》する心がベースボールのホームランヒットに喝采《かっさい》を送る。一片の麩《ふ》を争う池の鯉の跳躍への憧憬《どうけい》がラグビー戦の観客を吸寄せる原動力となるであろう。オリンピック競技では馬や羚羊《かもしか》や魚の妙技に肉薄しようという世界中の人間の努力の成果が展開されているのであろう。

機械的文明の発達は人間のこうした慾望の焰にガソリン油を注いだ。そのガソリンは、モーターに超高速度を与えて、自動車を走らせ、飛行機を飛ばせる。太平の夢はこれらのエンジンの騒音に攪乱《かくらん》されてしまったのである。

交通規則や国際間の盟約が履行されている間はまだまだ安心であろうが、そういうものが頼みにならない日がいつ何時来るかもしれない。その日が来るとこれらの機械的鳥獣の自由な活動が始まるであろう。

「太平洋爆撃隊」という映画が大変な人気を呼んだ。映画というものは、なんでも、吾々がしたくてたまらないが実際はなかなか容易にできないと思うような事をやって見せれば大衆の喝采を博するのだそうである。なるほどこの映画にもそういうところがある。一番面白いのは、三艘《そう》の大飛行船が船首を並べて断雲の間を飛行している、その上空に追い迫った一隊の爆撃機が急速なダイヴィングで礫《つぶて》のごとく落下してきて、飛行船の横腹と横腹との間の狭い空間を電光のごとくかすめては滝壺《たきつぼ》の燕《つばめ》のごとく舞上る光景である。それがただ一艘ならばまだしも、数え切れぬほどたくさんの飛行機が、あとからもあとからも飛び来り飛び去るのである。この光景の映写の間にこれと相錯綜《あいさくそう》して、それらの爆撃機自身に固定されたカメラから撮影された四辺の目まぐるしい光景が映出されるのである。この映画によって吾々の祖先が数万年の間羨みつづけに羨んできた望みが遂げられたのである。吾々は、この映画を見ることによって、吾々自身が森の樹間をかける山鳩や樫鳥になってしまうのである。

こういう飛行機の操縦をするいわゆる鳥人の神経は訓練によって年と共にしだいに発達するであろう。世界の人口の三分の一か五分の一かがことごとくこの鳥人になってしまったとしたら、この世界はいったいどうなるであろうか。

昔の日本人は前後左右に気を配る以外にはわずかに鳶《とんび》に油揚《あぶらげ》を攫《さら》われない用心だけしていればよかったが、昭和七年の東京市民は米露の爆撃機に襲われたときにいかなる処置をとるべきかを真剣に講究しなければならないことになってしまった。襲撃者は鳶以上であるのに爆撃される市民は芋虫以下に無抵抗である。

ある軍人の話によると、重爆撃機には一キロのテルミットを千個搭載し得るそうである。それで、ただ一台だけが防禦《ぼうぎょ》の網をくぐって市の上空をかけ廻ったとする。千個の焼夷弾《しょういだん》の中で路面や広場に落ちたり河に落ちたりして無効になるものが仮りに半分だとすると五百箇所に火災が起る。これはもちろん水をかけても消されない火である。そこでもし十台飛んでくれれば五千箇所の火災が突発するであろう。この火事を呆《ぼう》然《ぜん》として見ていれば全市は数時間で火の海になる事は請合いである。その際もしも全市民が協力して一生懸命に消火にかかったらどうなるか。市民二百万としてその五分の一だけが消火作業に何らかの方法で手を借し得ると仮定すると、四十万人の手で五千箇所の火事を引受けることになる。すなわち一箇所につき八十人宛《ずつ》ということになる。さて、なんの覚悟もない烏合《うごう》の衆の八十人ではおそらく一坪の物置の火事でも消す事はできないかもしれないが、しかし、もしも十分な知識と訓練を具備した八十人が、完全な統制の下に、それぞれ適当なる部署について、そうしてあらかじめ考究された練習された方式にしたがって消火に従事することができれば、たとえ水道は止まってしまっても破壊消防の方法によって確実に延焼を防ぎ止めることができるであろうと思われる。

これは極めて大ざっぱな目の子勘定ではあるが、それでもおおよその桁数《けた》としてはむしろ最悪の場合を示すものではないかと思われる。

焼夷弾投下のために怪我をする人は何万人に一人くらいなものであろう。老若の外の市民は逃げたり隠れたりしてはいけないのである。空中襲撃の防禦は軍人だけではもう間に合わない。

もしも東京市民が慌てて遁げ出すか、あるいはあの大正十二年の関東震災の場合と同様に、火事は消防隊が消してくれるものと思って、手をつかねて見物していたとしたら、全市は数時間で完全に灰になることは確実である。昔の徳川時代の江戸町民は永い経験から割り出された賢明周到なる法令によって非常時に処すべき道を明確に指示され、そうしてこれに関する訓練を十分に積んでいたのであるが、西洋文明の輸入以来、市民はしだいに赤ん坊同様になってしまったのである。考えると可笑《おか》しなものである。

何箇月か何年か、ないしは何十年の後に、一度は敵国の飛行機が夏の夕暮に烏瓜の花に集まる蛾のように一時に飛んで来る日があるかもしれない。しかしこの大きな蛾をはたき落すにはうちの猫では間に合わない。高射砲など常識で考えても到底頼みになりそうもない品物である。何か空中へ莫大《ばくだい》な蜘蛛《くも》の網のようなものを張ってこの蛾を喰止める工夫は無いものかと考えてみる。あるいは花火のようなものに真綿の網のようなものを丸めて打ち上げ、それが空中でぱっと烏瓜の花のように開いてふわりと敵機を包みながらプロペラにしっかりとからみ付くというような工夫はできないかとも考えてみる。蜘蛛《くも》のあんなに細い弱い糸の網で大きな蟬《せみ》が捕られることから考えると、蚊帳《かや》一張ほどもない網で一台の飛行機が捕えられそうにも思われるが、実際はどうだか、ちょっと試験してみたいような気がするのである。

子供の時分に蜻蛉《とんぼ》を捕るのに、細い糸の両端に豌豆《えんどう》大の小石を結び、それをひょいと空中へ投げ上げると、蜻蛉はその小石を多分餌《えさ》だと思って追っかけてくる。すると糸がうまい工合に虫のからだに巻き付いて、そうして石の重みで落下してくる。あれも参考になりそうである。つまりピアノ線の両端に重錘をつけたようなものをやたらと空中に打ち上げれば襲撃飛行機隊は多少の迷惑を感じそうな気がする。少くも爆弾よりも安価でしかもかえって有効かもしれない。

戦争のないうちは吾々は文明人であるが戦争が始まると、たちまちにして吾々は野蛮人になり、獣になり鳥になり魚になりまた昆虫になるのである。機械文明が発達するほど一層そうなるから妙である。それで吾々はこれらの動物を師匠にする必要が起ってくるのである。潜航艇のペリスコープは比良目《ひらめ》の眼玉の真似である。海翻車《ひとで》の歩行はなんとなくタンクを想出させる。ガスマスクを付けた人間の顔は穀象《こくぞう》か何かに似ている。今後の戦争科学者はありとあらゆる動物の習性を研究するのが急務ではないかという気がしてくる。

光の加減で烏瓜の花が一度に開くように、赤外光線でも送ると一度に爆薬が破裂するような仕掛も考えられる。鳳仙花《ほうせんか》の実が一定時間の後に独りではじける。あれと似たような武器も考えられるのである。しかし真似したくてもこれら植物の機巧はなかなかむつかしくてよく分らない。人間の智慧《ちえ》はこんな些細《ささい》な植物にも及ばないのである。植物が見ても人間ほど愚鈍なものはないと思われるであろう。

秋になると上野に絵の展覧会が始まる。日本画の部にはいつでも、きまって、いろいろの植物を主題にした大作が多数に出陳される。ところが描かれている植物の種類がたいていきまり切っていて、誰も描かない植物は決して誰も描かない。例えば烏瓜の花の絵などついぞ見た覚えがない。この間の晩、床に這入ってから、試に宅の敷地内にある、花の咲く植物の数を数えてみた。二、三十もあるかと思って数えてみたら、実際は九十余種あった。しかし帝展の絵に現われる花の種類は、まだ数えてみないが、おそらくずっと少なそうである。

数の少ないのはいいとしても、花らしい花の絵の少ないのにも驚歎させられる。多くの画家は花というものの意味がまるで分らないのではないかという失礼千万な疑が起るくらいである。花というものは植物の枝に偶然に気紛れにくっついている紙片や糸屑《いとくず》のようなものでは決してない。吾々人間のあさはかな智慧などでは到底いつまでたっても究め尽せないほど不思議な真言《しんごん》秘密の小宇宙なのである。それが、どうしてこうも情ない、紙細工のようなものにしか描き現わされないであろう。それにしても、ずっと昔私はどこかで僧心越《しんえつ》の描いた墨絵の芙蓉《ふよう》の小軸を見た記憶がある。暁天の白露を帯びたこの花の本当の生きた姿がじつに言葉通り紙面に躍動していたのである。

今年の二科会《にかかい》の洋画展覧会を見ても「天然」を描いた絵はほとんど見つからなかった。昔の絵描きは自然や人間の天然の姿を洞察することにおいて常人の水準以上に卓越することを理想としていたらしく見える。そうして得た洞察の成果を最も卑近な最も分りやすい方法によって表現したように思われる。しかるにこのころの多数の新進画家は、もう天然などは見なくてもよい、か、あるいはむしろなるべく見ないことにして、あらゆる素人《しろうと》よりも一層皮相的に見た物の姿をかりて、最も浅薄なイデオロギーを、しかも観者にはなるべく分りにくい形に表現することによって、何かしらたいしたものがそこにありそうに見せようとしている、のではないかと疑われても仕方のないような仕事をしているのである。これは天然の深さと広さを忘れて人間の私を買いかぶり思い上がったあさはかな慢心の現われた結果であろう。今年の二科会では特にひどくそういう気がして私にはとても不愉快であった。もっともその日は特に蒸暑かったのに、ああいう、設計者が通風を忘れてこしらえた美術館であるためにそれがさらに一層蒸暑く、その暑いための不愉快さが戸惑いをして壁面の絵の方に打《ぶ》つかっていったせいもあるであろう。実際二科院展の開会日に蒸暑くなかったという記憶のないのは不思議である。大正十二年の開会日は朝ひどい驟雨《しゅうう》があって、それが晴れると蒸暑くなって、竹の台の二科会場で十一時五十八分の地震に出遇ったのであった。そうして宅へ帰ったら瓦が二、三枚落ちて壁土が少しこぼれていたが、庭の葉鶏頭《はげいとう》はおよそ天下に何事もなかったように真紅《しんく》の葉を紺碧《こんぺき》の空の光の下に耀《かがや》かしていたことであった。しかしその時刻にはもうあの恐ろしい前代未聞《ぜんだいみもん》の火事の渦巻が下町一帯に拡がりつつあった。そうして生きながら焼かれる人々の叫喚《きょうかん》の声が念仏や題目の声に和してこの世の地獄を現わしつつある間に、山の手では烏瓜の花が薄暮の垣根に咲き揃っていつもの蛾の群はいつものように忙わしく蜜をせせっているのであった。

　地震があれば壊れるような家を建てて住まっていれば地震の時に毀《こわ》れるのは当り前である。しかもその家が、火事を起し蔓延《まんえん》させるに最適当な燃料でできていて、その中に火種を用意してあるのだから、これは初めから地震による火災の製造器械を据付けて待っているようなものである。大火が起れば旋風を誘致して焔の海となるべきはずの広場に集まっていれば焼け死ぬのも当然であった。これは事のあった後に思うことであるが、吾々には明日の可能性はもちろん必然性さえも問題にならない。

動物や植物には百千年の未来の可能性に備える準備ができていたのであるが、途中から人間という不都合な物が飛出してきたために時々違算を生じる。人間が灯火を発明したためにこれに化かされて蛾の生命が脅かされるようになった。人間が脆弱《ぜいじゃく》な垣根などを作ったために烏瓜の安定も保証されなくなってしまった。図に乗った人間は網や鉄砲やあらゆる機械を工夫しては鳥獣魚虫の種を絶やそうとしている。因果はめぐって人間は人間を殺そうとするのである。

戦争でなくても、汽車、自動車、飛行機はみんな殺人機械である。

このごろも毎日のように飛行機が墜落する。不思議なことには外国から遠来の飛行機が霞ヶ浦《かすみがうら》へ着くという日にはきまって日本のどこかで飛行機が墜落することになっているような気がする。遠来の客へのコンプリメントででもあるかのように。

蜻蛉《とんぼ》や鴉《からす》が飛行中に機関の故障を起して墜落するという話は聞かない。飛行機は故障を起しやすいようにできているから、それで故障を起すし、鳥や虫は決して故障の起らぬようにできているから故障が起らなくても何も不思議はないわけである。むしろ、一番不思議なことは落ちるときに上の方へ落ちないで必ず下に落ちることである。

物理学者に聞けば、それは地球の引力によるという。もっと詳しく聞くと、すぐに数式を持出して説明する。そんならその引力はどうして起るかと聞くと事柄は一層むつかしくなって結局到底満足な返答は得られない。じつは学者にも分らないのである。

吾々が存在の光栄を有する二十世紀の前半は、事によると、あらゆる時代のうちで人間が一番思い上がって吾々の主人であり父母であるところの天然というものを馬鹿にしているつもりで、本当は最も多く天然に馬鹿にされている時代かもしれないと思われる。科学がほんの少しばかり成長してちょうど生意気盛《なまいきざか》りの年ごろになっているものと思われる。天然の玄関をちらと覗《のぞ》いただけで、もうことごとく天然を征服した気持になっているようである。科学者は落着いて自然を見もしないで長たらしい数式を並べ、画家はろくに自然を見もしないでいたずらに汚ならしい絵具を塗り、思想家は周囲の人間すらよくも見ないで独りぎめのイデオロギーを展開し、そうして大衆は自分の皮膚の色も見ないでこれに雷同し、そうして横文字のお題目を唱えている。しかしもう一歩科学が進めば事情はおそらく一変するであろう。その時には吾々はもう少し謙遜《けんそん》な心持で自然と人間を熟視し、そうして本気で真面目に落着いて自然と人間から物を教わる気になるであろう。そうなれば現在のいろいろなイズムの名によって呼ばれる盲目なるファナチシズムの嵐は収まって本当に科学的なユートピアの真如《しんにょ》の月を眺める宵が来るかもしれない。

ソロモンの栄華も一輪の百合の花に及ばないという古い言葉が、今の自分には以前とは少しばかりちがった意味に聞き取られるのである。

（昭和七年十月『中央公論』）

涼味数題

涼しさは瞬間の感覚である。持続すれば寒さに変ってしまう。そのせいでもあろうか、暑さや寒さの記憶に比べて涼しさの記憶はどうもいったいに稀薄《きはく》なように思われる。それはとにかく、過去の記憶の中から涼しさの標本を拾い出そうとしても、なかなか容易に思い出せない。そのわずかな標本の中で、最も古いのには次のようなものがある。

幼い時のことである。横浜であったか、神戸であったか、それすらはっきりしないが、とにかくそういう港町の宿屋に、両親に伴われてたった一晩泊ったその夜のことであったらしい。宿屋の二階の縁側にその時代にはまだ珍しい白いペンキ塗りの欄干があって、その下は中庭で樹木がこんもり茂っていた。その樹々の葉が夕立にでも洗われた後であったか、一面に水を含み、その雫《しずく》の一滴ごとに二階の灯火が映じていた。あたりはしんとして静かな闇の中に、どこかで轡虫《くつわむし》が鳴きしきっていた。そういう光景がかなりはっきり記憶に残っているが、その前後の事柄は全く消えてしまっている。ことによると夢であったかもしれないと思われるほど覚束《おぼつか》ない記憶である。この、それ自身にははなはだ平凡な光景を想い出すと、いつでも涼風が胸に充《み》ちるような気がするのである。なぜだか分らない。こんな平凡な景色の記憶がこんなに鮮明に残っているには、何かわけがあったに相違ないが、そのわけはもう詮索《せんさく》する手蔓《てづる》がなくなってしまっている。

中学時代に友人二、三人と小舟を漕いで浦戸《うらど》湾内を遊び廻《まわ》ったある日のことである。昼食時に桂浜《かつらはま》へ上がって、豆腐を二、三丁買ってきて醬油《しょうゆ》をかけてむしゃむしゃ食った。その豆腐が、たぶん井戸にでも漬けてあったのであろう、歯に浸《し》みるほど冷たかった。炎天に舟を漕ぎ廻って咽喉《のど》が乾いていたためか、その豆腐がじつに涼しさの塊りのように思われた。

熱い食物で涼しいものもある。小学時代に、夏が来ると南磧《みなみがわら》に納涼場が開かれて、河原の砂原に葦簾《よしず》張《ば》りの氷店や売店が並び、また蓆囲《むしろがこ》いの見世物小屋がその間に高く聳《そび》えていた。昼間見ると乞食《こじき》王国の首都かと思うほど汚ない眺めであったが、夜目にはそれがいかにも涼しげに見えた。父は永い年月熊本に勤めていた留守で、母と祖母と自分と三人だけで暮していたころの事である。一夏に一度か二度かは母に連れられて、この南磧の涼みに出かけた。手品か軽業《かるわざ》か足芸のようなものを見て、帰りに葦簾張りの店へはいって氷水を飲むか、あるいは熱い「ぜんざい」を食った。この熱いぜんざいが妙に涼しいものであった。店とはいっても葦簾囲いの中に縁台が四つ五つぐらい河原の砂利の上に並べてあるだけで、天井は星の降る夜空である。それが雨の後などだと、店内の片隅へ河が侵入してきていて、清冽《せいれつ》な鏡川《かがみがわ》の水が漣波《さぎなみ》を立てて流れていた。電灯もアセチリンもない時代で、カンテラがせいぜいで石油ランプの照明しかなかったが硝子《ガラス》の南京玉を列《つら》ねた水色の簾《すだれ》や紅《あか》い提灯《ちょうちん》などを掛け列ねた露店の店飾りはやはり涼しいものであった。近年東京會舘《とうきょうかいかん》の屋上庭園などで涼みながら銀座辺のネオンサインの照明を見下ろしているときに、ふいとこの幼時の南磧の納涼場の記憶が甦《よみがえ》ってきて、そうしてあの熱い田舎《いなか》ぜんざいの水っぽい甘さを思い出すと同時に亡き母のまだ若かった昔の日を思い浮べることもある。この磧の涼味にはやはり母の慈愛が加味されていたようである。

高知も夕凪《ゆうなぎ》の顕著なところで正常な天気の日には夜中にならなければ陸軟風が吹き出さない。それに比べると東京の夏は涼風に恵まれている。ずっと昔のことであるが、日本各地の風の日変化の模様を統計的に調べてみたことがある。この結果によると、太平洋岸や瀬戸内海沿岸の多くの場所では、いわゆる陸軟風と季節的な主風とが相殺するために、夕凪の時間が延長されるのであるが、東京では、特殊な地形的関係のおかげでこの相殺作用が成立しない。そのために、正常な天候でさえあれば、夕方の涼風を存分に発達させているということが分ったのであった。それはとにかく、こういう意味で、夕風の涼しさは東京名物の一つであろう。夕食後風呂《ふろ》を浴びて無帽の浴衣《ゆかた》がけで神田上野あたりの大通りを吹抜ける涼風に吹かれることを考えると、暑い汽車に乗って暑い夕凪をわざわざ追いかけて海岸などへ出かける気になりかねるのである。

もっとも、東京でも蒸暑い夜の続く年もある。二十余年の昔、小石川《こいしかわ》の仮住居《ずまい》の狭い庭へ盥《たらい》を二つ出してその間に張り板の橋をかけ、その上に横臥《おうが》して風の出るのを待った夜もあった。あまり暑いので耳朶《みみたぶ》へ水をつけたり、濡手拭《ぬれてぬぐい》で臑《すね》や、ふくらはぎや、蹠《あしのうら》を冷却したりする安直な納涼法の研究をしたこともあった。しかし近年は裏の藤棚の下の井戸水を頭へじゃぶじゃぶかけるだけで納涼の目的を達するという簡便法を採用するようになった。年寄の冷水も夏は涼しい。

吾々《われわれ》日本人のいわゆる「涼しさ」はどうも日本の特産物ではないかという気がする。支那《しな》のような大陸にも「涼」の字はあるが日本の「すずしさ」と同じものかどうか疑わしい。ほんのわずかな経験ではあるが、シンガポールやコロンボでは涼しさらしいものには一度も出遇《であ》わなかった。ダージリンは知らないがヒマラヤはただ寒いだけであろう。暑さのない処には涼しさはないから、ドイツやイギリスなどでも涼しさにはついぞお目にかからなかった。ナイアガラ見物の際に雨合羽《あまがっぱ》を着せられて滝壺《たきつぼ》に下りたときは、暑い日であったがふるえ上がるほど「つめたかった」だけで涼しいとはいわれなかった。

少くも日本の俳句や歌に現われた「涼しさ」はやはり日本の特産物で、そうして日本人だけの感じ得る特殊な微妙な感覚ではないかという気がする。単に気がするだけではなくて、そう思わせるだけの根拠がいくらかないでもない。それは、日本という国土が気候学的、地理学的によほど特殊な位地にあるからである。日本の本土はだいたいにおいて温帯に位していて、そうして細長い島国の両側に大海とその海流を控え、陸上には脊梁《せきりよう》山脈が聳《そび》えている。そうして欧米には無い特別のモンスーンの影響を受けている。これだけの条件をそのままに全部具備した国土は日本のほかにはどこにもないはずである。それで、もしもいわゆる純日本的のすずしさが、この条件の寄り集って生ずる産物であるということが証明されれば、問題は決定されるわけであるが、遺憾《いかん》ながらまだ誰れもそこまで研究をした人はないようである。しかし「涼しさは暑さとつめたさとが適当なる時間的・空間的週期をもって交代する時に生ずる感覚である」という自己流の定義が正しいと仮定すると、日本における上述の気候学的・地理学的条件は、まさにかくのごとき週期的変化の生成に最もふさわしいものだといってもたいした不合理な空想ではあるまいかと思うのである。

同じことはいろいろな他の気候的感覚についてもいわれそうである。俳句の季題の「朧《おぼろ》」「花の雨」「薫風」「初嵐」「秋雨」「村時雨《しぐれ》」などを外国語に翻訳できるにはできても、これらのものの純日本的感覚は到底翻訳できるはずのものではない。

数千年来このような純日本的気候感覚の骨身に浸み込んだ日本人が、これらのものをふり棄てようとしてもなかなか容易にはふりすてられないのである。昔から時々入り込んで来た支那やインドの文化でも宗教でも、いつの間にか俳諧《はいかい》の季題になってしまう。涼しさを知らない大陸のいろいろな思想が、一時ははやっても、一世紀たたないうちに同化されて同じ夕顔棚の下涼みをするようになりはしないかという気がする。いかに交通が便利になって、東京ロンドン間を一昼夜に往復できるようになっても、日本の国土を気候的・地理的に改造することは当分むつかしいからである。ジャズや弁証法的唯物論のはやる都会でも、朝顔の鉢はオフィスの窓に、プロレタリアの縁側に涼風を呼んでいるのである。

この日本的の涼しさを、最も端的に表現する文学はやはり俳句にしくものはない。詩形そのものからが涼しいのである。試みに座右の漱石《そうせき》句集から若干句を抜いてみる。

顔にふるゝ芭蕉《ばしよう》涼しや籐の寝椅子
涼しさや蚊帳《かや》の中より和歌の浦
水盤に雲呼ぶ石の影涼し
夕立や蟹《かに》這上る簀子縁
したゝりは歯朶《しだ》に飛散る清水哉
満潮や涼んで居れば月が出る

日本固有の涼しさを十七字に結晶させたものである。

「涼しい顔」というものがある。例えば収賄《しゅうわい》の嫌疑《けんぎ》で予審中でありながら○○議員の候補に立つ人や、それをまた最も優良なる候補者として推薦する町内の有志などの顔がそれである。しかしまた俗流の毀誉《きよ》を超越して所信を断行している高士の顔も涼しかりそうである。しかしこの二つの顔の区別はなかなか分かりにくいようである。また、少し感の悪いうっかり者が、とんでもない失策を演じながら当人はそれと気がつかずに太平楽な顔をしているのも、やはり涼しい顔の一種に数えられるようである。これなどは愛嬌《あいきょう》のある方である。自分なども時々大事な会議の日を忘れて遊びに出たり、受持の講義の時間を忘れてすきな仕事に没頭していたり、大事な知人の婚礼の宴会を忘れていて電話で呼出されたりして、大いに恥入ることがあるが、仕方がないからなるべく平気なような顔をしている。これも人から見れば涼しい顔に見えるであろう。

友人の話であるが、百貨店の食堂へ這入《はい》って食卓を見廻し、誰かの食い残した皿が見つかると、そこへゆうゆうとすわり込んで、残肴《ざんこう》を綺麗《きれい》に喰《く》ってしまって、そうして、ニコニコしながら帰っていくという人もあるそうである。これもだいぶ涼しい方の部類であろう。

義理人情の着物を脱ぎ棄て、毀誉褒貶《きよほうへん》の圏外へ飛出せばこの世は涼しいにちがいない。この点では禅僧と収賄議員との間にもいくらか相通ずるものがあるかもしれない。いろいろなイズムも夏は暑苦しい。少くも夏だけは「自由」の涼しさが欲しいものである。「風流」は心の風通しのよい自由さを意味する言葉で、また心の涼しさを現わす言葉である。南画などの涼味もまたこの自由から生れるであろう。

風鈴の音の涼しさも、一つには風鈴が風にしたがって鳴る自由さから来る。あれが器械仕掛けでメトロノームのようにきちょうめんに鳴るのではちっとも涼しくはないであろう。また、がむしゃらに打ちふるのでは号外屋の鈴か、ヒトラーの独裁政治のようなものになる。自由はわがままや自我の押売とはちがう。自然と人間の方則に服従しつつ自然と人間を支配してこそ本当の自由が得られるであろう。

暑さがなければ涼しさはない。窮屈な羈絆《きはん》の暑さのない処には自由の涼しさもあるはずはない。一日汗水垂して働いた後にのみ浴後の涼味の真諦《しんたい》が味わわれ、義理人情で苦しんだ人にのみ自由の涼風が訪れるのである。

涼味の話がつい暑苦しくなった。

今日、偶然今年流行の染織品の展覧会というのをのぞいた。近代の夏の衣裳《いしょう》の染織には、どうも一般に涼しさが欠乏しているのではないかと思う。しかし大通りでないその裏通りの呉服屋などの店先には、時たま純日本的に涼しい品を見かけることがある。江戸時代から明治時代にかけての涼味が、まだ東京の片隅のどこかに少しは残っているものと見える。

（昭和八年八月『週刊朝日』）

夕凪と夕風

夕凪《ゆうなぎ》は郷里高知の名物の一つである。しかしこの名物は実は他国にもほうぼうにあって、特に瀬戸内海《せとないかい》沿岸にこれが著るしいようである。そうして国々で○○の夕凪、□□の夕凪といって他の名物を自慢するように自慢にしているらしい。普通は特有なよいものを自慢にするのだが、たまにはあまりよくない特色を自慢する場合もあるのである。

アインシュタインが有名になりかけたころ、ほうぼうの国々で、彼は自分の国の出身であるといっていい争ったことがあった。そのときアインシュタインが「もし私が **bête noire** だったらこんなことはあるまい」といって皮肉に笑ったそうである。なるほど弓削道鏡《ゆげのどうきょう》が自分の同郷出身だといって自慢する人はあまりないかもしれないが、しかし石川五右衛門《いしかわごえもん》の同郷者だといってシニカルな自慢を振り廻す人はあるかもしれない。

それはとにかく、暑い国の夏の夕凪は、その肉体的効果からみれば慥《たしか》に、ベート・ノアルであるが、しかしそれが季節的自然現象であるだけにかなりに多彩な詩的題材を豊富に包蔵していることも事実である。

夕凪は夏の日の正常な天気のときにのみ典型的に現われる。午後の海軟風《かいなんぷう》（土佐ではマゼという）が衰えてやがて無風状態になると、気温は実際下がり始めていても人の感じる暑さはしだいに増してくる。空気がゼラチンか何かのように凝固したという気がする。その凝固した空気の中から絞り出されるように油蟬の声が降りそそぐ。そのくせ世間がいったいに妙にしんとして静かに眠っているようにも思われる。じっとしていると気がちがいそうな鬱陶《うっとう》しさである。この圧迫するような感じを救うためには猿股《さるまた》一つになって井戸水を汲《く》み上げて庭樹などにいっぱいに打水をするといい。葉末から滴り落ちる露がこの死んだような自然に一脈生動の気を通わせるのである。ひきがえるが這出《はいだ》してくるのもこの大きな単調を破るに十分である。夜の十二時にもならなければなかなか陸風がそよぎはじめない。室内の灯火が庭樹の打水の余瀝《よれき》に映っているのが少しも動かない。そういう晩には空の星の光までじっとして瞬《また》きをしないような気がする。そうして庭の樹立の上に聳《そび》えた旧城の一角に測候所の赤い信号灯が見えるとそれで故郷の夏の夕凪の詩が完成するのである。

そういう晩によく遠い沖の海鳴を聞いた。海抜二百メートルくらいの山脈をへだてて三里もさきの海浜を轟《とどろ》かす土用波の音が山を越えて響いてくるのである。その重苦しい何かしら凶事を予感させるような単調な音も、夕凪の夜の詩には割愛しがたい象徴的景物である。

東京という土地には正常の意味での夕凪というものが存在しない。その代りに現われる夏の夕べの涼風はじつに帝都随一の名物であると思われるのに、それを自慢する江戸子は少ないようである。東京で夕凪の起る日は大抵異常な天候の場合で、その意味で例外である。高知や広島で夕風が例外であると同様である。

どうして高知や瀬戸内海地方で夏の夕凪が著るしく、東京で夏の夕風が発達しているか、その理由を明かにしたいと思って十余年前にK君と共同で研究してみたことがあった。それには日本の沿岸の数箇所の測候所における毎日毎時の風の観測の結果を統計的に調べて、各地における風の日変化の特徴を検査してみたのである。その結果を綜合《そうごう》してみると、それらの各地の風は大体二つの因子の組合せによって成立っていると見ることができる。その一つの因子というのは、季節季節でその地方一帯を支配している地方的季節風と名づくべきもので、これは一日中恒同なものと考える。第二の因子というのは海陸の対立によって規定され、したがって一日二十四時間を週期として規則正しく週期的に変化する風でいわゆる海陸軟風に相当するものである。そこで、実際の風はこの二つの因子を代表する二つのヴェクトルの矢の合成によって得られる一本の矢に相当する。

高知は毎時観測の材料がなくて調べなかったが、広島や大阪では、前記の地方的季節風が比較的弱くて、その代りに海陸風がかなり著るしく発達している、そうして夕方から夜へかけては前者が後者と相殺する、そのために夕凪がかなりはっきり現われる、そうして海陸の位置分布の関係でこの凪の時間が異常に引延ばされるらしい。これに反して東京の夏には地方的季節風が相当強い南東風として発達しているためにそれが海陸風と合成され、もしこれがなければべた凪になるはずの夕方の時刻に涼しい南東がかった風を吹かせるらしい。その同じ季節風が朝方には陸風と打消し合って朝凪を現出することになるのである。

低気圧が近づいてくるとその影響で正常な季節風が狂ってくる。低気圧による北西風がちょうどこの南東風を打消すようになる場合には海陸風だけが幅を利かせて、したがって夕凪が顔を出す。しかし低気圧がもう一層近くなってそれが季節風を消却してなおおつりの出る場合には、夕風は夕風でもいつもとは反対の夕風が吹くのである。同じような異常は局部的な雷雨のためにもいろいろの形で起り得るのである。

「浮世の風」となるとこんな二つや三つくらいの因子でなくてももっと数えきれないほどたくさんな因子が寄集まって、そうしてそれらの各因子の結果の合成によって凪になったり風になったりするものらしい。

このごろはしばらく「世界の夕凪」である。いまにどんな風が吹き出すか、神様以外には誰にも分りそうもない。

（昭和九年八月『週刊朝日』）

藤棚の蔭から

一

若葉の薫るある日の午後、子供らと明治《めいじ》神宮外苑《じんぐうがいえん》をドライヴしていた。ナンジャモンジャの樹はどこだろうという話が出た。昔の練兵場時代、鳥人スミスが宙返り飛行をやって見せたころにはきわめて顕著な孤立した存在であったこの樹が、今ではちょっとどこにあるか見当がつかなくなっている。こんな話をしながら徐行していると、車窓の外を通りかかった二、三人の学生が大きな声で話しをしている。その話声の中に突然「ナンジャモンジャ」という一語だけがハッキリ聞きとれた。同じ環境の中では人間はやはり同じことを考えるものと見える。

アラン・ポーの短篇の中に、一緒に歩いている人の思っていることをあてる男の話があるが、あれはいかにももっともらしい作り事である。しかしまんざらの嘘でもないのである。

二

睡蓮《すいれん》を作っている友人の話である。この花の茎は始めには真直に上向きに延びる。そうして蕾《つぼみ》の頭が水面まで達すると茎が傾いて蕾は再び水中に没する。そうして十分延びきってから再び頭をもたげて水面に現われ、そうして成熟しきった花冠を開くということである。つまり、最初にまず水面の所在を測定し確かめておいてから開花の準備にとりかかるというのである。

なるほど、睡蓮には眼もなければ手もないから、水面が五寸上にあるか三尺上にあるか分らない。もしか六尺も上にあったら、せっかく花の用意をしてもなんの役にも立たないであろう。自然界を支配する経済の原理がここにも現われているのであろう。

この蕾が最初に水面をさぐりあてて安心して潜り込んだ後に、こっそり鉢をもっと深く沈めておいたら、どういうことになるか。

これは一度試験してみる価値がありそうである。花には少し気の毒なような気はするが。

三

虞美人草《ぐびじんそう》の莟《つぼみ》ははじめ俯向《うつむ》いている。いよいよ咲く前になって頭を擡《もた》げて真直に起き直ってから開き始める。ある夏中庭の花壇にこの花を作ったとき、一日試に二つの俯向いた莟の上方にヘアピン形に折れ曲った茎を紙撚《こよ》りの紐《ひも》でそっと縛っておいた。それから二、三日たって気がついてみると、一つは紙紐がほどけかかって莟の軸は下方の鉛直な茎に対して四、五十度ぐらいの角度に開いて斜めに下向いたままで咲いていた。もう一つのは茎の先端がずっと延びてもういっぺん上向きに生長し、そうしてちゃんと天頂を向いた花を咲かせていた。つまり茎の上端が「り」の字形になったわけである。

もっと詳しくいろいろ実験したいと思っているうちに花期が過ぎ去った。そうしてその年以来他の草花は作るが虞美人草はそれきり作らないので、この無慈悲な花いじめを繰り返す機会に再会することができない。

四

カラジウムを一鉢買ってきて露台の眺めにしている。芋の葉と形はよく似ているが葉脈が鮮かな洋紅色に染められてその周囲に白い斑点《はんてん》が散布している。芋から見れば片輪者であり化け物であろうが人間が見るとやはり美しい。

ベコニア、レッキスの一種に、これが人間の顔なら火傷《やけど》の瘢痕《はんこん》かと思われるような斑紋のあるのがある。やけどと思って見るとぞっとするくらいであるがレッキスとして見ればじつに美しい。

アフリカの蛮人で唇を鐃鈸《にょうばち》のように変形させているのや、顔中創痕《きずあと》だらけにしているのがあるが、あれはどうもどう見ても美しいと思えない。あれでもやはりまだあまりに多く吾々に似過ぎているからであろう。

本当に非凡なえらい神様のような人間の眼から見たら、事によると吾々のあらゆる罪悪がみんなベコニアやカラジウムの斑点のごとく美しく見えるかもしれないという気がする。

五

朝二階の寝間の床の上で眼を覚して北側の中敷窓から見ると隣りの風呂の煙突が見える。煙突と並行して鉄の梯子《はしご》が取付けてあるのによく雀の群が来て遊んでいる。まず一羽飛んできて中段に止まる。あとからすぐに一羽追っかけてきて次の段にとまる。第三のが来て空中で羽搏《はばた》きしながら前の二羽に何か交渉しているらしく見える。喧嘩《けんか》が始まる。一羽が逃げ出して上へ上へと階段を登っていく。二段ずつ飛ぶこともあり五、六段ずつ飛び上るときもある。地上七十余尺の頂上まで上ってしばらく四方を展望していると思うと、突然石でも落すようにダイヴするが途中から急に横にそれて、直角双曲線を空中に描きながらどこかの庭木へ飛んでいく。しばらくするとまた煙突の梯子へ戻ってきてそうして同じ遊戯を繰返す。見ていてもなんだか面白そうである。しかしなんのために雀がこんな遊戯をしているか、考えてみると不思議である。

梯子の中段で時々二羽の雀の争闘が起る。第三の雀がこれに参加することもある。これはどうもただの喧嘩ではなくて、やっぱり彼らの種族を増殖するための重大な仕事に関係した角逐《かくちく》の闘技であるらしく思われる。

あまりに突飛な考えではあるが、人間のいろいろなスポーツの起原を遠い遠い灰色の昔までたどっていったら、事によるとそれがやはり吾々の種族の増殖の営みとなんらかの点でつながっていたのではないかという気がしてくるのである。

六

電車に乗って空席を捜す。二人の間にやっと自分の腰かけられるだけの空間を見つけて腰を下ろす。そういう場合隣席の人が少しばかり身動きをしてくれると、自然に相互の身体がなじみ合い折合って楽になる。しかし人によると妙にしゃちこばって土《ど》偶《ぐう》か木像のように硬直して動かないのがある。

こういう人はたぶん出世のできない人であろうと思う。

もっとも、こういう人が世の中に一人もなくなってしまったら、世の中に喧嘩というものもなくなり、国と国との間に戦争というものもなくなってしまうかもしれない。そうなるとこの世の中があまりに淋《さび》しいつまらないものになってしまうかもそれは分らない。

こういう人も使い道によっては世の中の役に立つ。例えば石垣のような役目に適する。もっとも石垣というものは存外崩れやすいものだということは承知しておく必要がある。

七

百足《むかで》の歩くのを見ていると、あのたくさんの足がじつに整然とした運動をしている。一種の疎密波が身長に沿うて虫の速度よりは早い速度で進行する。

もしか自分が百足になってあれだけのたくさんな足を一つ一つ意識的に動かして、あのような歩行をしなければならないとしたらじつに大変である。思ってみるだけでも気が狂いそうである。

しかしよく考えてみると人間の一挙手一投足にも、じつは百足の足の神経などに比べて到底比較のできないほど多数の神経細胞が働いているであろう。そんなことは夢にも考えないで百足の足を驚嘆しながら万年筆を操ってこんなことを書くという驚くべき動作をなんの気もなく遂行しているのである。

八

軍隊用の喇叭《ラッパ》の音は勇ましい音の標本になっているようである。なるほど自分の面前の近距離で吹き立てられるとかなり勇ましく、やかましいくらい勇ましい。しかし木枯吹く夕暮などに遠くから風に送られてくる喇叭の声は妙に哀愁をおびて聞えるものである。

勇ましいということの裏には本来いつでも哀れな淋しさが伴っているのではないかという気がする。

九

東郷《とうごう》大将の若い時の写真を見ると、じつに立派でしかも明るく朗らかな表情をしたのがある。ジョン・バリモアーなどにもちょっと似ているのがある。しかし晩年のいわゆる「東郷さん」になってからの写真にはどれにもこれにもみんなどこか迷惑そうな窮屈そうな表情がただよっているような気がする。

世人は自分勝手に自分らの東郷さんの鋳型をこしらえて、そうして理が非でもその型に嵌《は》まることを要求した。寛容な東郷大将はそうした大衆の期待を裏切って失望させては気の毒だと思って、かなりそのために気を遣っておられたのではないかという気もする。これは豚の心で象の心持を推し量るようなものかもしれないが、もしこの推量が当っていると仮定したら、大衆は自分達のわがままで東郷さんの本当のえらさを封じ込めてしまったということになるかもしれない。

十

神保町交叉点《じんぼうちょうこうさてん》で珍らしい乗物を見た。一種の三輪自転車であるが、普通の三輪車と反対に二輪が前方にあってその上に椅子形の座席が乗っかっている。その後方に一輪車が取付けられ、そうして三つの輪の中央のサドルに腰をかけた人がペダルを踏んで推進する仕掛けになっている。座席に腰かけた人の右手にハンドルがあってそれをぐるぐる廻わすとチェーンギアーで車台の下の方の仕掛けがどうにかなるようにできているらしい。たぶん坐乗者《ざじょう》が勝手に進行の方向を変えるための舵《かじ》のようなものらしい。座席に腰かけている人はパナマ帽に羽織袴《はおりはかま》の中年紳士で、ペダルを踏んでいるのは十八、九歳ぐらいの女中さんである。

この乗物が町の四つ角に来たとき、そのうしろから松葉杖《づえ》を突いた立派な風采《ふうさい》の青年がやってきて追い越そうとした。袴をはいているが見たところ左の脚が無いらしい。それを呼止めて三輪車上の紳士が何か聞いている。隻脚《せききやく》の青年は何か一言きわめてそっけない返事をしたまま、松葉杖のテンポを急がせて行き過ぎてしまった。思いなしか青年の顔が真赤になっているように思われた。

呼び止めた歩行不能の中年紳士の気持も、急いで別れていった青年の気持もいくらか分るような気がした。自分があの二人のどちらかだったら、やはり同じことをしたであろうと思われた。

十一

風邪をひいて軽い咳《せき》が止まらないようなとき昔流の振出し薬を飲むと存外よく利く事がある。草根木皮の成分はまだ十分には研究されていないのだから、医者の知らない妙薬が数々はいっているかもしれない、またいないかもしれない。

それはとにかく、この振出し薬の香を嗅《か》ぐと昔の郷里の家の長火鉢の抽斗《ひきだし》が忽然《こつぜん》として記憶の水準面に出現する。そうして、その抽斗の中には、もぐさや松脂《まつやに》の燧石《ひうちいし》や、それから栓抜きの螺旋《ね》子《じ》や何に使ったか分らぬ小さな鈴などがだらしもなく雑居している光景がじつにありありと眼前に思い浮べられる。松脂は痰《たん》の薬だと云って祖母が時々呑《の》んでいたのである。

この煎薬《せんやく》の匂いと自分らが少年時代に受けた孔孟《こうもう》の教とには切っても切れないつながりがあるような気がする。

時代に適応するつもりで骨を折って新らしがってみても、鼻に滲《し》み込んだこの抽斗の匂いが抜けない限り心底から新らしくなりようがない。

十二

四、五年会わなかった知人に偶然銀座でめぐり逢《あ》った。それからすぐ帰宅してみるとその同じ人から端書が来ていた。町名番地が変ったからという活版刷の通知状であったが、とにかく年賀状以外にこの人の書信に接したことはやはり四、五年来一度もなかったはずである。

その端書を出したのは銀座で会う以前であったということは到着の時刻からも消印からも確実に証明された。

この偶然な二つの出来事の合　致《コインシデンス》が起るという確率は正確には計算しにくいが、とにかく千分の一とか二千分の一とかいう小数である。しかしそういう滅多に起りそうもないことが実際に起ることがあるというのが、確率論の正しく教えるところである。してみるとこれは不思議でもなんでもないともいわれる。しかしまた、それだから不思議だともいわれる。要は不思議という言葉の定義次第である。

十三

「陸の竜宮」と呼ばれる日本劇場《にほんげきじょう》が経営困難で閉鎖されるということが新聞で報ぜられた。翌日この劇場前を通ったら、なるほど、すべての入口が閉鎖され平生の賑《にぎや》かな粧飾が全部取払われて、そうして中央の入口の前に「場内改築並整理のために臨時休業」という立札が立っている。

近傍一帯が急にさびれて見えた。隣りの東京朝日新聞社の建物がなんだか淋しそうな顔をして立っているように思われるのであった。

建物にもやっぱり顔があるのである。

十四

マルキシズムの立場から科学を論じ、科学者の任務に対していろいろな註文《ちゅうもん》をつける人がある。その人達としては一応もっともな議論ではあろうが、ただの科学者から見るとごくごく狭い自分勝手な視角から見た管見的科学論としか思われない。

科学者の科学研究慾《よく》には理窟《りくつ》を超越した本能的なものがあるように自分には思われる。

蜜蜂《みつばち》が蜜を集めている。一つ一つの蜜蜂にはそれぞれの哲学があるのかもしれない。しかしそんなことはどうであっても彼らが蜜を集めているという事実には変りはないのである。そうして彼らにも吾らにも役に立つものは彼らの哲学ではなくて彼らの集めた蜜なのである。

マルキシズムその他いろいろなイズムの立場から蜜蜂に註文をつけるのは随意であるが、蜜蜂はそんな註文を超越してやっぱり同じように蜜を集めるであろう。そうして忙がしい蜜蜂はおそらくそういう註文者を笑ったりそしったりする暇すらないであろうと思われる。

十五

中庭の土に埋込んだ水甕《みずがめ》に金魚を飼っている。Sが丹精して世話したおかげで無事に三冬を越したのが三尾いた。毎朝廊下を通る人影を見ると三尾喙《くち》を並べて此方《こちら》を向いて餌をねだった。時折野良猫が狙いに来るので金網の蓋《ふた》を被《かぶ》せてあったのがいつとなく銹《さ》び朽ちて穴の明いているのをそのままにしてあった。この夏のある朝見たら三尾の一尾が横になって浮いている。よく見ると鰓《えら》の下に創痕があって出血しているのである。金網の破れから猫が手を入れて引っかけ損なったものと思われた。負傷した金魚は間もなく死んでしまった。ちょうどその日金魚屋が来たので死んだのの代りに同歳のを一尾買って入れた。夜はまた猫が来るといけないからというので網の代りに古い風呂桶《おけ》の蓋を被せておいた。翌朝あけてみると昨日買ったのと、前からいた生残りのうちの一尾とが死んでいた。

死因が分らない。しかしたぶんこうではないかと思われた。夏中は昼間に暖まった甕の水が夜間の放熱で表面から冷え、冷えた水は重くなって沈むのでいわゆる対流が起る。そのおかげで水が表面から底まで静かにかき廻わされ、冷却されると同時に底の方で発生した悪いガスなどの蓄積も妨げられる。それを、木の蓋で密閉したから夜間の冷却が行われず、対流が生ぜず、したがって有害なものが底の方に蓄積して窒息死を起したのではないかというのである。これが冬期だといったいの水温がずっと低いために悪い瓦斯《ガス》などの発生も微少だから害はないであろう。これは想像である。

それにしても同じ有害な環境におかれた三尾のうちで二つは死んで一つは生き残るから妙である。

水雷艇「友鶴《ともづる》」の覆没《ふくぼつ》の悲惨事を想出した。あれにもやはり人間の科学知識の欠乏が原因の一つになっていたという話である。忘れても二度と夏の夜の金魚鉢に木の蓋をしないことである。

十六

野中兼山《のなかけんざん》が「椋鳥《むくどり》には千羽に一羽の毒がある」と教えたことを数年前にかいた随筆中に引用しておいたら、近ごろその出典について日本橋《にほんばし》区のある女学校の先生から問合わせの手紙が来た。しかしこの話は子供のころから父にたびたび聞かされただけで典拠については何も知らない。ただこういう話が土佐の民間に伝わっていたことだけは慥《たし》かである。

野中兼山は椋鳥が害虫駆除に有効な益鳥であることを知っていて、これを保護しようと思ったが、そういう消極的な理由では民衆に対する利目《ききめ》が薄いということもよく知っていた。それでこういう方便の嘘をついたものであろう。「椋鳥は毒だ」と云っても人は承知しない。なぜといえば、今までに椋鳥を食っても平気だったという証人がそこらにいくらもいるからである。しかし千羽に一羽、すなわち〇・一プロセントだけ中毒の蓋然率《プロバビリティ》があるといえば、食って平気だったという証人が何人あっても、正確な統計をとらない限り反証はできない。それで兼山のような一国の信望の厚い人がそう云えば、普通の真面目な良民で命の惜しい人はまずまず椋鳥を食うことはなるべく控えるようになる。そこが兼山の狙いどころであったろう。

これが「百羽に一羽」というのではまずい。もし一プロセントの中毒率があるとすればその実例が一つや二つぐらいそこいらにありそうな気がするであろう。また「万羽に一羽」でもうまくない。万人に一人では恐ろしさがだいぶ稀薄になる。万に一つが恐ろしくては東京の街など歩かれない。やはり「千羽に一羽」は動かしにくいのである。

こういうおどかしはしかし兼山に対する民衆の信用が厚くなければなんの効能もなくなることである。

兼山の信用があまりに厚かったためにいろいろの類似の云い伝えが、なんでもかでも兼山と結び付けられているのではないかという疑もある。実際土佐では弘法大師《こうぼうだいし》と兼山との二人がそれぞれあらゆる奇蹟《きせき》と機智との専売人になっているのである。

十七

野中兼山の土木工学者としての逸話を二つだけ記憶している。その一つは、わずかな高低凹凸の複雑に分布した地面の水準測量をするのに、わざと夜間を選び、助手に点火した線香を持って所定の方向に歩かせ、その火光を狙って高低を定めたと云い伝えられていることである。しかし狙うのには水準器の附いた望遠鏡か、これに相当する器械が必要であろうがそれについては聞いたことがない。

もう一つは浦戸港の入口に近いある岩礁を決して破壊してはいけない、これを取ると港口が埋没すると教えたことである。しかるに明治年間ある知事の時代に、たぶん机の上の学問しか知らないいわゆる技師の建言によってであろう、この礁が汽船の出入の邪魔になると云ってダイナマイトで破砕されてしまった。するとたちまちどこからとなく砂が港口に押寄せてきて始末がつかなくなった。

故工学博士廣井勇氏が大学紀要に出した論文の中にこのときの知事のことを〝a governor less wise than Kenzan〟としてあったように記憶する。じつに巧妙な措辞《そじ》であると思う。この知事のような為政者は今でも捜せばいくらでも見つかりそうな気がするのである。

少くも、むやみに扁桃腺《へんとうせん》を抜きたがる医者は今でもいくらもいるであろう。

十八

近年の統計によると警視庁管内における自殺者の数が著しく増加し、大正十一年と昭和八年とでは管内人口の増加が約六割であるのに対して自殺既遂者の数は二十割、未遂者の数は四十割に増加しているとの事である。ある新聞の社説にこの事実を挙げてその原因について考察し為政当局者の反省を促がしている。誠に注目すべき文字である。

しかし多くの人の見るところによれば、自殺の増加の幾割かは慥かに新聞の暗示的、ないし挑発的記事の影響によるものであろうと思われるが、右の新聞の社説にはこのことについては一言も触れてない。触れないのは当然であろうがちょっとおかしい。

「自殺の報道記事は十行を超ゆべからず」という取締規則でも設けたら、それだけでも自殺者の数が二割や三割は減るのではないかという気がする。試験的に二、三年だけでもそういう規則を遂行して後に再び統計を取ってほしいものである。

十九

入水者はきっと草履《ぞうり》や下駄《げた》を綺麗に脱ぎ揃えてから投身する。噴火口に飛び込むのでもリュックサックを下ろしたり靴を脱いだり上着《うわぎ》をとったりしてかかるのが多いようである。どうせ死ぬために投身するならどちらでも同じではないかという気もするが、何かしら、そうしなければならない深刻な理由があると見える。

この世の羈絆《きはん》と濁穢《じよくえ》を脱ぎ捨てるという心持も幾分あるかと思われる。また一方では捨てようとして捨て切れない現世への未練の糸の端をこれらの遺物につなぎ留めるような心持もあるかもしれない。

なるべく新聞に出るような死に方を選ぶ人の心持は、やはりこの履物や上着を脱ぎ揃える心持の延長ではないかとも思われるのである。

結局はやはり「生きたい」のである。生きるための最後の手段が死だという錯覚に襲われるものと見える。自殺流行の一つの原因としては、やはり宗教の没落も数えられるかもしれない。

（昭和九年九月『中央公論』）

疑問と空想

一　ほととぎすの啼声

信州沓掛駅《しんしゆうくつかけ》近くの星野温泉に七月中旬から下旬へかけて滞在していた間に毎日うるさいほどほととぎすの声を聞いた。ほぼ同じ時刻にほぼ同じ方面からほぼ同じ方向に向けて飛びながら啼《な》くことがしばしばあるような気がした。

その啼声は自分の経験した場合ではいわゆる「テッペンカケタカ」を三度くらい繰返すが通例であった。多くの場合に、飛出してから間もなく繰返し啼いてそれきりあとは鳴かないらしく見える。時には三声のうちの終の一つまた二つを「テッペンカケタ」で止めて最後の「カ」を略することがあり、それからまた単に「カケタカ、カケタカ」と二度だけ繰返すこともある。

夜啼く場合と、昼間深い霧の中に飛びながら啼く場合とは、しばしば経験したが、昼間快晴の場合はあまり多くは経験しなかったようである。

飛びながら啼く鳥はほかにもいろいろあるが、しかしほととぎすなどは最も著しいものであろう。この啼声がいったい何事を意味するかが疑問である。郭公《かっこう》の場合には明《あきらか》に雌を呼ぶためだと解釈されているようであるが、ほととぎすの場合でも果して同様であるか、どうかは疑わしい。前者は静止して鳴くらしいのに後者は多くの場合には飛びながら鳴くので、鳴き終ったころにはもう別の場所に飛んで行っている勘定である。雌が啼声をたよりにして、近寄るにははなはだ不便である。

この鳴声の意味をいろいろ考えていたときにふと思い浮んだ一つの可能性は、この鳥がこの特異な啼音《ていおん》を立てて、そうしてその音波が地面や山腹から反射してくる反響を利用して、いわゆる「反響測深法」(echo-sounding) を行っているのではないかということである。

自分の目測したところでは時鳥《ほととぎす》の飛ぶのは低くて地上約百メートルか高くて二百メートルのところであるらしく見えた。仮りに百七十メートル程度とすると自分の声が地上で反射されて再び自分の処へ帰ってくるのに約一秒かかる。ところが面白いことには「テッペンカケタカ」と一回啼くに要する時間がほぼ二秒程度である。それで第一声の前半の反響がほぼその第一声の後半と重なり合って鳥の耳に到着する勘定である。したがって鳥の地上高度によって第一声前半の反響とその後半とがいろいろの位相で重なり合ってくる。それで、もしも鳥が反響に対して十分鋭敏な聴覚をもっているとしたら、その反響の聴覚と自分の声の聴覚との干渉によって二つの位相次第でいろいろちがった感覚を受取ることは可能である。あるいはまた反響は自分の声と同じ音程音色をもっているから、それが発声器官に微弱ながらも共鳴を起し、それが一種特異な感覚を生ずるということも可能である。

これは単なる想像である。しかしこの想像は実験によって検査し得らるる見込がある。それにはこの鳥の飛行する地上の高さをいろいろの場合に実測し、また同時に啼音のテンポを実測するのが近道であろう。鳥の大さが仮定できれば単に仰角と鳥の身長の視角を測るだけで高さが分るし、ストップ・ウォッチ一つあればだいたいのテンポはわかる。熱心な野鳥研究家のうちにもしこの実測を試みる人があれば、その結果は自分の仮説などはどうなろうとも、それとは無関係に有益な研究資料となるであろう。

星野温泉はちょっとした谷間になっているが、それを横切って飛ぶことがしばしばあった。そういう場合には反響によって昼間はもちろん真暗な時でも地面の起伏を知りまた手近な山腹斜面の方向を知る必要がありそうに思われる。鳥は夜盲であり羅針《らしん》盤《ばん》をもっていないとすると、暗い谷間を飛行するのは非常に危険である。それにかかわらずいつも十分な自信をもって自由に飛行して目的地に達するとすれば、そのためには何か物理学的な測量方法を持合わせていると考えないわけにはゆかないのである。

これに聯関《れんかん》してまた、五位鷺《ごいさぎ》や雁《かり》などが飛びながら折々啼くのも、単に友を呼び交わしまた互に警告し合うばかりでなくあるいはその反響によって地上の高さを瀬踏みするために幾分か役立つのではないかと思われるし、また鳶が滑翔《かっしょう》しながら例のピーヒョロピーヒョロを繰返すのもやはり同様な意味があるのではないかという疑も起し得られる。これらの疑問ももし精密な実測による統計材料が豊富にあればいつかはぜひいずれとも解決し得られる問題であろうと思われる。

二　九官鳥の口真似

先達て三越の展覧会でいろいろの人語を操る九官鳥の一例を観察する機会を得た。この鳥が、例えば「モシモシカメヨカメサンヨ」というのが、一応はいかにもそれらしく聞える。しかしよく聞いてみると、だいたいの音の抑揚《アクセント》と律動《リズム》が似ているだけで、母音も不完全であるし、子音はもとより到底ものになっていない。これは鳥と人間とで発声器の構造や大さの違うことから考えて当然の事と思われる。問題はただ、それほど違ったものが、どうして同じように「聞える」かということである。思うに、これに対する答はざっと二つに分析されるべきである。その一つは心理的な側からするものであって、それは、暗示の力により、自分の期待するものの心像をそれに類似した外界の対象に投射するという作用によって説明される。枯柳を見て幽霊を認識する類《たぐい》である。もう一つの答解は物理的あるいはむしろ生理的音響学の領域に属する。そうしてこれに関してはかなり多くの興味ある問題が示唆されるのである。

吾々の言語を言語として識別させるに必要な要素としての母音や子音の差別目標となるものは、主として振動数の著しく大きい倍音、あるいは基音とはほとんど無関係ないわゆる形成音《フォルマント》のようなものである。それで考え方によっては、それらの音をそれぞれの音として成立せしめる主体となるものは基音でなくてむしろ高次倍音また形成音だとも云われはしないかと思う。

こういう考が妥当であるかないかを決するには、次のような実験をやってみればよいと思われる。人間の言葉の音波列を分析して、その組成分の中からその基音ならびに低い方の倍音を除去して、その代りに、もとよりはずっと振動数の大きい任意の音をいろいろと置換えてみる。そういう人工的な音を響かせてそうしてそれを聞いてみて、それがもし本来の言葉とほぼ同じように「聞え」たとしたなら、その時にはじめて上記の考がだいたいに正しいということになるであろう。

これはあまりにも勝手な空想であるが、こうした実験も現在の進んだ音響学のテクニックをもってすれば決して不可能ではないであろう。

それはとにかく、以上の空想はまた次の空想を生み出す。それは、九官鳥の「モシモシカメヨ」が、事によると、今ここで想像したような人工音製造の実験を、鳥自身も人間も知らない間に、ちゃんと実行しているのではないかということである。

この想像のテストは前記の人工音合成の実験よりはずっと簡単である。すなわち、鳥の「モシモシカメヨ」と人間のそれとのレコードを分析し、比較するだけの手数でいずれとも決定されるからである。

こうした研究の結果いかんによっては、杜鵑《ほととぎす》の声を「テッペンカケタカ」と聞いたり、頬白《ほおじろ》の囀《さえず》りを「一筆啓上仕候《いっぴつけいじょうつかまつりそろ》」と聞いたりすることが、うっかりは非科学的だと云って笑われないことになるかもしれない。ともかくも、人間の音声に翻訳した鳥の啼声と、本物とのレコードを丹念に比較してみるという研究もそれほどつまらない仕事ではないであろうと思われるのである。

（昭和九年十月『科学知識』）

家鴨と猿

　去年の夏信州沓掛《くつかけ》駅に近い湯川《ゆかわ》の上流に沿うた谷間の星野温泉に前後二回合せて二週間ばかりを全く日常生活の煩《わずら》いから免れて閑静に暮したのが、健康にも精神にも眼に見えてよい効果があったように思われるので、今年の夏も奮発して出掛けていった。

　去年と同じ家のベランダに出て、軒にかぶさる厚朴《ほおのき》の広葉を見上げ、屋前に広がる池の静かな水面を見下ろしたときに、去年の夏の記憶がほんの二、三日前のことであったように甦《よみがえ》ってきた。十ケ月以上の月日がその間に経過したとはどうしても思われなかった。信州における自分というものが、東京の自分のほかにもう一つあって、それがこの一年の間眠っていて、それが今ひょっくり眼を覚ましたのだというような気がするのであった。

　このように、すべてのものが去年とそっくりそのままのようであるが、しばらく見ているとまた少しずついろいろの相違が眼についてくるのであった。例えば池の汀《みぎわ》から水面に被《おお》いかぶさるように茂った見知らぬ樹のあることは知っていたが、それに去年は見なかった珍らしい十字形の白い花が咲いている。それが日比谷《ひびや》公園の一角に、英国より寄贈されたものだという説明の札をつけて植えてある「花水木」というのと少くも花だけはよく似ているようである。しかし植物図鑑で捜してみるとこれは「やまぼうし」一名「やまぐわ」(Cornus Kousa, Buerg.) というものに相当するらしい。

とにかく、わずかな季節の差違で、去年はなかったものが、今突然眼の前に出現したように思われるのであった。不注意な吾々素人《われわれしろうと》には花のない見知らぬ樹木はだいたい針葉樹と扁葉樹《へんようじゅ》との二色ぐらいか、せいぜいで十種二十種にしか区別ができないのに、花が咲いてみるとそこに何か新しい別物が生れたかのように感じるものらしい。無理な類推ではあるが人間の個性も、やっぱり何かしらひと花咲かせてみないと十分にその存在がはっきりしない、あれと同じだというような気がするのである。

去年の七月にはあんなにたくさんに池のまわりに遊んでいた鶺鴒《せきれい》が今年の七月はさっぱり見えない。その代りに去年はたった一匹しかいなかった家鴨《あひる》が今年は十三羽に増殖している。鴨のような羽色をしたひとつがいのほかに、純白の雌が一羽、それからその「白」の孵化《ふか》した雛《ひな》が十羽である。雛は七月に行った時はまだ黄色い綿で作った玩具《おもちゃ》のような恰好《かっこう》で、羽根などもほんの琴の爪ぐらいの大さの、いわば形ばかりのものであった。それでも時々延び上って一人前らしく羽搏《はばた》きの真似事をするのが妙であった。麦笛を吹くような声でピーピーと鳴き立ててはベランダの前へ寄ってきて、飯の余りや煎餅《せんべい》の欠けらをねだるのである。それからまた池にはいったと思うとせわしなく水中に潜り込んでは底の泥を嘴《くちばし》でせせり歩く。その水中を泳ぐ恰好がなかなか滑稽《こっけい》で愛嬌《あいきょう》があり到底水上では見られぬ異形の小妖精《ようせい》の姿である。鳥の先祖は爬虫《はちゅう》だそうであるが、なるほどどこか鰐《わに》などの水中を泳ぐ姿に似たところがあるようである。もっとも親鳥がこんな恰好をして水中を泳ぎ廻《まわ》ることは、かつて見たことがない。この点ではかえって子供の方が親よりも多芸であり有能であるともいわれる。親鳥だと、単にちょっと逆立ちをして尻尾《しっぽ》を天に朝《ちょう》しさえすれば嘴が自然に池底に届くのであるが、雛鳥はこうして全身を没して潜らないと目的を達しないから、その自然の要求からこうした芸当をするのであろうが、それにしても、水中に潜っている時間を測ってみるとやはり雛鳥の方が著しく長い、大概七秒か八秒ほどの間潜って水底を泳ぎ廻っているのに、親鳥の方はせいぜい三、四秒ぐらいでもう頭を上げる。これはたしかに雛と親鳥とではその生理的機能にそれだけの差があることを意味するのではないかと思われる。

鴨羽《かもは》の雌雄夫婦は鴛鴦式《おしどりしき》にいつも互に一メートル以内ぐらいの間隔を保って遊弋《ゆうよく》している。一方ではまた白の母鳥と十羽の雛とが別の一群を形づくって移動している。そうしてこの二群の間には常に若干の「尊敬の間隔」が厳守せられているかのように見えていた。ところがある日その神聖な規律を根柢《こんてい》から破棄するような椿事《ちんじ》の起ったのを偶然な機会で目撃することができた。いつものように夫婦仲よく並んで泳いでいたひとつがいの雄鳥の方が、じつにはなはだ突然にけたたましい羽音を立てて水面を走り出したと思うとやがて水中に全身を没して潜り込んだ。そうしてまっしぐらに水中をおそらく三メートル以上も突進していって、静かに浮んでいる白の親鳥の傍に浮上がったかと思うと、いきなりその首筋に喰《く》いついて、この弱々しい小柄の母鳥のからだを水中に押し沈めた。驚いて見ていると、この暴君は間もなくこの哀れな俘虜《ふりょ》を釈放して、そうしてあたかも何事も起らなかったように悠々とその固有の雌鳥の一メートル以内の領域に泳ぎついていった。善良なるその妻もまたあたかもこの世の中に何事も起らなかったかのように平静な態度でこの不倫の夫を迎えたのであった。一方ではまた、突然の暴行の後に釈放された白い母鳥も、ほんのちょっとばかり取乱した羽毛を嘴でかいつくろって、心ばかりの身じまいをしただけで、もう何事もなかったように、これも瞬間の驚きから恢復《かいふく》したらしい十羽の雛を引率してしずしずと池の反対の側へ泳いでいくのであった。離婚問題も慰藉料《いしゃりょう》問題も鳥の世界には起り得ないのである。

自分の到着前には雄が二羽いたそうである。その中の一羽がむやみに暴戻《ぼうれい》で他の一羽を虐待《ぎゃくたい》する。そのたびに今もいる鴨羽の雌は人間でいわば仲を取りなし顔とでもいったような様子で傍近く寄っていって、いつもとは少しちがった特殊な低い鳴声を発していたそうであったが、そのうちにある日突然その暴君の雄鳥の姿が池では見られなくなったそうである。たぶん宿の厨《くりや》の料理人が引致して連れていったものらしく、ともかくもちょうどその晩宿の本館は一団の軍人客でたいそう賑《にぎや》かであったそうである。そうしてそのときに池に残された弱虫の方の雄が、今ではこの池の王者となり暴君となりドンファンとなっているのである。

七月末に一度帰京してちょうど二週間たって再び行ってみて驚いたのは家鴨の雛の生長の早いことであった。あの黄色いうぶ毛はいつの間にか消え失せて、もうそろそろ一人前の鴨羽に近い色彩の発現が見える。小さなブーメラング形の翼の胚芽《はいが》の代りにもう日本語で羽根と名のつけられる程度のものが発生している。しかしまだ雌雄の区別が素人《しろうと》目にはどうも判然としない。よく見ると尻尾に近い背面の羽色に濃い黒みがかった縞《しま》の見えるのが雄らしく思われるだけである。家鴨の場合でもやはりいわゆる年ごろにならないと、雌雄の差による内分泌《ないぶんぴ》の分化が起らないために、その性的差別に相当する外貌上《がいぼうじょう》の区別が判然と分化しないものと見える。それだのに体量だけはわずかの間に莫大《ばくだい》な増加を見せて、今では白の母鳥の方がかえって雛の中の大柄なのよりはずっと小さく見えるくらいであった。一方で例のドンファンの雄鳥はと見るとなんとなく羽色がやつれたようで、首のまわりのあの美しい黒い環も所まだらに剝《は》げちょろけているのであった。なんだか急に年を取ったように見える。こうした変化がたった二週間ばかりの間に起ったのである。浦島の物語の小さな雛形のようなものかもしれない。

植物の世界にも去年と比べて著しく相違が見えた。何よりも今年は時候が著しくおくれているらしく思われた。例えば去年は八月半ばにたくさん咲いていた釣舟草《つりふねそう》が今年の同じころにはいくらも見つからなかった。そうして九月上旬にもう一度行ったときに、温泉前の渓流の向側の林間軌道を歩いていたらそこの道端にこの花がたくさん咲き乱れているのを発見した。

星野滞在中に一日小諸城趾《こもろじょうし》を見物に行った。城の大手門を見込んでちょっとした坂を下っていくのであるが、こうした地形によった城は存外珍らしいのではないかと思う。

藤村庵《とうそんあん》というのがあって、そこには藤村氏の筆跡が壁に懸け並べてあったり、藤村文献目録なども備えてある。現に生きて活動している文人にゆかりのある家をこういう風にしてあたかも故人の遺跡のように仕立ててあるのもやはりちょっと珍らしいような気がする。

天守台跡に上っているとどこかで鴉《からす》の鳴いているのが「アベバ、アベバ」と聞こえる。こういう鴉の声もめったに聞いたことがないような気がした。石崖《いしがけ》の上の端近く、一高の学生が一人あぐらをかいて上衣《うわぎ》を頭からすっぽりかぶって暑い日ざしをよけながら岩波文庫らしいものを読み耽《ふけ》っている。おそらく「千曲川《ちくまがわ》のスケッチ」らしい。もう一度ああいう年ごろになってみたいといったような気もするのであった。

園内の渓谷に渡した釣橋を渡っていくとき向うから来た浴衣姿《ゆかたすがた》の青年の片手にさげていたのも、どうもやはり「千曲川のスケッチ」らしい。絵日傘《えひがさ》をさした田舎《いなか》臭いドイツ人夫婦が恐ろしく大勢の子供をつれて谿《たに》を見下ろしていた。

動物園がある。熊に煎餅を買って口の中へ投げ込んでやる。口をいっぱいに開いて下へ落ちた煎餅のあり得る可能性などは考えないで悠然《ゆうぜん》として次のを待っている姿は罪のないものである。自分らと並んで見物していた信州人らしいおじさんが連の男にこの熊は「人格」が高いとかなんとかいうような話をしていた。熊の人格も珍らしい。

猿の檻《おり》はどこの国でも一番人気がある。中に一匹腰が抜けて脚の立たないのがいて、他の仲間のような活動を断念してたいていいつも小屋の屋根の上でごろごろしている。それがどうかして時折移動したくなるとひょいと逆立ちをして麻痺《まひ》した腰とあと脚を空中高く差し上げてそうして前脚で自由に歩いていく。さすがに猿だけのことはあるのであるが、とにかくこれもオリジナルである。

吸っていた巻煙草《たばこ》の吸殻を檻の前に捨てたら、そこにしゃがんで見物していた土地の人らしい爺《じい》さんが、そのまだ火のついているままの吸殻をいきなり檻の中へ投げ込んだ。すると、地べたに坐《すわ》っていた親猿が心得顔に手を出して、掌《てのひら》を広げたままで吸殻を地面にこすりつけて器用にその火をもみ消してしまった。そうしてその燃え殻をつまみ上げ、仔細《しさい》らしい手つきで巻紙を引きやぶって中味の煙草を引出したと思うといきなりそれを口中へ運んだ。まさかと思ったがやはりその煙草を味っているのである。別にうまそうでもないが、しかしまた慌てて吐出すのでもなく、平然と極めて当り前なような様子をしてすましているのであった。これもじつに珍らしい見物であった。ここの猿はおそらくもうよほど前からこうした「吸殻教育」を受けているのであろうと想像された。

絶壁の幕のかなたに八月の日光に照された千曲川《ちくまがわ》沿岸の平野を見下ろした景色には特有な美しさがある。「蟬鳴くや松の梢《こずえ》に千曲川。」こんな句がひとりでにできた。

帰りに沓掛《くつかけ》の駅で下りて星野行の乗合バスの発車を待っている間に乗組んだ商人が運転手を相手に先刻トラックで老婆がひかれたのを目撃したと云って足の肉と骨とがきれいに離れていたといったようなことを面白そうに話していた。バスが発車して間もなく横合から劇《はげ》しく何物かが衝突したと思うと同時に車体が傾いて危く倒れそうになって止まった。西洋人の大勢乗った自家用車らしいのが十字路を横から飛出して吾々のバスの後部にぶつかったのであった。この西洋人の車は一方の泥除《よ》けがつぶれただけですみ、吾々のバスは横腹が少しへこんでペイントが剝がれただけで助かった。肥《ふと》った赤ら顔の快活そうな老西洋人が一人下り立って、曲った泥除けをどうにか引き曲げて直した後に、片手を高くさしあげて吾々をさしまねきながら大声で「ドモスミマシェン」と云って嫣然《えんぜん》一笑した。そうして再びエンジンの爆音を立てて威勢よく軽《かる》井沢《いざわ》の方へ走り去ったのであった。

九月初旬三度目に行ったときには宿の池にやっと二、三羽の鶺鴒《せきれい》が見られた。去年のような大群はもう来ないらしい。今年は家鴨のコロニーが優勢になって鶺鴒の領域《テリトリー》を侵略してしまったのではないかと思われる。同じような現象が例えば軽井沢のような土地に週期的にやって来る渡り鳥のような避暑客の人間の種類についても見られるかどうか。材料が手に入るなら調べてみたいものである。

（昭和九年十二月『文学』）

物売りの声

毎朝床の中でうとうとしながら聞く豆腐屋の喇叭《ラッパ》の音がこのごろ少し様子が変ったようである。もとは、「ポーピーポー」という風に、中に一つ長三度くらい高い音を挿《はさ》んで、それがどうかすると「起きろ、オーキーロー」と聞こえたものであるが、近ごろは単に「ププー、プープ」という風に、ただひと色の音の系列になってしまった。豆腐屋が変ったのか笛が変ったのかどちらだか分らない。

昔は「トーフイ」と呼び歩いた、あの呼声がいったいいつごろから聞かれなくなったかどうも思い出せない。すべての「亡び行くもの」と同じように、いつ亡くなったとも分らないようにいつの間にか亡くなり忘れられ、そうして、亡くなり忘れられたことを思出す人さえも少なくなり亡くなっていくのであろう。

納豆屋の「ナットナットー、ナット、七色唐辛子」という声もこの界隈《かいわい》では近ごろさっぱり聞かれなくなった。その代りに台所へのそのそ黙って這入《はい》ってきて全く散文的に売りつけることになったようである。

「豆やふきまめー」も振鈴の音ばかりになった。このごろはその鈴の音もめったに聞かれないようである。ひところはやった玄米パン売りの、メガフォーンを通して妙にぼやけた、聞くだけで咽喉《のど》の詰まるような、食慾《しょくよく》を吹き飛ばすようなあのバナールな呼び声も、これは幸にさっぱり聞かなくなってしまった。

つい二、三年前までは毎年初夏になるとあの感傷的な苗売りの声を聞いたような気がする。「ナスービノーナエヤーア、キュウリノーナエヤ、トオーガン、トオーナス、トオーモロ一コシノーナエ」という、長くゆるやかに引き延ばしたアダジオの節廻しを聞いていると、眠いようなうら悲しいようなやるせのないような、しかしまた日本の初夏の自然に特有なあらゆる美しさの夢の世界を眼前に浮かばせるような気のするものであった。

これと対照されていいと思うものは冬の霜夜の辻占《つじうら》売りの声であった。明治三十五年ごろ病気になった妻を国へ帰してひとりで本郷《ほんごう》五丁目の下宿の二階に暮していたころ、ほとんど毎夜のように窓の下の路地を通る「花のたより、恋のつじーうら」という妙に澄みきった美しく物淋《さび》しい呼声を聞いた。その声が寒い星空に突き抜けるような気がした。声の主は年のいかない女の子らしかった。それの通る時刻と前後して隣の下宿の門の開く鈴音がして、やがて窓の下から自分を呼びかける同郷の悪友TとMの声がしたものである。悪友といっても藪蕎麦《やぶそば》へ誘うだけの悪友であった。「あいつ、このごろ弱っているから引っぱり出して元気をつけてやれ」と云って引っぱり出してくれる悪友であったのである。

「按摩上下二百文」という呼声も古い昔になくなったらしいが、あのキリギリスの声のようにしゃがれた笛の音だけは今でも折々は聞かれる。洋服に靴を履いた姿で、昔ながらの笛を吹いて近所の路地を流して通るのに出逢《であ》ったのは、つい数日前のことであった。

盛夏の朝早く「ええ朝顔やあさがお」と呼び歩くのは去年も聞いた。買ってくれそうな家の附近では繰返し往復して、それでも買わないとあきらめて行ってしまったのは昔のことで、今ではやはり裏木戸から台所へ這入ってきて、主人や主婦を呼出すのが多いようである。「ええ鯉や鯉」というのも数年以来聞かないようである。「ええ竿竹《さおだけ》や竿竹」というのをひと月ほど前に聞いたのは珍らしかった。

こういう風に、旋律的な物売りの呼声がしだいになくなり、その呼声の呼び起こす旧日本の夢幻的な情調もだんだんに消え失せていくのは日本全国共通の現象らしい。郷里で昔聞き馴《な》れた物売りの声も今ではもう大概なくなったらしいが、考えてみるとずいぶんいろいろのものがあった。その中には子供の時分の親しい思い出に密接に結び付いて忘られないものもかなり多数にある。

夏になると徳島からやって来た千金丹《せんきんたん》売りの呼び声もその一つである。渡り鳥のように四国の脊梁山脈《せきりようさんみやく》を越えて南海の町々村々をおとずれてくる一隊の青年行商人は、みんな白がすりの着物の尻《しり》を端折《はしよ》った脚絆草鞋《きやはんわらじ》ばきの甲斐甲斐《かいがい》しい姿をしていた。明治初期を代表するような白シャツを着込んで、頭髪は多くは黙阿弥《もくあみ》式に綺麗《きれい》に分けて帽子は被《かぶ》らず、その代りに白張の蝙蝠傘《こうもりがさ》をさしていた。その傘に大きく、たしか赤字で千金丹と書いてあったような気がする。小さな、今でいえばスーツケースのような恰好をした黒塗の革鞄《かばん》に、これも赤く大きく千金丹と書いたのを提げていたと思う。せんだんの花のこぼれる南国の真夏の炎天の下を、こうした、当時の人の眼にはおよそ次ートな姿でゆっくり練り歩きながら、声をテノルに張り上げて歌う文句はおおよそ次のようなものであった、「エーエ、ホンケーワーア、サンシューノーオー、コトヒーラーアヨ。(休)。マッシーマーア、カデンーノーオー、センキーンーンタン」という風に全く同じ四拍子アンダンテの旋律を繰り返しながら、だんだんに薬の効能書を歌っていくのである。「そのまた薬の効能は、疝気疝癪胸痞《せんきせんしやくむねつか》え」までは覚えているがその先は忘れてしまった。

子供らはこの薬売りの人間を「ホンケ」と呼んでいた。「ホンケが来たホンケが来た」と云って駆け出していっては、この「ホンケ」を取り巻いて、そうして口々に「ホンケ、オーセ、オーセ」と云ってねだった。「オーセ」は「頂戴《ちようだい》」という意味であるが、ここの「ホンケ」はこの薬売り自身をさすのではなくて、薬売りの配って歩く広告のビラ紙のことである。この人間の「本家」が撒《ま》き歩くビラの「ホンケ」は、鼻紙を八つ断にしたのに粗末な木版で赤く印刷したものであったが、その木版の絵がやはり蝙蝠傘をさして尻端折った薬売りの「ホンケ」の姿を写したものであった。一緒に印刷してあった文字などは思出せない。子供らにとってはこのビラ紙も「ホンケ」であり、それをくれる人間も「ホンケ」であったわけである。とにかく、このビラ紙をもらうのが当時の吾々子供には相当な喜びであった。今になって考えるとじつに不思議である。少年雑誌やお伽噺《とぎばなし》の本などというもののまだ一つもなかった時代では、こんな粗末な刷り物でも子供には珍らしかったのであろう。ずいぶん俗悪な木版刷りではあったが、しかし現代の子供の絵本のあくどい色刷などに比較して考えるとむしろ一種稚拙に鄙《ひな》びた風趣のあるものであったようにも思われる。

同じく昔の郷里の夏の情趣と結び付いている想い出の売り声の中でも枇杷《びわ》葉湯《ようとう》売りのそれなどは、今ではもう忘れている人よりも知らぬ人が多いであろう。朱漆で塗った地に黒漆で鴉の絵を描いたその下に烏丸《からすまる》枇杷葉湯と書いた一対の細長い箱を振り分けに肩にかついで「ホンケー、カラスマル、ビワヨーオートー」と終りの「ヨートー」を長く清らかに引いて、呼び歩いていたようにも思うし、また木蔭《こかげ》などに荷を下して往来の人に呼びかけていたようにも思う。その声が妙に涼しいようでもあり、また暑いようでもあった。しかしその枇杷葉湯がいったいどんなものだか、味わったことはもちろん見たこともなかった。そのころもうすでに大衆性《ポピュラリティ》を亡《うしな》ってしまって、ただわずかに過去の惰性の名残を止《とど》めていたのではないかと思われる。東京で震災前までは深川《ふかがわ》辺で見かけたことのあるあの定斎屋《じょうさいや》と同じようなものであったらしいが、しかし枇杷葉湯のあの朱塗りの荷函《にばこ》と清々《すがすが》しい呼び声とには、あのガッチンガッチンの定斎屋よりも遥《はるか》に多くの過去の夢と市井の詩とを包有していたような気がする。

生菓子をいろいろ、四角で扁平《へんぺい》な漆塗りの箱に入れたのを肩にかけて、「カエチョウ、カエチョウ」と呼び歩くのは、多くは男の子で、そうして大概きまって尻の切れた冷飯草履をはいていたような気がする。それが持ってくる菓子の中に「イガモチ」というのがあった。道明寺《どうみょうじ》の餡入餅《あんいりもち》であったがその外側に糯米《もちごめ》のふかした粒がぽつぽつと並べて植付けてあった。ちょうど栗のいがのようだと云うので「いが餅」と名づけたものらしい。「カエチョウ」の意味は自分には分らない。このはかない行商の一人に頭蓋骨《ずがいこつ》の異常に大きな福助のような子がいた。誰かが試に一銭銅貨と天保銭《てんぽうせん》を出して、どちらでもいい方を取れと云ったら判然と天保銭を選んだという噂があった。また、その生きている頭蓋骨をとっくにどこかの病院に百円とかで売ってあるのだという話もあった。

七味唐辛子を売り歩く男で、頭には高く尖《とが》った円錐《えんすい》形の帽子を冠《かぶ》り、身には真赤な唐人服を纏《まと》い、そうしてほとんど等身大の唐辛子の形をした張り抜きを紐《ひも》で肩に吊《つる》して小脇にかかえ、そうして「トーン、トーオン、トンガラシノコー（休）、ヒリヒリカラィノガ、サンショノコー（休）、ゴマノコケシノコ、ショウガノコー（休）、トーントーントンガラシノコ」と四拍子の簡単な旋律を少しぼやけた中空なバリトンで唱《うた》い歩くのがいた。その大きな真赤な張抜きの唐辛子の横腹の蓋《ふた》をあけると中に七味唐辛子の倉庫があったのである。この異風な物売りはあるいは明治以後の産物であったかもしれない。

「お銀が作った大ももは」と呼び歩く楊梅《やまもも》売りのことは、前に書いたことがあるから略する。

蜆《しじみ》売りは「スズメガイホー」と呼び歩いた。牡蠣《かき》売りは昔は「カキヤゴー」と云ったものらしい、というのは自分らの子供時代に大人からしばしば聞かされた狸の怪談のさまざまの中に、この動物が夜中に牡蠣売りに化けて「カキヤゴーカキヤゴー」と呼び歩くというのがあって、吾々はよく夜道を歩きながらその狸の真似をするつもりで「カキヤゴー」「カキヤゴー」と叫び歩き、そうして自分で自分の声におびえることによって不思議な神秘の感覚を味わい享楽したものであった。

北の山奥から時々姿を現わして奇妙な物を売りあるく老人がいた。少しびっこで恐ろしく背の高い瘦《や》せこけた老翁であったが、破れ手拭《てぬぐい》で頰冠りをした下からうす汚い白髪がはみ出していたようである。着物は完全な襤褸《ぼろ》でそれに荒縄の帯を締めていたような気がする。大きい炭取くらいの大きさの竹籠《かご》を棒切れの先に引っかけたのを肩にかついで、跛《びっこ》を引き歩きながら「丸葉柳《まるばやなぎ》は、山《やま》オコゼは」と、少し舌のもつれるような低音《バス》で尻下がりのアクセントで呼びあるくのであった。舌がもつれるので「山オコゼは」が「ヤバオゴゼバ」とも聞えるような気がした。とにかく、この山男の身辺にはなんとなく一種神秘の雰囲気が揺曳《ようえい》しているように思われて、当時の悪太郎どもも容易には接近し得なかったようである。自分もこの老いさらぼえた山人になんとはなしに畏怖《いふ》の念を懐《いだ》いていたが、しかしその「山オコゼ」というのがどんなものだか知りたいという強い好奇心を永い間もちつづけていた。それでとうとう母にねだって二つ三つの標本を買ってもらった。それは、煙管貝《きせるがい》のような恰好で全体灰色をした一種の巻き貝であって、長さはせいぜい五、六分ぐらいであったかと思う。もちろん貝殻だけでなく生きた貝で、箱の中へ草と一緒に入れてやるとその草の葉末を簑虫《みのむし》かなんぞのようにのろのろ這い歩いた。海でなくて奥山にこんな貝がいるというのがいかにも不思議に思われたが、その貝の棲息状態《せいそくじょうたい》などについては誰も話してくれる人はなかった。海の「オコゼ」は魚であるのになぜ山の「オコゼ」が貝であるかも不可解であった。

「山オコゼ」がどうして売り物になるか、またそれを買った人がどういう目的にそれを使用するか、という疑問に対して聞き得たことを今ではぼんやりしか覚えていない。

なんでも今日のいわゆる「マスコット」の役目をつとめるというのであったようである。例えばこれを懐中しているとトランプでもその他の賭博《とばく》でも必勝を期することができるというのであったらしい。もちろんこの効験は偶然の方則に支配されるのである。

「丸葉柳」の方はどんな物だか、何に使うのか、それについては自分の記憶も知識も全然空白である。

売り声の滅びていくのは何故であるか、その理由は自分にはまだよく分らないが、しかし、亡びていくのは確かな事実らしい。

普通教育を受けた人間には、もはや真昼間町中を大きな声を立てて歩くのが気恥かしくてできなくなるのか、売り声で自分の存在を知らせるだけで、おとなしく買手の来るのを受動的に待っているだけでは商売にならない世の中になったのか、あるいはまた行商ということ自身がもう今の時代にふさわしくない経済機関になってきたのか、あるいはそれらの理由が共同作用をしているのか、これはそう簡単な問題ではなさそうである。それはいずれにしても、今のうちにこれらの亡びゆく物売りの声を音譜にとるなり蓄音機のレコードにとるなりなんらかの方法で記録し保存しておいて百年後の民俗学者や好事家《こうずか》に聞かせてやるのは、天然物や史蹟《しせき》などの保存と同様にかなり有意義な仕事ではないかという気がする。国粋保存の気運の向いてきたらしい今の機会に、内務省だか文部省だか、どこか適当な政府の機関でそういうアルキーヴスを作ってはどうであろうか。ついそんな空想も思い浮べられるのである。

（昭和十年五月『文学』）

海水浴

明治十四年の夏、当時名古屋鎮台につとめていた父に連れられて知多《ちた》郡の海岸の大《おお》野《の》とかいう処へ「塩湯治《しおとうじ》」に行った。そのとき数え年の四歳であったはずだから、ほとんど何事も記憶らしい記憶は残っていないのであるが、しかし自分の幼時の体験のうちで不思議にも今日まで鮮明な印象として残っているごく少数の画像の断片のようなものを一枚一枚めくっていくと、その中に、多分この塩湯治の時のものだろうと思う夢のような一場面のスティルに出くわす。

海岸に石垣のようなものがどこまでも一直線に連なっていて、その前に黄色く濁った海が拡がっている。数えきれないほど大勢の男がみんな丸裸で海水の中に立ち並んでいる。去来する浪に人の胸や腹が浸《つか》ったり現われたりしている。自分も丸裸でやはり丸裸の父に抱かれしがみついて大勢の人の中に交っている。

ただそれだけである。一体そんな石垣の海岸に連なっている処が知多郡の海岸に実在していたのかどうか確めたこともない。あるいは全部が夢であったかもしれない、しかしその光景がじつに鮮明にありありと、頭の中に焼付いたかのように記憶に残っているのは事実である。ずっと大きくなってからよく両親から聞かされたところによると、そのころとかく虚弱であった自分を医師の勧めによって「塩湯治」に連れていったのだが、いよいよ海水浴をさせようとするとひどく怖がって泣き叫んでどうしても手に合わないので、仕方なく宿屋で海水を沸かした風呂《ふろ》を立ててもらってそれで毎日何度も温浴をさせた。とにかくそのひと夏の湯治で目立って身体が丈夫になったので両親はひどく喜んだそうである。

自分にはそんなに海を怖がったというような記憶は少しも残っていない。しかし実際非常に怖い思いをしたので、そのときに眼底に宿った海岸と海水浴場の光景がそのままに記憶の乾板《かんぱん》に焼付けられたようになって今日まで残っているものと思われる。

それはとにかく、明治十四年ごろにたとえ名前は「塩湯治」でもすでに事実上の海水浴が保健の一法として広く民間に行われていたことがこれで分るのである。

明治二十六、七年ごろ自分の中学時代にはそろそろ「海水浴」というものが郷里の田舎でもはやり出していたように思われる。一番最初のいわゆる「海水浴」にはやはり父に連れられて高知浦戸湾の入口に臨む種崎《たねざき》の浜に間借りをして出かけた。以前に宅に奉公していた女中の家だったか、あるいはその親類の家だったたような気がする。夕方この地方には名物の夕凪《ゆうなぎ》の時刻に門内の広い空地の真中へ縁台のようなものを据えてそこで夕飯を食った。その時宅から持っていった葡萄《ぶどう》酒やベルモットを試に女中

の親父に飲ませたら、こんな珍らしい酒は生れて始めてだと云ってたいそう喜んだが、

しかしよほど変な味がするらしく小首を傾けながら怪訝《けげん》な顔をして飲んでいた。そう

して、そのあとでやっぱり日本酒の方がいいと云って本音をはいたので大笑になった

ことを覚えている。

自分もその海水浴のときに「玉ラムネ」という生れて始めてのものを飲んで新しい感覚の世界を経験したのはよかったが、井戸端の水甕《みずがめ》に冷やしてあるラムネを取りに行って宵闇の板流しに足をすべらし泥溝《どぶ》に片脚を踏込んだという恥曝《はじさら》しの記憶がある。

その翌年は友人のKと甥《おい》のRと三人で同じ種崎のTという未亡人の家の離れの二階を借りてひと夏を過ごした。

この主婦の亡夫は南洋通いの帆船の船員であったそうで、アイボリー・ナッツと称する珍らしい南洋産の木の実が天照皇大神《あまてらすすめおおみかみ》の掛物のかかった床の間の置物に飾ってあった。この土地の船乗の中には二、三百トンくらいの帆船に雑貨を積んで南洋へ貿易に出掛けるのがたくさんいるという話であった。浜辺へ出て遠い沖のかなたに土堤《どて》のように連なる積雲を眺めながら、あの雲の下をどこまでも南へ南へ乗出していくといつかはニューギニアか濠洲《ごうしゅう》へ着くのかしらと思ってお伽噺的な空想に耽《ふけ》ったりしたもののである。宿の主婦の育てていた貰《もら》い子で十歳くらいの男の子があったが、この子の父親は漁師である日鮪漁《まぐろりょう》に出たきり帰って来なかったという話であった。発動機船

もなく天気予報の無線電信などもなかった時代に百マイルも沖へ出ての鮪漁は全くの命懸けの仕事であったに相違ない。それはとにかく、この男の子が鳥目で夜になると視力が無くなるというので、「黒チヌ」という魚の生き胆《ぎも》を主婦がほうぼうからもらってきては飲ませていた。一種のビタミン療法であろうと思われる。見たところ元気のいい子で、顔も背中も渋紙のような色をして、そして当時はやっていた卑猥《ひわい》な流行《はやり》唄《うた》を歌いながら丸裸の跣足《はだし》で浜を走り廻っていた。

同じ宿に三十歳くらいで赤ん坊を一人つれた大阪弁のちょっと小意気な容貌《ようぼう》の女がいた。どういう人だか吾々には分らなかった。ある日高知から郵便で吾々三人で撮った写真がとどいてみんなで見ているところへその女もやって来てそれを手にとって眺めながら「キレーな人は写真でもやっぱりキレーや」というようなことを云った。Rは当時有名な美少年であったがKも相当な好男子であった。その時KがRに「オイ、R、ぶるえちゃいかんよ」と云ってからかった。その言葉の中に複雑なKの心理の動きが感ぜられておかしかった。もっともそんなつまらないことを覚えているのは、当時の自分の子供心に軽い嫉妬《しっと》のようなものを感じたためかもしれないと思われる。

もう一人の同宿者があった。どこかの小学校の先生であったと思う。自分で魚市場から買ってきた魚をそのまま鱗《うろこ》も落さずわたも抜かずに鉄網で焼いてがむしゃらに貪《むさぼ》り食っていた。その豪傑ぶりをニヤニヤ笑っていたのは当時張良《ちょうりょう》をもって自ら任じていたKであった。自分の眼にもこの人の無頓着ぶりがなんとなく本物でないように思われた。

夕方内海に面した浜辺に出て、静かな江の水に映じた夕陽の名残の消えるともなく消えてゆくのを眺めていると急に家が恋しくなって困ることがあった。たった三里くらいの彼方《かなた》の我家も、こうした入江で距《へだ》てられていると、ひどく遠い処のように思われたのであった。その後故郷を離れて熊本に住み、東京に移り、また二年半も欧米の地を遍歴したときでも、この中学時代の海水浴の折に感じたような郷愁を感じたことはなかったようである。ひとつにはまだ年がいかない一人子の初旅であったせいもあろうが、また一つには、我家があまりに近くてどうでも帰ろうと思えばいつでも帰れるという可能性があるのに、そうかといって予定の期日以前に帰るのはきまりが悪いという「煩悶《はんもん》」があったためらしい。そのころ高知から種崎まで行くのには乗合の屋形船で潮時でも悪いと三、四時間もかかったような気がする。現在の東京の子供なら静岡か浜松か軽井沢へでも行っていたのと相当するわけである。交通速度の標準が変ると距離の尺度と時間の尺度とがまるきり喰いちがってしまうのである。

そのころにもよく浜で溺死者《できし》があった。当時の政客で○○議長もしたことのあるK氏の夫人とその同伴者が波打際に坐り込んで砂浜を這上る波頭に浴していているうちに大きな浪が来て、その引返す強い流れに引きずり落され急斜面の深みに陥って溺死した。名士の家族であっただけにそのニュースは郷里の狭い世界の耳目《じもく》を聳動《しょうどう》した。現代の海水浴場のように浜辺の人目が多かったら、こんな間違はめったに起らなかったであろうと思われる。

溺死者の屍体《したい》が二、三日もたって上ると、からだ中に黄螺《ばい》が附いて喰い散らしていて眼もあてられないという話を聞いて怖気《おじけ》をふるったことであった。

海水着などというものはもちろんなかった。男子はアダム以前の丸裸、婦人は浴衣《ゆかた》の紐帯であったと思う。海岸に売店一つなく、太平洋の真中から吹いてくる無垢《むく》の潮風がいきなり松林に吹き込んでこぼれ落ちる針葉の雨に山蟻《やまあり》を驚かせていた。

明治三十五年の夏の末ごろ逗子《ずし》鎌倉《かまくら》へ遊びに行ったときのスケッチブックが今手許《てもと》に残っている。いろいろないたずら書きの中に『明星《みようじよう》』ばりの幼稚な感傷的な歌がいくつか並んでいる。こういう歌はもう二度と作れそうもない。当時二十五歳大学の三年生になったばかりの自分であったのである。

たしかその時のことである。江《え》の島《しま》の金亀楼《きんきろう》で一晩泊った。島中を歩き廻って宿へ帰ったら番頭がやって来て何か事々しく言訳をする。よく聞いてみると、当時高名であった強盗犯人山辺音槌とかいう男が江の島へ来ているという情報があったので警官がやって来て宿泊人をいちいち見て歩き留守中の客の荷物を調べたりしたというのである。強盗犯人の嫌疑候補者の仲間入りをしたのは前後にこの一度限りであった。

「藤沢《ふじさわ》江の島間電車九月一日開通、衝突脱線等あり、負傷者数名を出す」という文句の脇に「藤沢停車場前角若松の二階より」としたじつに下手な鉛筆のスケッチがある。逗子養神亭《ようしんてい》から見た向う岸の低い木柵に凭《もた》れている若い女の後姿のスケッチがある。鍔広《つばひろ》の藁《わら》帽を阿弥陀《あみだ》に冠《かぶ》ってあちら向いて左の手で欄《てすり》の横木を押さえている。矢絣《やがすり》らしい着物に扱帯《しごきおび》を巻いた端を後に垂らしている、その帯だけを赤鉛筆で塗ってある。そうした、今から見れば古典的な姿が当時の大学生には世にもモダーンなシックなものに見えたのであろう、小杉天外《こすぎてんがい》の『魔風恋風《まかぜこいかぜ》』が若い人々の世界を風靡《ふうび》していた時代のことである。

大正の初年ごろ外房州の海岸へ家族づれで海水浴に出かけたら七月中雨ばかり降って海にはいるような日がほとんどなく、子供の一人が腸を悪くして熱を出したりした。宿の主人は潜水業者であったが、ある日潜水から上ると身体中が痺《しび》れて動けなくなったので、それを治すためにもういっぺん潜水服を着せて海へ沈めたりしたが、とうとうそれっきりになってしまった。自分らは離屋にいたのでその騒ぎを翌日まで知らなかった。その二、三日前の夜にその主人が話しに来たとき自分も二十余年前の父の真似をして有り合せのベルモットか何かを飲ませたら、この男もやはりこんな酒は始めてだと云って喜んで飲んだ。多分たった一杯飲んだだけであったが、しかしその馴れない酒を飲んだという事と、間もなく潜水者病に罹《かか》ったこととの間に何かしら科学的に説明できるような関係があったのではないかというような気がして、妙に不安な暗い影のようなものが頭につきまとって困った。何かの因縁が二十年前とつながっているような気もした。それがちょうど中元のころで、この土地の人々は昔からの風習に従って家々で草を束ねた馬の形をこしらえ、それを水辺に持出しておいてから、そこいらの草を刈ってそれをその馬に喰わせる真似をしたりしていた。この草で作った馬の印象が妙に生ま生ましく自分のこの悪夢のような不安と結びついて記憶に残っているのである。それから間もなく東京に残っていた母が病気になったので皆で引上げて帰ってくる、その汽車の途中から天気が珍らしく憎らしく快晴になって、それからはもうずっと美しい海水浴日和がつづいたのであった。このひと夏の海水浴の不首尾はじつに人生そのものの不首尾不如意の縮図のごときものであった。

それから後にも家族連れの海水浴にはとかくいろいろの災難が附纏《つきまと》ったような気がする。そのうちにまた自分が病気をしてうっかり海水浴のできないようなからだになったので、自然に夏の海とは縁が遠くなってしまった。

四歳のときにひどく海を嫌ったのがその讖《しるし》をなしたとでもいうのかもしれない。

このごろでは夏が来るとしきりに信州の高原が恋しくなる。郭公《かっこう》や時鳥《ほととぎす》が自分を呼んでいるような気がする。今年も植物図鑑を携えて野の草に親しみたいと思っている。

（昭和十年八月『文藝春秋』）

祭

毎年春と秋と一度ずつ先祖祭をするのが我家の例である。今年の秋祭は我が帰省中にとの両親の考えで少し繰り上げて八月某日にする事ときめてあったが、数日来のしけで御供物肴《くもつさかな》がないため三日延びた。その朝は早々起きて物置の二階から祭壇を下し煤《すす》を払い雑巾《ぞうきん》をかけて壇を組みたてようとすると、さて板がそりかえっていてなかなか思うようにならぬのをようやくたたき込む。その間に父上は戸棚から三宝《さんぼう》をいくつも取下ろしていちいち布巾《ふきん》で清めておられる。いやずいぶん乱暴な鼠《ねずみ》の糞《ふん》じゃ。つつみ紙もところどころ食い破られた跡がある。ここに黄ばんだしみのあるのも鼠のいたずらじゃないかしらんなど独語を云いながら我も手伝うておおかた三宝の清めも済む。取散らした包紙の黴臭《かびくさ》いのは奥の間の縁へほうり出して一ぺん掃除をする。置所からいろいろの供物を入れた叺《かます》を持ってくる。父上はこれにいちいち水引《みずひき》をかけ綺麗《きれい》にはしを揃えて、さていちいち青い紙と白い紙とをしいた三宝へのせる。あたりは赤と白との水引の屑《くず》が茄子《なす》の茎人蔘《にんじん》の葉の中にちらばっている。奥の間から祭壇を持ってきて床の中央へ三壇にすえ、神棚から御厨子《みずし》を下し塵《ちり》を清めて一番高い処へ安置し、御扉をあけて前へ神鏡を立てる。左右にはゆうを掛けた榊台《さかきだい》一対。次の壇へ御洗米と塩とを純白な皿へ盛ったのが御焼物の鯛《たい》をはさんで正しく並べられる。一番大きな下の壇へはいろいろな供物の三宝が並べられる。まず裏の畑の茄子冬瓜《とうがん》小豆《あずき》人参《にんじん》里芋を始め、井戸脇の葡萄《ぶどう》塀の上の棗《なつめ》、隣からもろうた梨。それから朝市の大きな西瓜《すいか》、こいつはごろごろして台へ載りにくかったのをようやくのせると、神様へ尻《しり》を向けているのは不都合じゃと云い出してまた据え直す。こんな事でとうとう昼飯になった。食事がすんでそこらを片付けるうち風呂《ふろ》がわいたから父上から順々にいってからだを清める。風呂から出て奥の間へ行くと一同の着替えがそろえてある。着なれぬ絹の袴《はかま》のキューキューとなるのを着て座敷へ出た。日影が縁へ半分ほど差しこんで顔がほてほてするのは風呂に入ったせいであろう。姉上が数々の子供をつれてくる。一同座敷の片側へ一列にならんで順々拝が始まる。自分も縁側へ出て新しく水を入れた手水鉢《ちょうずばち》で手洗い口すすいで霊前にぬかずき、我名を申上げて拍手を打つと花瓶の檜扇《ひおうぎ》の花びらが落ちて葡萄の上にとまった。一番御拝《ごはい》の長かったは母上で、一番神様の御気に召したかと思われるはせいちゃんのであった。一順すむと祭壇の菓子を下げて子供らに頂かせる。我も一度はこの御頂をうれしがった事を思い出してそのころの我なつかしく、端坐《たんざ》し玉う父母の鬢《びん》の毛の白いのが見えるも心細いような気がする。子供らは何か無性に面白がって餅《もち》を握りながらバタバタと縁側を追い廻《まわ》る、小さいのは父上の膝《ひざ》で口《くち》鬚《ひげ》をひっぱる。顔をしかめながら父上も笑えば皆々笑う。涼しい風が吹いてきて榊のゆうがサラサラと鳴り、檜扇がまた散った。そのうちに膳《ぜん》が出てきて一同その前にすわる。「どうですかせいちゃんは、神様の前で御膝を出して。ソレ御つゆがこぼれますよ」と云う一方では年かさの姪《めい》が小さいのにオッキィ御口をさせている。夕日が向うの岡にかくれて床が薄暗くなったから御神灯をつけ御てらしを上げた。榊の影が大きく壁にうつって茄子や葡萄が美しくかがやいた。父上のいくさの話しが出て子供らが急におとなしくなったと思うたら、小さいのとせいちゃんは姉上の膝の上ではや寝てしまった。姉上らがかえると御てらしが消えて御神灯の灯がバチバチと鳴る。座敷がしんとして庭では轡虫《くつわむし》が鳴き出した。居間の時計がねむそうに十時をうったから一通り霊前を片付けて床に入った。座敷で鼠が物をかじる音がするから見にいったら、床の真中に鏡が薄くくらがりの中に淋《さび》しく光っていた。

（明治三十二年十一月『ホトトギス』）

車

私が九つの秋であった、父上が役を御やめになって家族一同郷里の田舎《いなか》へ引移る事になった。もちろんそのころはまだ東海道鉄道は全通しておらず、どうしても横浜から神戸まで船に乗らねばならぬ。が、困った事には父上のほかは揃いも揃うた船嫌いで海を見るともう頭痛がするという塩梅《あんばい》で。何も急《せ》く旅でもなしいっそ人力《じんりき》で五十三次も面白かろうと、トウトウそれと極《きま》ってからかれこれ一月の果を車の上、両親の膝の上にかわるがわる載せられて面白いやら可笑《おか》しいやらの旅をした事がある。惜しい事には歳が歳であったから見もし聞もした場所も事実も、二昔もほど遠き今日からふりかえって考えてみると夢のような取り止めもつかぬ切々が、かすかな記憶の糸につながれて、廻り灯籠《どうろう》のように出てくるばかりで。こんな風であるから、これも自分には覚えておらぬが横浜から雇った車夫の中に饅頭《まんじゆう》形の檜笠《ひのきがさ》を冠《かぶ》ったのがあったそうだ。仕合せに晴天が続いて毎日よく照りつける秋の日のまだなかなか暑かったであろう。斜に来る光がこの饅頭笠をかぶった車夫の影法師を乾ききった地面の白い上へうつして、それが左右へゆれながら飛んでいくのがわけもなく子供心に面白かったと見える。

自分はこの車夫に椎茸《しいたけ》という名をつけた。それは影法師の形がいくらか似ていると思ったからである。街道に沿うた松並木の影の中をこの椎茸がニョキニョキと飛んでいくのがドンナに可笑しかったろう。朝はこの椎茸が恐ろしく長くて、露にしめった道傍の草の上を大蛇のようにうねっていく。どうかするとこの影が小川へ飛込んで見えなくなったと思うと、不意に向うの岸の野菊の中から頭を出す。出すかと思うと一飛に土堤《どて》を飛越えてまた芒《すすき》の上をチラリチラリしていく。なお面白いのは日が高くなるにつれて椎茸がしだいに縮んで、おしまいにはもう椎茸ともなんとも分らぬものになって石ころ道の上を飛び飛び転がっていく。少し厭《あき》気味になると父上に謡《うたい》をうたえの話しをせよのとねだっているうちに日が西に傾く。しかし今度は朝のような工合《ぐあい》にいかぬ。大体が西を向いていくのであるから、椎茸は車の右脇へ頭を出したり左へ出したり。どうかすると自分の脚の上へ来るのでキャッキャッと大騒ぎをする。こんな坊チャマを膝へ乗せた父上も大概な事ではなかったらしいが、椎茸もトンダ目に会ったものだ。この椎茸少々よろしからぬ事があって途中から免職になったのはよかったが、その後任の爺《じい》さんがドーモ椎茸でなかったので坊チャン一通りの不平でない。これにはさすがの両親も持て余したという。

（明治三十三年九月『ホトトギス』）

窮理日記

十日　動物教室の窓の下を通ると今洗ったらしいいろいろの骸骨《がいこつ》がばらばらに笊《ざる》へ入れて干してある。秋の蠅《はえ》が二、三羽止ってやや寒そうに羽根を動かしている。

十一日　垣にぶら下っていた南瓜《かぼちゃ》がいつの間にか垂れ落ちて水引《みずひき》の花へ尻をすえている。我らが祖先のニュートンはいかにエライ者であったかという事を考えると隣の車井戸の屋根でアホーと鴉《からす》が鳴いた。

十二日　傘を竪《たて》にさす。雨は横に降る。

十三日　豆腐屋が来た。声の波の形が整わぬので新米という事が分る。

十四日　雪隠《せっちん》でプラス、マイナスという事を考える。

十五日　今日のようなしめっぽい空気には墓の匂いが籠《こも》っておるように思う。横になって壁を踏んでいると眼瞼《まぶた》が重くなって灰吹から大蛇が出た。

十六日　涼しいさえさえした朝だ。まだ光の弱い太陽を見つめたが金の鴉も黒点も見えない。坩堝《るつぼ》の底に熔《と》けた白金のような色をしてそして蜻蜓《とんぼ》の眼のようにクルクルと廻るように見える。眩《まぶ》しくなって眼を庭の草へ移すと大きな黄色の斑点《はんてん》がいくつも見える。色がさまざまに変りながら眼の向う方へ動いていく。

（明治三十三年十月『ホトトギス』）

鴫つき

別役の姉上が来て西の上り端で話していたら要太郎が台所の方から自分を呼んで裏へ鴫《しぎ》を取りに行かぬかと云う。自分はまだ一度も行った事がないが病後の事であるからと思うて座敷で書見《しょけん》をしている父上に行ってもよう御座いましょかと聞くと行くはよいが傘をさして行けとの事であったから、帽をかぶってわるい方の蝙蝠傘《こうもりがさ》を持って裏門へまで行くと、要太郎はもう網をこしらえて待っていた。「別役の精様がこないだから連れていてくれい云いよりましたがのうし。」「そうかそれでは呼んで来い」と下女をやった。間もなく来たから連立って裏門を出た。バッタが驚いて足下から飛び出した。「いくら汚れてもよいように衣物《きもの》を着換えてきたね。」精は無言でニコニコしている。足には尻の切れた草履《ぞうり》をはいている。小川を渡って三軒家の方へ出る。あちこちに稲を刈っている。畔《あぜ》に刈穂を積み上げて扱《こ》いている女の赤い帯もあちらこちらに見える。蜻蜓が足元からついと立って向うの小石の上へとまって目玉をぐるぐるとまわしてまた先の小石へ飛ぶ。小溝に泥鰌《どじょう》が沈んで水が濁った。新屋敷の裏手へ廻る。自分と精とは一町ばかり後をついていく。北の山へ雲の峰が出て新築の学校の屋根がきらきらしているが風は涼しい。要太郎が手を上げたから余らは立止って道にしゃがんだ。久万川《くまがわ》の土手に沿うた一丸の二番稲があってその中に鴫がいると見える。網を斜に下向けてしきりにねらっている。自分らも息を殺して見ているとたちまち頭の上でばさばさと音がする。蜻蜓が傘にとまっていたのがほかのとんぼと喰《く》い合って小溝へ落ちそうにしてぷいと別れた。溝からの太陽の反射で顔がほてるような。要太郎はやはりねらいながら田を廻っている。どうも鴫はいぬらしい。後の方でダーダーと云う者があるからふりかえると、五、六間後の畔道《あぜみち》の分れた処の石橋の上に馬が立っている。その後についているのは十五、六の色の黒い白手拭《てぬぐい》を冠《かぶ》った女の子であった。馬はどっちへ行こうかという風で立止っていると、女の子は馬の腹をくぐって前へまわってまたダーダーと云いながら新屋敷の方へ引いていった。鴫はやっぱり見えぬらしい。要太郎も少しだれ気味で網を高く上げて振るとバタバタと一羽飛び出して堤を越して見えなくなった。要太郎の指をさすとおりにグサグサと下駄《げた》の踏み込む畔を伝って土手へ上ると、精の足元からまた一羽飛び出して高く舞い上った。二、三度大廻りをして東の方へ下りた。「どこへ下りましたぞのうし。」「アソコに木が二本あるネー。あの西の方に桑があるだろう。あの下あたりのようだ。」要太郎は黙って堤を下りていった。堤には一面すすき野萩茨《のはぎいばら》がしげって衣物にひっかかる。どう勘違いしたのか要太郎はとんでもない方へ進んでいる。声を掛けようかと思ったが鳥を驚かしてはならぬと思うて控えていると果然鴫は立った。要太郎は舌打ちをしたという風であったが此方《こちら》を見て高く笑うた。そして二本並んだ木陰《こかげ》へ足を投出して坐《すわ》って吾《われ》を招いた。「ドーダネ。マー一服やって縁起を直しては。巻煙草をやろか。」「ヤーありがとございます――。昨日は私の小さい網で六羽取りましたがのうし。」今に手並を見せるという風で。

野菊が独り乱れている。「精ドーダ面白いか。」「あつい」と云いつつ藁《わら》帽をぬいで筒袖《つつそで》で額を撫《な》でた。「サーそろそろ行きましょう。モット下へ行ってみましょ。」小津神社の裏から藪《やぶ》ふちを通って下へ下へと行く。ところどころ籾殻《もみがら》を箕《み》であおっている。鶏は喜んであっちこっちこぼれた米をひろっている。子供が小流で何か釣っている。「鮒《ふな》か。」「ウン。」精の友達らしい。いつの間にか要太郎が見えなくなったと思うていると遥《はる》か向うの稲村の影から招いている。汗をふきふきついていった。道の上で稲を扱いている。「御免なさいよ。」「アイ御邪魔でございます。」実際邪魔であるので。要太郎を見ると向うの刈田の中をいかにも奇妙な腰付で網の中ほどを握って走っている。すると精が「いるいる――要太郎があんなに走り出したらきっと鴫がいる」と云う。なるほど要太郎は一心に田の中の一点を凝視《みつ》めてその点のまわりを小股《こまた》に走りながらまわっている。網の竿《さお》をのばしたと思うと急に足を早めて網を投げた。黒いものが立つと思うと網にかかった。バタバタしている。要太郎も走る。精も走る。綺麗な鴫だ。

ドレドレと精は急いで受取って足を握って羽をバタバタさす。「綺麗な鳥よ、綺麗ジャノー。」「遁《にが》しちゃ厭《いや》でございますよ。」「ニガスモンカ。」早く殺さないと肉が落ちると云うので要太郎が鳥の脇腹をつまむと首がぐたりとなった。脆《もろ》いもので。これが手始めでそれからは取るは取るは、少しの間に五羽、ほかに小胸黒《こむなぐろ》を一羽取った。近ごろこのぐらい面白かった事はない。「今晩鴫の御化が来るぜ。」「来たら脇腹をつまんでやらあ。」

（明治三十四年九月）

球根

九月中旬の事であった。ある日の昼ごろ堅吉の宅へ一封の小包郵便が届いた。大形の茶袋ぐらいの大きさと恰好《かっこう》をした紙包の上に、ボール紙の切れが縛り付けて、それに宛名が書いてあったが、差出人は誰れだか分らなかった。拙《つた》ない手跡に見覚えもなかった。紙包を破ってみると、まだ新しい黄木綿《きもめん》の袋が出てきた。中には団栗《どんぐり》か椎《しい》の実でも入っているような触感があった。袋の口をあけて覗《のぞ》いてみると実際それくらいの大きさの何かの球根らしいものがいっぱいはいっている。一握り取り出して包紙の上に並べて点検しながらも、これはなんだろうと考えていた。

里芋の子のような肌合をしていたが、形はそれよりはもっと細長く尖《とが》っている。そして細かい棕櫚《しゅろ》の毛で編んだ帽子とでもいったようなものを冠《かぶ》っている。指でつまむとその帽子がそのままですぽりと脱け落ちた。芋の横腹から突出した子芋をつけているのもたくさんあった。

子供らが見つけてやって来ていじり廻した。一つ一つ「帽子」を脱ぎ取って縁側へ並べたり子芋の突起を鼻に見立てて真書き筆でキューピーの顔を描き上げるものもあった。

何か西洋草花の球根だろうと思ったが、なんだかまるで見当がつかなかった。彼はわざわざそれを持って台所で何かしている細君に見せにいったが、そういう物にはさっぱり興味のない細君はろくによく視る事もしないで、「存じません」と云ったきり相手になってくれなかった。老母も奥の隠居部屋から出て来て、眼鏡で丹念に検査してはいたが、結局誰れにもなんだか分らなかった。

「ひょっとしたら私の病気にでも利くというので誰れかが送ってくれたのじゃないかしら、煎《せん》じてでも飲めというのじゃないかしら」こんな事も考えてみたりした。永い頑固な病気を持てあましている堅吉は、自分の身辺に起るあらゆる出来事を知らず知らず自分の病気と関係させて考えるような習慣が生じていた。天性からも、また隠遁《いんとん》的《てき》な学者としての生活からも、元来イーゴイストである彼の小自我は、その上に蔽《おお》っている蒼《あお》白い病のヴェールを通して世界を見ていた。

もっとも彼がこう思ったのはもう一つの理由があった。大学の二年から三年に移った夏休みに、呼吸器の病気を発見したために、まる一年休学して郷里の海岸に遊んでいたころ、その病気によく利くと云ってある親戚《しんせき》から笹百合《ささゆり》というものの球根を送ってくれた事があった。それを炮烙《ほうろく》で炒《い》ってお八つの代りに食ったりした。それは百合のような鱗《りん》片《ぺん》から成った球根ではあったが、大さや恰好は今度のと似たものであった。

彼はその時分の事をいろいろ思い出していた。焦げた百合の香ばしい匂や味も想い出したが、それよりもそれを炒ってくれた宿の人々の顔やまたそれに附き纏《まと》うた淡いロマンスなどもかなりにはっきりと想い出された。その時分の彼はたとえ少々の病気ぐらいに罹《かか》っても、前途の明るい希望を胸いっぱいに懐《いだ》いていただけに悲観もしなければ別にあせりもしなかった。そして一年間の田舎《いなか》の生活をむしろ貪欲《どんよく》に享楽していた。それが今、中年を過ぎた生涯の午後に、いつ治るか分らない頑固な胃病に苦しんでいる彼の心持は、だいぶちがったものであった……のみならず今度の病気は彼の外出を禁じてしまったので前の病気の時のように、自由に戸外の空気に触れて心を紛らす事ができない。使えば使われそうに思われる身体を、なるべく動かさないようにしていなければならないのが苦痛であった。それでも傍で見るほど退屈はしていなかった。彼の読書慾は病気になって以来一層増進して、ほとんど毎日朝起きるとから夜寝るまで何かしら読んでいた。そんなに本ばかり読んでいては病気に障りはしないかと云って、細君や老母が心配して注意する事もあったが、彼自身にはそんな心配はないと云いはっていた。実際彼の頭脳は病気以来しだいに冴《さ》えてきて、終日読書していても少しも疲れないのみならず、自分でも不思議に思うほど鋭く働いていた。何か読んでもそこに書いてある事の裏の裏まで見通されるような気がしていた。読んで行く一行一行に、あらゆる暗示が伏兵のように隠れていて、それが読むにしたがって、飛び出して襲い掛るのであった。それらの暗示のどれでも追求していくとほとんど無限な思索の連鎖をたぐり寄せる事ができた。そしてそれらの考がほとんど天啓ででもあるように強く明かに、無条件に真であって、しかもいずれもが新しい卓見ででもあるように彼には思われた。新聞の三面記事を読んでいる時でさえ時々電光の閃《ひら》めくようにそのような考が浮んだりした。そんな時には手帳の端へ暗号のような言葉でその考えの端緒を書き止めたりしていた。しかしそのような状態はいつまでも持続するわけではなくて、これと反対な倦怠《けんたい》の状態も週期的に循環してきた。そういう時には何を読んでも空虚であった。そこに書いてある表面の意味を捉《とら》える事すら困難であった。そうした時に手帳をあけて自分の書いてある暗号のようなものを見ると、ほとんどなんの意味をも成さない囈語《たわごと》でなければ、極めて月並な厭味《いやみ》な感想に過ぎなかった。どうしてこんなつまらない考があれほどに自分を興奮させたか不思議に思われるのであった。それでひょっとすると自分は一種の誇大妄想狂に襲われているのではないかと思って不安を感じる事もあった。そういう時の彼はみじめな状態にあった。世界を埋め尽くした泥の底に自分が蠢《うごめ》いているような気がしていた。しかし再び興奮の発作が来ると彼の頭は霊妙な光で満ち渡ると同時に、眼界を蔽っていた灰色の霧が一度に晴れ渡って、万象が透き通って見えるのである。

このように週期的に交代する二つの世界のいずれが本当であるかを決定したいと思

って迷っていた。――おそらく彼は生涯この分りきったようで、しかも永久に解く事のできない謎を墓の中まで持ち込むかもしれなかった。

彼の生活がしだいしだいに実世間と離れていくのを自分でも感じていた。彼と世間を距《へだ》てている透明な隔壁がしだいに厚くなるのを感じていた。そしてその壁の中に籠って、ただ独り落着いて書物の中の世界を見歩き、空想の殿堂を建てては毀《こわ》し、毀してはまた建てている時に一番幸福を感じるようになってきた。彼は時々そのような生活の価値を疑ってみない事はなかったが、しかしどうにもならないと思っていた。この隔壁は自分で作ったものでもなければ誰れかが持ってきたものでもなかった。そして独りでにできたこの壁を打ち破るという事ができるとしても、その努力は今の健康が許さないと思っていた。そう思ってむしろ安心している傍で、またこうしてはならないという不安の念が絶えず襲いかかってきた。利己的であると同時に気の弱い彼は、少くも人目にはたいした事ではないと思われるらしい病気のために職務を怠っている事に対する人の非難を気にしていた。それで時々彼を見舞に来る友人らがなんの気なしに話す世間話などの中から皮肉な諷刺《ふうし》を拾い上げ読み取ろうとする病的な感性が非常に鋭敏になっていた。例えば彼と同病に罹っていながら盛に活動している先輩の噂などが出ると、それが彼に対する直接の非難のように受取られた。そうした夜は夜更けるまでその話を分析したり綜合《そうごう》したりして、最後に、その先輩と自分との境遇の相違という立場から、二人のめいめいの病気に対する処置をいずれも至当なものとして弁明し得るまで安眠しない事もあった。また例えばある日訪ねてきた二人が自分達の近ごろ罹った病気の話をしているうちに、その一人が感冒で一週間ばかり休んで寝ていたが、じつに「いい気持」であったと云って、二人で顔を見合せて意味ありげに笑った。そのような事でさえ彼の血管へ一滴の毒液を注射するくらいな効果があった。二人が帰って後にぼんやり机の前に坐ったきりで、その事ばかり考えていた。そういう時には彼の口中はすっかり乾き上って、手の指が顫《ふる》えていた。そうして目立って食慾が減退するのであった。彼自身にも、それが病的であるという事を自覚しないではなかったが、その自覚はこのような発作を止めるにはなんの役にも立たなかった。そんな時に適当な書物を読めばいいことも知っていたが、発作の劇《はげ》しい時には書物を開けて読もうと思って努力しても、心はすぐ書物を離れて、もとの暗闇へずり落ちていった。むしろその暗闇へ向って飛び込んでいくと、ある時間の後にはどこからか明りがさしてきて夜の明けるようになるのであった。

同じように人から来る手紙の中の言葉などにもかなりに敏感になっていた。また例えば絵葉書の絵や、見舞の贈り物などからさえも、ほとんど他人には想像もつかないような「意味」を感得する事があった。

そういう状態にある彼は、今この差出人の不明な、何物とも知れぬ球根の小包を受取って無頓着《むとんちやく》でいるわけにはゆかなかったのである。

彼は一度紙屑籠《かご》へ投《ほう》り込んであった包み紙や紐《ひも》や名宛札をもういっぺん検査してみた。紐に貼り付けた赤い紙片の上に貼ってある切手の消印を読もうとして苦しんでいたが、消印はただ輪郭の円形がぼんやり見えるだけであった。「じつに無責任だなあ」郵便局に対する不平を口の内でつぶやきながら、空虚な円の中から何かを見出《みいだ》そうとして、ためつすがめつ眺めていた。

失望の後に来る虚心の状態に帰って考えてみると、差出人のおおよその見当は、もう小包を手にした瞬間からついていたのであった。郷里にいる二人の姉のいずれかよりほかに、こういう物を送ってきそうな先は考えられなかった。去年の秋K市の姉から寒竹の子を送ってくれた事、A村の姉からいつか茶の実をよこした事などが思い出された。そういえば前にも今度と同じような鬱金木綿《うこんもめん》の袋へ何かはいってきた事も思い出したが、あいにくそれがどちらの姉だったか思い出せなかった。

宛名の手跡は二人の姉のとはまるでちがっていた。しかし、二人共にそうだが、ことにK市の姉はよく孫の誰れかに手紙の上封などをかかせる事があるからと思って、戸棚の中から古手紙の束を出してきて、いくつかの姉の手紙を拾い出して較べてみた。

K市の姉からの宛名の手跡のあるものは小包のと似ているように思われた。例えば「東」の字や、ことに「様」のつくりの恰好がよく似ていた。しかしまたよく見るとような「町」の字などはかなり著しくちがっていて、全く同人の手であるとは断定しにくいようなところがあった。一方でA村の姉のはほとんど自筆で、たまに代筆があっても手跡は全くちがっていてこの方はほとんど問題にならなかった。

「まだ研究していらっしゃるの。……あなたもずいぶん変な方ねぇ。いまに手紙か端書が来れば分るじゃありませんか。」

台所から出てきた細君は彼が一心に手跡を見比べているのを見て、じれったがって、こう云った。

「手紙の方が小包よりさきに来そうなものだが。」

「だって、そりゃあ、……あとから来る事だってあるじゃありませんか。」

「……この『様』の字をちょっと較べてみてくれ。どうも同じ手だと思うんだが……。」

「ええ、そうですよ。……きっとそうですよ。」

面倒臭くなった細君は無責任な同意を表しはしたが、それでも堅吉はいくらか安心したらしく、散らかした手紙をそろそろ片付けていた。

K市の姉からだとすると、一つ思当る事があった。彼女が去年まで家を貸してあった中学教師のスイス人が毎年いろんな草花を作っていた。半分は楽しみであったろうが半分は内職にしているらしいという事であった。なんでも草花の種子や球根を採ってはY港のある商館へ売り込みに行くらしかった。その西洋人が去年上海（シャンハイ）へ転じていく時に、姉の貸家の畑へ置土産にいろいろなものを残していっただろうという事は、きわめてありそうな事である。それが今年たくさん蕃殖《はんしょく》したのでこちらへも分けてよこしたものだろう。

そう考えると堅吉の頭の中が急に明るくなるような気がした。同時にこの球根がなんだという事もはっきり分ったような気がした。「そうだ、フリージアだ。フリージアに相違ない。」

彼の意識の水平線のすぐ下に浮いたり沈んだりしていたこの花の名が急にはっきり浮き上ってきた。それと同時に彼は始めに小包を披《ひら》いてこの球根を見た瞬間から、すでにもう「フリージア」という名がすぐ手近な処に隠れていたように思われ出した。意識の深い奥の方からこれが出よう出ようとするのを、不思議な、ほとんど無自覚な意志の力で無理に押さえていたのだというような気がした。

なぜ「フリージア」という名が突然に現われたか。それには積極的と消極的と二つの理由があった。第一前に云ったスイス人がいろいろの花のうちでもなかんずくたくさんにこの花を作っているという事を姉から聞いていた。その時に姉がこの名を妙な発音で云った事も彼に特殊な印象を強めたのであった。それでこの名がこの西洋人と球根という組合せに密接な連合をしていたのであった。もう一つの消極的な理由はこうである。

堅吉は二、三年前に今の家に引越してから裏庭へ小さな花壇のようなものを作って四季の草花などを植えていた。去年の秋は神田の花屋で、チューリップと、ヒアシンスと、クロッカスとの球根を買ってきて、自分で植えもし、掘上げもしたので、この三つのものはよく知っていた。そのほかにまだグラジオラスの根やアネモネの根もずっと前に見た記憶があった。これに反して、偶然な廻《めぐ》り合せでフリージアの根だけはまだ見た事がなかったのであった。これまで花屋で鉢植の草花などを買う時に、この花は始終に眼をつけていたにかかわらず、いざ買うとなると、どういうものか、自分には分らない不思議な動機でいつも他の花を買うのであった。品のいい、匂いのいい花だと思って欲しがっているくせに、いつでも傍の派手な花に引きつけられていた。それで彼はこれまで一度もこの花を自分の家の中にもった事もなく、それがどんな根をもっているかも知らなかった。ただそれが球根であるという事だけを単なる知識として知っていただけである。

今そう思って見ると、この球根はそれ自身でいかにも、花として彼の知っているフリージアに適切なものらしく思われてきた。彼は球根の匂を嗅《か》いでみたりした。一種の香はあったがそれは花の匂を思い出させるものではなかった。

フリージアだとすると、どこへ植えたものだろうと思って考えていた。彼の過敏になった想像はもうそれが立派に生育して花をつけた様を描いていた。某画伯のこの花を写生した気持のいい絵の事をも思い出したりしていた。

再び通りかかった細君に「オイ分ったよ、フリージアだよ、これは……」と云って説明しようとした。それからまた老母の処へ行って植付け場所を相談したりした。

翌日になると果して端書が来た。球根はフリージアに相違なかったが、差出人は堅吉の思いもかけない人であった。それはK市ではなくてA村の姉の三男が分家している先からであった。平生は年賀状以外にほとんど音信もしないくらいにお互に疎遠でいた甥《おい》の事は、堅吉の頭にどうしても浮ばなかったのであった。

しかしこう事実が分ってみると、堅吉の頭は休まる代りにかえってまた忙しくならなければならなかった。

第一には手跡の問題であった。小包の宛名の字は甥らしかった。それがどうしてK市の姉の手紙の宛名に似ているかが不思議であった。もしK市の姉の孫――この姉の息子は亡くなっていた――が手紙の宛名を書いたのだとすると、それがどうしてこれほどまでよく、その子供の父の従弟《いとこ》のに似ているかが不思議であった。しかしA村の甥がK市の姉すなわち彼の伯母《おば》のために状袋の宛名を書いてやったという事もずいぶん可能で蓋然《がいぜん》であるように思われた。しかし両《ふた》つの手跡は似ていると云いながら全く同じであるとは考えにくい点もないではなかった。

もう一つの分らない事は、平生別に園芸などをやっているらしくもない――堅吉にはそう思われた――甥がどうしてフリージアの根などをよこしたかが不思議に思われた。どうも、このフリージアの種は、やはりK市の姉の方から縁を引いたものではないかと思われて仕方がなかった。夫婦暮しで比較的閑散な田園生活を送っている甥が、西洋草花を栽培しているのは自然な事だと思うだけではなんだか物足りないように思われるのであった。

堅吉はすぐ甥にあてて端書を書いて、受取と礼の言葉を述べた末に、手跡の不思議と球根の系図に関する想像を書いてやった。

なんとか返事があるかと思って待っていたが十日経ってもついに来なかった。考えてみると彼は別に返事を要求するような風の書方をしたわけではなかった。少くも甥の方ではそうは取らなかったに相違ない。

もう一度わざわざそんなことを聞いてやるのも、おかしいと思ってそれきりにしてしまった。

花壇の縁に植えた球根はじきに芽を出して勢よく延びていった。堅吉はこの草の種を絶やさないでおけば、いつかは彼の「不思議」を明かにする機会が来るだろうと思っている。しかしそれは――誰れが知ろう。

自分の内部の世界の隅から隅までを照らし尽すような気がしても、外の世界とちょっとでも接触する処には、もう無際限な永遠の闇が始まる、という事が朧《おぼろ》げながらも彼の頭に芽を出しかけていた。

（大正十年一月『改造』）

秋の歌

チャイコフスキーの「秋の歌」という小曲がある。私はジンバリストの演奏したこの曲のレコードを持っている。そして、折にふれて、これを取り出して、独り静にこの曲の呼び出す幻想の世界にわけ入る。

北欧の、果てもなき平野の奥に、白樺《しらかば》の森がある。歎《なげ》くように垂れた木々の梢《こずえ》は、もう黄金色に色づいている。傾く夕日の空から、淋《さび》しい風が吹き渡ると、落葉が、美しい美しい涙のようにふり注ぐ。

私は、森の中を縫う、荒れ果てた小径《こみち》を、あてもなく彷徨《さまよ》い歩く。私と並んで、マリアナ・ミハイロウナが歩いている。

二人は黙って歩いている。しかし、二人の胸の中に行き交う想は、ヴァイオリンの音になって、高く低く聞こえている。その音は、あらゆる人の世の言葉にも増して、やるせない悲みを現わしたものである。私がGの絃《げん》で話せば、マリアナはEの絃で答える。絃の音が、断えては続き続いては消える時に、二人は立止まる。そして、じっと眼を見交わす。二人の眼には、露の玉が光っている。

二人はまた歩き出す。絃の音は、前よりも高くふるえて、やがて咽《むせ》ぶように落ち入る。

ヴァイオリンの音の、起伏するのを受けて、山彦の答えるように、かすかな、セロのような音が響いてくる。それが消えていくのを、追い縋《すが》りでもするように、またヴァイオリンの高音が響いてくる。

このかすかな伴奏の音が、別れた後の、未来に残る二人の想いの反響である。これが限りなくはかなく、淋しい。

「あかあかとつれない秋の日」が、野の果に沈んでいく。二人は、森のはずれに立って、云い合せたように、遠い寺の塔に輝く最後の閃光《せんこう》を見つめる。

一度乾いていた涙が、また止め度もなく流れる。しかし、それはもう悲みの涙ではなくて、永久に魂に喰い入る、淋しい淋しいあきらめの涙である。

夜が迫ってくる。マリアナの姿はもう見えない。私は、ただ一人淋しく、森のはずれの切株に腰をかけて、かすかな空の微光の中に消えていく絃の音の名残を追うている。

気がつくと、曲は終っている。そして、膝にのせた手のさきから、燃え尽した巻煙草の灰がほとりと落ちて、緑のカーペットに砕ける。

（大正十一年九月『渋柿』）

颱風雑俎

昭和九年九月十三日ごろ南洋パラオの南東海上に颱風《たいふう》の卵子《たまご》らしいものが現われた。それが大体北西の針路を取ってざっと一昼夜に百里程度の速度で進んでいた。十九日の晩ちょうど台湾の東方に達したころから針路を東北に転じて二十日の朝ごろからは琉球《りゅうきゅう》列島にほぼ平行して進み出した。それと同時に進行速度がだんだんに大きくなり中心の深度が増してきた。二十一日の早朝に中心が室戸岬《むろとざき》附近に上陸するころには颱風として可能な発達の極度に近いと思わるる深度に達して室戸岬測候所の観測簿に六八四・〇ミリという今まで知られた最低の海面気圧の記録を残した。それからこの颱風の中心は土佐の東端沿岸の山づたいに徳島の方へ越えた後に大阪湾をその楕円《だえん》の長軸に沿うて縦断して大阪附近に上陸し、そこに用意されていた数々の脆弱《ぜいじゃく》な人工物を薙倒《なぎたお》した上でさらに京都の附近を見舞って暴れ廻りながら琵琶湖《びわこ》上に出た。そのころからそろそろ中心が分裂しはじめ正午ごろには新潟附近で三つくらいの中心に分れてしまってしだいに勢力が衰えていったのであった。

この颱風は日本で気象観測始まって以来、器械で数量的に観測されたものの中では最も顕著なものであったのみならず、それがたまたま日本の文化的施設の集中地域を通過して、いわば颱風としての最も能率のよい破壊作業を遂行した。それからもう一つには、この年に相踵《あいつ》いで起ったいろいろの災害レビューの終幕における花形として出現したために、その「災害価値」が一層高められたようである。そのおかげで、それまではこの世における颱風の存在などは忘れていたらしく見える政治界経済界の有力な方々が急に颱風ならびにそれに聯関《れんかん》した現象による災害の防止法を科学的に研究しなければならないということを主唱するようになり、結局実際にそういう研究機関が設立されることになったという噂である。誠に喜ぶべきことである。

このような颱風が昭和九年に至って突然に日本に出現したかというとそうではないようである。昔は気象観測というものがなかったから遺憾ながら数量的の比較はできないが、しかし古来の記録に残った暴風で今度のに疋敵《ひってき》するものを求めれば、おそらくいくつでも見つかりそうな気がするのである。古い一例を挙げれば清和《せいわ》天皇の御代貞観《じょうがん》十六年八月二十四日に京師《けいし》を襲った大風雨では「樹木有名皆吹倒、内外官舎、人民居廬《きょろ》、罕有全者、京邑《けいゆう》衆水、暴長七八尺、水流迅激、直衝城下、大小橋梁、無有孑遺、云々」とあって水害もひどかったが風も相当強かったらしい。この災害のあとで「班幣畿内諸神、祈止風雨」あるいは「向柏原山陵、申謝風水之灾」といったようなその時代としては適当な防止策が行われ、また最もはなはだしく風水害を被《こうむ》った三千百五十九家のために「開倉廩賑給之」という応急善後策も施されている。比較的新しい方の例で自分の体験の記憶に残っているのは明治三十二年八月二十八日高知市を襲ったもので、学校、病院、劇場が多数倒壊し、市の東端吸江《ぎゅうこう》に架した長橋青柳橋《あおやぎばし》が風の力で横倒しになり、旧城天守閣の頂上の片方の鯱《しゃちほこ》が吹き飛んでしまった。この新旧二つの例はいずれも颱風として今度のいわゆる室戸颱風に比べてそれほどひどくひけをとるものとは思われないようである。明治から貞観まで約千年の間にこの程度の颱風がおよそ何回くらい日本の中央部近くを襲ったかと思って考えてみると、仮りに五十年に一回として二十回、二十年に一回として五十回となる勘定である。

風の強さの程度は不明であるが海嘯《かいしょう》を伴った暴風として記録に残っているものでは、貞観よりも古い天武《てんむ》天皇時代から宝暦《ほうれき》四年までに十余例が挙げられている。

千年の間に二十回とか三十回といえばやはり稀有《けう》という形容詞を使っても不穏当とは云えないし、目前にのみ気を使っている政治家や実業家達が忘れていても不思議はないかもしれない。

こうした極端な程度から少し下った中等程度の颱風となると、その頻度は目立って増してくる。やっと颱風と名のつく程度のものまでも入れれば中部日本を通るものだけでも年に一つや二つくらいはいつでも数えられるであろう。遺憾ながらまだ颱風の深度対頻度の統計が十分にできていないようであるが、そうした統計はやはり災害対策の基礎資料としてぜひとも必要なものであろうと思われる。

颱風災害防止研究機関の設立は喜ぶべき事であるが、もしも設立者の要求に科学的な理解が伴っていないとすると研究を引受ける方の学者達は後日大変な迷惑をすることになりはしないかという取越苦労を感じないわけにはいかないようである。設立者としての政治家、出資者としての財団や実業家達が、二、三年か四、五年も研究すれば颱風の予知が完全に的確にできるようになるものと思込んでいるようなことがないとは云われないような気がするからである。

颱風に関する気象学者の研究はある意味では今日でもかなり進歩している。なかんずく本邦学者の多年の熱心な研究のおかげで颱風の構造に関する知識、例えば颱風圏内における気圧、気温、風速、降雨等の空間的・時間的分布等についてはなかなか詳しく調べ上げられているのであるが、肝心の颱風の成因についてはまだ何らの定説がないくらいであるから、出来上った颱風が二十四時間後に強くなるか弱くなるか、進路をどの方向にどれだけ転ずるかというような一番大事な事項を決定する決定因子がどれだけあってそれが何と何であるかというような問題になるとまだほとんど目鼻も附かないような状況にある。

南洋に発現してから徐々に北西に進み台湾の東からしだいに北東に転向して土佐沖に向って進んで来そうに見えるという点までは今度の颱風とほとんど同じような履歴

書を持ってくるのがいくらもある。しかしそれがふいと見当をちがえて転向してみたり、また不明な原因で勢力が衰えてしまって軽い嵐くらいですんでしまうことがしばしばあるのである。

転向の原因、勢力消長の決定因子が徹底的に分らない限り、一時間後の予報はできても一昼夜後の情勢を的確に予報することは実ははなはだ困難な状況にあるのである。

これらの根本的決定因子を知るにはいったいどこを捜せばよいかというと、それはおそらく颱風の全勢力を供給する大源泉と思われる北太平洋ならびにアジア大陸の大気活動中心における気流大循環系統のかなり明確な知識と、その主要循環系の周囲に随伴する多数の副低気圧が相互に及ぼす勢力交換作用の知識との中に求むべきもののように思われる。それらの知識を確実に把握するためには支那、満洲《まんしゅう》、シベリアはもちろんのこと、北太平洋全面からオホーツク海にわたる海面にかけて広く多数に分布された観測点における海面から高層までの気象観測を系統的・定時的に少くも数十年継続することが望ましいのであるが、これは現時においては到底期待しがたい大事業である。たださし当っての方法としては南洋、支那、満洲における観測ならびに通信機関の充実を計って、それによって得られる材料を基礎として応急的の研究を進めるほかはないであろう。

自分の少しばかり調べてみた結果では、昨年の颱風の場合には、同時に満洲の方から現われた二つの副低気圧と南方から進んで来た主要颱風との相互作用がこの颱風の勢力増大に参与したように見えるのであるが、不幸にして満洲方面の観測点が僅少《きんしょう》であるためにそれらの関係を明《あきらか》にすることができないのは遺憾である。

ともかくもこのような事情であるから颱風の災害防止の基礎となるべき颱風の本性に関する研究はなかなか生やさしいことではないのである。目前の災禍に驚いて急いで研究機関を設置しただけでは遂げられると保証のできない仕事である。ただ冷静で気永く粘り強い学者のために将来役に立つような資料を永続的・系統的に供給することのできるような、しかも政治界や経済界の動乱とは無関係に観測研究を永続させ得るような機関を設置することが大切であろう。

颱風が日本の国土に及ぼす影響は単に物質的なものばかりではないであろう。日本の国の歴史に、また日本国民の国民性にこの特異な自然現象が及ぼした効果は普通に考えられているよりも深刻なものがありはしないかと思われる。

弘安《こうあん》四年に日本に襲来した蒙古《もうこ》の軍船が折からの颱風のために覆没《ふくぼつ》してそのために国難を免れたのはあまりに有名な話である。日本武尊《やまとたけるのみこと》東征の途中の遭難とか、義経《よしつね》の大物浦《だいもつのうら》の物語とかは果して颱風であったかどうか分らないから別として、日本書紀時代における遣唐使がしばしば颱風のために苦しめられたのは事実であるらしい。斉《さい》明《めい》天皇の御代に二艘《そう》の船に分乗して出掛けた一行が暴風に遭って一艘は南海の島に漂着して島人にひどい目に遭わされたとあり、もう一艘もまた大風のために見当ちがいの地点に吹きよせられたりしている。これは立派な颱風であったらしい。また仁明《にんみょう》天皇の御代に僧真済《しんぜい》が唐に渡る航海中に船が難破しやっと筏《いかだ》に駕《が》して漂流二十三日、同乗者三十余人ことごとく餓死し真済と弟子の真然《しんねん》とたった二人だけ助かったという記事がある。これも颱風らしい。こうした実例から見ても分るように遣唐使の往復は全く命がけの仕事であった。

　このように、颱風は大陸と日本との間隔を引きはなし、この帝国をわだつみのかなたの安全地帯に保存するような役目をつとめていたように見える。しかし、逆説的に聞えるかもしれないが、その同じ颱風はまた思いもかけない遠い国土と日本とを結び付ける役目をつとめたかもしれない、というのは、この颱風のおかげで南洋方面や日本海の対岸あたりから意外な珍客が珍奇な文化を齎《もたら》して漂着したことがしばしばあったらしいということが歴史の記録から想像されるからである。ことによると日本の歴史以前の諸先住民族の中にはそうした漂流者の群が存外多かったかもしれないのである。

　故意に、また漂流の結果自由意志に反してこの国土に入込んで住みついた我々の祖先は、年々に見舞ってくる颱風の体験知識を大切な遺産として子々孫々に伝え、子孫はさらにこの遺産を増殖し蓄積した。そうしてそれらの世襲知識を整理し帰納し演繹《えんえき》してこの国土に最も適した防災方法を案出しさらにまたそれに改良を加えて最も完全なる耐風建築、耐風村落、耐風市街を建設していたのである。そのように少くも二千年かかって研究しつくされた結果に準拠して作られた造営物は昨年のような稀有の颶風の試煉《しれん》にも堪えることができたようである。

大阪の天王寺《てんのうじ》の五重塔が倒れたのであるがあれは文化文政《ぶんかぶんせい》ごろの廃頽期《はいたいき》に造られたもので正当な建築法によらない、肝心な箇所にごまかしのあるものであったと云われている。

十月初めに信州へ旅行して颶風の余波を受けた各地の損害程度を汽車の窓から眺めて通ったとき、いろいろ気のついたことがある、それがいずれも祖先から伝わった耐風策の有効さを物語るものであった。

畑中にある民家でぼろぼろに腐朽しているらしく見えていながら存外無事なのがある。そういう家は大抵周囲に植木が植込んであって、それが有力な障壁の役をしたものらしい。これに反して新道沿いに新しくできた当世風の二階家などで大損害を受けているらしいのがいくつも見られた。松本附近である神社の周囲を取りかこんでいるはずの樹木の南側だけが欠けている。そうして多分そのためであろう、神殿の屋根がだいぶ風にいたんでいるように見受けられた。南側の樹木が今度の風で倒れたのではなくて以前に何かの理由で取払われたものらしく見受けられた。

諏訪湖畔《すわこはん》でも山麓《さんろく》に並んだ昔からの村落らしい部分は全く無難のように見えるのに、水辺に近い近代的造営物にはずいぶんひどく損じているのがあった。

可笑《おか》しいことには、古来の屋根の一型式に従ってこけら葺《ぶき》の上に石ころを並べたのは案外平気でいるそのすぐ隣に、当世風のトタン葺や、油布張《ゆふばり》の屋根がべろべろに剝《は》がれて醜骸《しゅうがい》を曝《さら》しているのであった。

甲州路《こうしゅうじ》へかけても到る処の古い村落はほとんど無難であるのに、停車場のできたために発達した新集落には相当な被害が見られた。古い村落は永い間の自然淘汰《とうた》によって、颱風の害の最小なような地の利のある地域に定着しているのに、新集落は、そうした非常時に対する考慮を抜きにして発達したものだとすれば、これはむしろ当然すぎるほど当然なことであると云わなければならない。

昔は「地を相する」という術があったが明治大正の間にこの術が見失われてしまったようである。颱風もなければ烈震もない西欧の文明を継承することによって、同時に颱風も地震も消失するかのような錯覚に捕われたのではないかと思われるくらいに綺麗に颱風と地震に対する「相地術」を忘れてしまったのである。

ドイツの町を歩いていたとき、空洞煉瓦一枚張の壁で囲まれた大きな家が建てられているのを見て、こんな家が日本にあったらどうだろうと云って友人らと話したことがあった。ナウエンの無線電信塔の鉄骨構造の下端が硝子《ガラス》のボール・ソケット・ジョイントになっているのを見たときにも胆《きも》を冷やしたことであった。しかし日本では濃《のう》尾《び》震災の刺《し》戟《げき》によって設立された震災予防調査会における諸学者の熱心な研究によって、日本に相当した耐震建築法が設定され、それが関東震災の体験によってさらに一層の進歩を遂げた。その結果として得られた規準に従って作られた家は耐震的であると同時にまた耐風的であるということは、今度の大阪における木造小学校建築物被害の調査からも実証された。すなわち、昭和四年三月以後に建てられた小学校は皆この規準に従って建てられたものであるが、それらのうちで倒潰《とうかい》はおろか傾斜したものさえ一校もなかった。これに反して、この規準によらなかった大正十年ないし昭和二年の建築にかかるものは約十プロセントの倒潰率を示しており、もっと古い大正九年以前のものは二十四プロセントの倒潰率を示している。もっともこの最後のものは古くなったためもいくらかあるのである。鉄筋構造のものはもちろん無事であった。

このように建築法は進んでも、それでもまだ地を相することの必要は決して消滅しないであろう。去年の秋の所見によると塩尻《しおじり》から辰《たつ》野《の》へ越える渓谷の両側のところどころに樹木が算を乱して倒れあるいは折れ摧《くだ》けていた。これは伊《い》那《な》盆地から松本平へ吹き抜ける風の流線がこの谷に集約されしたがって異常な高速度を生じたためと思われた。こんな谷の斜面の突端にでも建てたのでは規準様式の建築でも全く無難であるかどうか疑わしいと思われた。

地震による山崩れはもちろん、颱風の豪雨で誘発される山津浪についても慎重に地を相する必要がある。海嘯についてはなおさらである。大阪では安政《あんせい》の地震津浪で洗われた区域に構わず新市街を建てて、昭和九年の暴風による海嘯の洗礼を受けた。東京では先ごろ深川の埋立区域に府庁を建設するという案を立てたようであるが、あの地帯は著しい颱風の際には海嘯に襲われやすい処で、その上に年々に著しい土地の沈降を示している区域である。それにかかわらずそういう計画をたてるというのは現代の為政の要路にある人達が地を相することを完全に忘れている証拠である。

地を相するというのは畢竟《ひっきょう》自然の威力を畏《おそ》れ、その命令に逆わないようにするための用意である。安倍能成《あべよししげ》君が西洋人と日本人とで自然に対する態度に根本的の差違があるという事を論じていた中に、西洋人は自然を人間の自由にしようとするが日本人は自然に帰し自然に従おうとするという意味のことを話していたと記憶するが、このような区別を生じた原因の中には颱風や地震のようなものの存否がかなり重大な因子をなしているかもしれないのである。

颱風の災害を軽減するにはこれに関する国民一般の知識の程度を高めることが必要であると思われるが、現在のところではこの知識の平均水準は極めて低いようである。例えば低気圧という言葉の意味すらよく呑込《のみこ》めていない人が立派な教養を受けたはずのいわゆる知識階級にも存外に多いのに驚かされることがある。颱風中心の進行速度と、風の速度とを間違えて平気でいる人もなかなか多いようである。これは人々の心がけによることであるが、しかし大体において学校の普通教育ないし中等教育の方法に重大な欠陥があるためであろうと想像される。これに限ったことではないがいわゆる理科教育が妙な型にはいって分りやすいことをわざわざ分りにくく、面白いことをわざわざ鹿爪《しかつめ》らしく教えているのではないかという気がする。子供に固有な鋭い直観の力を利用しないで頭の悪い大人に適合するような教案ばかりを練り過ぎるのではないかと思われる節もある。これについては教育者の深い反省を促したいと思っている次第である。

ついでながら、昨年の室戸颱風が上陸する前に室戸岬沖の空に不思議な光りものが見えたということが報ぜられている。いろいろ聞合せてみてもその現象の記載がどうも要領を得ないのであるが、ともかくも電光などのような瞬間的の光ではなくてかなり長く持続する光が空中の広い区域に現われたことだけは事実であるらしい。こういう現象は普通の気象学の書物などには書いてないことで、果して颱風と直接関係があるかないかも不明であるが、しかし土佐の漁夫の間には昔からそういう現象が知られていて「とうじ」という名前までついているそうである。これが現われると大変なことになると伝えられているそうである。昨年の颱風の上陸したのは早朝であったのでその前にも空はいくらかもう明るかったであろうから、ことによるといわゆる颱風眼の上層に雲のない区域ができて、そこから空の曙光《しょこう》が洩《も》れて下層の雨の柱でも照したのではないかという想像もされなくはないが、何分にも確実な観察の資料がないから何らのもっともらしい推定さえ下すこともできない。

これに聯関して、やはり土佐で古老から聞いたことであるが、暴風の風力が最も劇烈な場合には空中を光り物が飛行する、それを「ひだつ（火竜？）」と名づけるという話であった。これも何かの錯覚であるかどうか信用のできる資料がないから不明である。しかし自分の経験によると、暴風の夜にかすかな空明りに照らされた木立を見ていると烈風のかたまりが吹きつける瞬間に樹の葉がことごとく裏返って白っぽく見えるので、その辺がいったいに明るくなるような気のすることがある。そんな現象があるいは光り物と誤認されることがないとも限らない。もっとも『土佐古今の地震』という書物に、著者寺石正路《てらいしまさみち》氏が明治三十二年の颱風の際に見た光り物の記載には「火事場の火粉《ひのこ》の如きもの無数空気中を飛行するを見受けたりき」とあるからこれはまた別の現象かもしれない。

非常な暴風のために空気中に物理的な発光現象が起るということは全然あり得ないと断定することも今のところ困難である。そういう可能性も全く考えられなくはないからである。しかし何よりもまず事実の方から確かめてかかる事が肝心であるから、万一読者の中でそういう現象を目撃した方があったらその観察についての示教を願いたいと思う次第である。

事実を確かめないで学者が机上の議論を戦わして大笑になる例はディッケンスの『ピクウィック・ペーパー』にもあったと思うが、現実の科学者の世界にもしばしばある。例えばこんな笑話があった。ある学会で懸賞問題を出して答案を募ったが、その問題は「コップに水を一杯入れておいてさらに徐々に砂糖を入れても水が溢《あふ》れないのは何故か」というのであった。応募答案の中にはじつに深遠を極めた学説のさまざまが展開されていた。しかし当選した正解者の答案は極めて簡単明瞭《めいりょう》で「水はこぼれますよ」というのであった。

颱風のような複雑な現象の研究にはなおさら事実の観測が基礎にならなければならない。それには颱風の事実を捕える観測網をできるだけ広く密に張り渡すのが第一着の仕事である。

（昭和十年二月『思想』）

凩

またひとしきり強いのが西の方から鳴ってきて、黒く枯れた紅葉を机の前のガラス障子になぐり付けて裏の藪《やぶ》を押倒すようにして過ぎ去った。草も木も軒も障子も心から寒そうな身慄《みぶるい》をした。ちょうど哀れをしらぬ征服者が蹄《ひづめ》のあとに残していく戦者の最後の息であるかのような悲しい音を立てている。これを嘲《あざけ》る悪魔の声も聞えるような気がする。どこの深山から出てどこの幽谷に消え去るとも知れぬこの破壊の神は、あたかもその主宰者たる「時」の仕事をもどかしがっているかのように、あらゆるものを乾枯させ粉砕せんとあせっている。

火鉢には一塊の炭が燃え尽して、柔い白い灰は上の藁灰《わらばい》の圧力にたえかねて音もせずに落ち込んでしまった。この時再び家を動かして過ぎ去る風の行《ゆく》えをガラス越しに見送った時、どことも知れず吹入った冷い空気が膝頭《ひざがしら》から胸に浸《し》み通るを覚えた。この時我は裏道を西向いてヨボヨボと行く一人の老翁を認めた。乞食《こじき》であろう。その人の多様な過去の生活を現わすかのような継ぎはぎの襤褸《ぼろ》は枯木のような臂《ひじ》を包みかねている。我が家の裏まで来て立止った。そして杖《つえ》にすがったまま辛うじてかがんだ猫背を延して前面に何物をか求むるように顔を上げた。窪《くぼ》んだ眼にまさに没せんとする日が落ちて、頬冠《ほおかぶ》りした手拭《てぬぐい》の破れから出た一束の白髪が凩《こがらし》に逆立《さかだ》って見える。再びヨボヨボと歩き出すと、ひとしきりの風が驀地《まっしぐら》に道の砂を捲《ま》いて老翁を包んだ時余《よ》は深き深き空想を呼起した。しかしてこの哀れなる垂死の人の生涯を夢みた時、あたかもこの人の今の境遇が余の未来を現わしていて、余自身がこの翁の前身であるような感じがした。

　彼は必ず希望を抱いて生れ、希望の力によって生きてきたであろう。否《いな》今もなおこの凩に吹き散る雲の影のようななんらかの希望の影を追うているのではあるまいか。そしてこのはかない影を捕えんとしては幾度か墓の閾《しきい》に躓《つまず》いているのではあるまいか。およそ何がはかないと云っても、浮世の人の胸の奥底に潜んだまま長い長い年月を重ねてついにその人の冷たい亡骸《なきがら》と共に葬られてしまって、かつて光にふれずに消えてしまう希望ほどはかないものがあろうか。

　浮世の人はいかなる眼で彼を見るであろうか。各自の望みを追うに暇のない世人は、たまに彼の萎《しな》びた掌《てのひら》に一片の銅貨を落す人はあっても、おそらくはそれはただ自分の心の中の慈善箱に投げ入れるに過ぎぬであろう。そして今特別の同情をもって見ている余にさえも、このどこの何人とも知れぬ人の記憶が長く止《とど》まっていようとも思われぬ。

彼はたぶん恋した事もあろう。そして過ぎ去った青春の夢は今幾何《いくばく》の温まりを霜夜《しもよ》の石の床にかすであろうか。

彼はたぶん志を立てた事もあろう。そして今幾何《いくばく》の効果を墓の下に齎《もたら》そうとしているのであろう。

このような取り止めのない妄想に耽《ふけ》っている間に、老人の淋《さび》しい影はどこともなく消え去った。突然向うの曲り角から愉快な子供の笑声が起って周囲の粛殺《しゅくさつ》を破った。あたかも老翁の過去の歓喜の声が、ここに一時反響しているかのごとく。

（明治三十四年十二月）

団栗

もう何年前になるか思い出せぬが日は覚えている。暮もおし詰まった二十六日の晩、妻は下女を連れて下谷《したや》摩利支天《まりしてん》の縁日へ出掛けた。十時過ぎに帰ってきて、袂《たもと》からおみやげの金鍔《きんつば》と焼き栗を出して余のノートを読んでいる机の隅へそっとのせて、便所へはいったがやがて出てきて蒼《あお》い顔をして机の側へ坐《すわ》ると同時に急に咳《せき》をして血を吐いた。驚いたのは当人ばかりではない、その時余の顔に全く血の気が無くなったのを見て、一層気を落したとこれはあとで話した。

翌《あく》る日下女が薬取りから帰ると急に暇をくれと云い出した。この辺は物騒で、お使いに出るときっといやな悪戯《いたずら》をされますので、どうも恐ろしくて不気味で勤まりませぬと妙な事を云う。しかし見るとおりの病人をかかえて今急におまえに帰られては途方にくれる。せめて代りの人のあるまで辛抱してくれと、よしやまだ一介の書生にしろ、とにかく一家の主人が泣かぬばかりに頼んだので、その日はどうやら思い止ったらしかったが、翌日は国許《くにもと》の親が大病とかいうわけでとうとう帰ってしまう。掛取に来た車屋の婆さんに頼んで、なんでもよいからと桂庵《けいあん》から連れてきてもらったのが美代という女であった。仕合せとこれが気立のやさしい正直もので、もっとも少しぼんやりしていて、狸は人に化けるものだというような事を信じていたが、とにかく忠実に病人の看護もし、叱られても腹も立てず、そして時にしくじりもやった。手水鉢《ちょうずばち》を座敷の真中で取落して洪水を起したり、火燵《こたつ》のお下りを入れて寝て蒲団《ふとん》から畳まで径一尺ほどの焼穴をこしらえた事もあった。それにもかかわらず余は今に到るまでこの美代に対する感謝の念は薄らがぬ。

病人の容体は善いとも悪いともつかぬうちに歳は容捨なく暮れてしまう。新年を迎える用意もしなければならぬが、何を買ってどうするものやら分らぬ。それでも美代が病人の指図を聞いてそれに自分の意見を交ぜて一日忙しそうに働いていた。大晦日《おおみそか》の夜の十二時過、障子のあんまりひどく破れているのに気がついて、外套《がいとう》の頭巾《ずきん》をひっかぶり、皿一枚をさげて森川町《もりかわ》へ五厘の糊《のり》を買いに行ったりした。美代はこの夜三時過まで結び蒟蒻《こんにゃく》をこしらえていた。

世間はめでたいお正月になって、暖い天気が続く。病人も少しずつよくなる。風の無い日は縁側の日向《ひなた》へ出てきて、紙の折鶴をいくつとなくこしらえてみたり、秘蔵の人形の着物を縫うてやったり、曇った寒い日は床の中で「黒髪」を弾くくらいになった。そして時々心細い愚痴っぽい事を云っては余と美代を困らせる。妻はそのころもう身重になっていたので、この五月には初産《ういざん》という女の大難をひかえている。おまけに十九の大厄《たいやく》だという。美代が宿入りの夜など、木枯の音にまじる隣室の淋しい寝息を聞きながら机の前に坐って、ランプを見つめたまま、長い息をすることもあった。妻は医者の間に合いの気休めをずっかり信じて、全く一時的な気管の出血であったと思っていたらしい。そうでないと信じたくなかったのであろう。それでもどこにか不安な念が潜んでいると見えて、時々「ほんとうの肺病だって、なおらないと極《きま》った事はないのでしょうね」とこんな事をきいた事もある。またある時は「あなた、かくしているでしょう、きっとそうだ、あなたそうでしょう」とうるさく聞きながら、余の顔色を読もうとする、その祈るような気遣わしげな眼づかいを見るのが苦しいから「馬鹿な、そんな事はないと云ったらない」と邪慳《じゃけん》な返事で打消してやる。それでも一時は満足する事ができたようであった。

病気は少しずつよい。二月の初には風呂《ふろ》にも入る、髪も結うようになった。車屋の婆さんなどは「もうスッカリ御全快だそうで」と、独りできめてしまって、そっと懐から勘定書きを出して「どうも大変に、お早く御全快で」と云う。医者の所へ行って聞くと、善いとも悪いとも云わず、「なにしろちょうど御妊娠中ですからね、この五月がよほどお大事ですよ」と心細い事を云う。

それにもかかわらず少しずつよい。月の十何日、風のない暖い日、医者の許可を得たから植物園へ連れていってやると云うと大変に喜んだ。出掛けるとなって庭へ下りると、髪があんまりひどいからちょっと撫《な》で付けるまで待って頂戴《ちょうだい》と云う。懐手をして縁へ腰掛けて淋しい小庭を見廻《みま》わす。去年の枯菊が引かれたままで、あわれに朽ちている、それに千代紙の切れか何かが引掛って風のないのに、寒そうに顫《ふる》えている。手水鉢の向いの梅の枝に二輪ばかり満開したのがある。近付いてよく見ると作り花がくっつけてあった。おおかた病人のいたずららしい。茶の間の障子のガラス越しに覗《のぞ》いて見ると、妻は鏡台の前へ坐って解かした髪を握ってぱらりと下げ、櫛《くし》をつかっている。ちょっと撫でつけるのかと思ったら自分で新たに巻き直すと見える。よせばよいのに、早くしないかと急《せ》き立てておいて、座敷の方へ戻って、横になって今朝見た新聞をのぞく。早くしないかと大声で促す。そんなに急き立てると、なおできやしないわと云う。黙って台所の横をまわって門へ出てみた。往来の人がじろじろ見て通るから仕方なしに歩き出す。半町ばかりぶらぶら歩いて振り返ってもまだ出て来ぬから、また引返してもと来たとおり台所の横から縁側へまわって覗いて見ると、妻が年甲斐《としがい》もなく泣き伏しているのを美代がなだめている。あんまりだと云う。一人でどこへでもいらっしゃいと云う。まあともかくもと美代がすかしなだめて、やっと出掛ける事になる。じつにいい天気だ。「人間の心が蒸発して霞《かすみ》になりそうな日だね」と云ったら、一間ばかりあとを雪駄《せった》を引きずりながら、大儀そうについてきた妻は、エエと気のない返事をして無理に笑顔をこしらえる。この時始めて気がついたが、なるほど腹の帯の所が人並よりだいぶ大きい。あるき方がよほど変だ。それでも当人は平気でくっついてくる。美代と二人でよこせばよかったと思いながら、無言で歩調を早める。植物園の門をはいって真直ぐに広いたらたら坂を上って左に折れる。穏かな日光が広い園にいっぱいになって、花も緑もない地盤はさながら眠ったようである。温室の白塗りがキラキラするようでその前に二、三人懐手をして窓から中を覗く人影が見えるばかり、噴水も出ていぬ。睡蓮《すいれん》もまだつめたい泥の底に真夏の雲の影を持っている。温室の中からガタガタと下駄の音を立てて、田舎《いなか》の婆さん達が四、五人、狐につままれたような顔をして出てくる。余らはこれと入れちがってはいる。活力の充《み》ちた、しめっぽい熱帯の空気が鼻の孔《あな》から脳を襲う。椰子《やし》の樹や琉球《りゅうきゅう》の芭蕉《ばしょう》などが、今少し延びたら、この屋根をどうするつもりだろうといつも思うのであるが、今日もそう思う。ジャワという国には肺病が皆無だと誰れかの云った事を思い出す。妻は濃緑に朱の斑《はん》点《てん》の入った草の葉をいじっているから「オイ止せ、毒かもしれない」と云ったら、慌てて放して、いやな顔をして指先を見つめてちょっと嗅《か》いでみる。左右の廻廊《かいろう》にはところどころ赤い花が咲いて、その中からのんきそうな人の顔もあちこちに見える。妻はなんだか気分が悪くなったと云う。顔色はたいして悪くもない。急に生温い処へはいったためだろう。早く外へ出た方がよい、おれはも少し見ていくからと云ったら、ちょっとためらったが、おとなしく出ていった。紅《あか》い花だけ見てすぐ出るつもりでいたら、人と人との間へはさまって、ちょっと出損なって、やっと出てみると妻はそこにはいぬ。どこへ行ったかと見廻わすと、遥《はる》か向うの東屋《あずまや》のベンチへ力無さそうに凭《もた》れたまま、こっちを見て笑っていた。

園の静けさは前に変らぬ。日光の目に見えぬ力で地上のすべての活動をそっと抑え付けてあるように見える。気分はすっかりよくなったと云うから、もうそろそろ帰ろうかと云うと、少し驚いたように余の顔を見つめていたが、せっかく来たから、もう少し、池の方へでも行ってみましょうと云う。それもそうだと其方へ向く。

崖《がけ》を下りかかると下から大学生が二、三人、黄色い声でアリストートルがどうしたとかいうような事を議論しながら上ってくる。池の小島の東屋に、三十ぐらいの眼鏡をかけた品のよい細君が、海軍服の男の児と小さい女の児を遊ばせている。海軍服は小石を拾っては氷の上をすべらせて快い音を立てている。ベンチの上には皺《しわ》くちゃの半紙が拡げられて、その上にカステラの大きな片がのっている。「あんな女の児が欲しいわねぇ」と妻がいつにない事を云う。

出口の方へと崖の下をあるく。なんの見るものもない。後で妻が「おや、団栗《どんぐり》が」と不意に大きな声をして、道脇の落葉の中へはいっていく。なるほど、落葉に交って無数の団栗が、凍《い》てた崖下の土にころがっている。妻はそこへしゃがんで熱心に拾いはじめる。見るまに左の掌にいっぱいになる。余も一つ二つ拾って向うの便所の屋根へ投げると、カラカラと転がって向側へ落ちる。妻は帯の間からハンケチを取出して膝の上へ拡げ、熱心に拾い集める。「もう大概にしないか、馬鹿だな」と云ってみたが、なかなか止めそうもないから便所へ入る。出て見るとまだ拾っている。「いったいそんなに拾って、どうしようというのだ」と聞くと、面白そうに笑いながら、「だって拾うのが面白いじゃありませんか」と云う。ハンケチにいっぱい拾って包んで大事そうに縛っているから、もう止すかと思うと、今度は「あなたのハンケチも貸して頂戴」と云う。とうとう余のハンケチにも何合かの団栗を充たして「もう止してよ、帰りましょう」とどこまでもいい気な事をいう。

団栗を拾って喜んだ妻も今はない。お墓の土には苔《こけ》の花がなんべんか咲いた。山には団栗も落ちれば、鵯《ひよどり》の啼《な》く音に落葉が降る。ことしの二月、あけて六つになる忘形身のみつ坊をつれて、この植物園へ遊びにきて、昔ながらの団栗を拾わせた。こんな些細《ささい》な事にまで、遺伝というようなものがあるものだか、みつ坊は非常に面白がった。五つ六つ拾うごとに、息をはずませて余の側へ飛んできて、余の帽子の中へひろげたハンケチへ投げ込む。だんだん得物の増していくのをのぞき込んで、頰を赤くして嬉《うれ》しそうな溶けそうな顔をする。争われぬ母の面影がこの無邪気な顔のどこかの隅からチラリとのぞいて、うすれかかった昔の記憶を呼び返す。「おとうさん、大きな団栗、こいもこいもこいもこいもこいもみんな大きな団栗」と小さい泥だらけの指先で帽子の中に累々とした団栗の頭を一つ一つ突っつく。「大きい団栗、ちいちゃい団栗、みんな利口な団栗ちゃん」と出たらめの唱歌のようなものを歌って飛び飛びしながらまた拾い始める。余はその罪のない横顔をじっと見入って、亡妻のあらゆる短所と長所、団栗のすきな事も折鶴の上手な事も、なんにも遺伝して差支えはないが、始めと終りの悲惨であった母の運命だけは、この児に繰返させたくないものだと、しみじみそう思ったのである。

（明治三十八年四月『ホトトギス』）

森の絵

暖い縁に背を丸くして横になる。小枝の先、散り残った枯れ枯れの紅葉が目に見えぬ風にふるえ、時に蠅のような小さい虫が小春の日光を浴びて垣根の日陰を斜めに閃《ひらめ》く。眩《まぶ》しくなった眼を室内へ移して鴨居《かもい》を見ると、ここにも初冬の「森の絵」の額《がく》が薄ら寒く懸っている。

中景の右の方は樫《かし》か何かの森で、灰色をした逞《たくま》しい大きな幹はスクスクと立ち並んでしだいに暗い奥の方へつづく。隙間もない茂りの緑は霜にややさびて得《え》も云われぬ色彩が梢《こずえ》から梢へと柔かに移り変っている。コバルトの空には玉子色の綿雲が流れて、遠景の広野の果の丘陵に紫の影を落す。森のはずれから近景へかけて石ころの多い小《こ》径《みち》がうねって出る処を橙色《だいだいいろ》の服を着た豆大の人が長い棒を杖にし、前に五、六頭の牛羊を追うてトボトボ出てくる。近景には低い灌木《かんぼく》がところどころ茂って中には箒《ほうき》のような枝に枯葉がわずかにくっ付いているのもある。あちらこちらに切り倒された大木の下から、真青な羊歯《しだ》の鋸葉《のこぎりば》が覗《のぞ》いている。

むしろ平凡な画題で、作者もわからぬ。が、自分はこの絵を見るたびに静かな田舎《いなか》の空気が画面から流れ出て、森の香は薫り、鵯《ひよどり》の叫を聞くような気がする。そのほかにまだなんだか胸に響くような鋭い喜びと悲みの念が湧いてくる。

三十年前の我家のすぐ隣りは叔父《おじ》の屋敷、従兄《いとこ》の信さんの宅であった。裏畑の竹藪の中の小径から我家と往来ができて、垣の向うから熟柿《じゅくし》が覗けばこちらから烏瓜《からすうり》が笑う。藪の中に一本大きな赤椿があって、鵯の渡るころは、落ち散る花を笹の枝に貫いて戦遊《いくさあそ》びの陣屋を飾った。木の空にはごを仕掛けて鵯を捕った事もある。叔父の家は富んで、奥座敷などは二十畳もあったろう。美しい毛氈《もうせん》がいつでも敷いてあって、欄間《らんま》に木彫の竜の眼が光っていた。

いつか信さんの部屋へ遊びに行った時、見馴《みな》れぬ絵の額がかかっていた。なんだと聞いたら油画《あぶらえ》だと云った。そのころ田舎では石版刷の油画は珍しかったので、西洋画といえば学校の臨画帖《ちょう》よりほかには見たことのない眼に始めてこの油画を見た時の愉快な感じは忘られぬ。画はやはり田舎の風景で、ゆるやかな流れの岸に水車小屋があって柳のような木の下に白い頭巾をかぶった女が家鴨《あひる》に餌でもやっている。どこで買ったかと聞いたら、町の新店にこんな絵や、もっと大きな美しいのがたくさんに来ている、ナポレオンの戦争の絵があって、それも欲しかったと云う。

家へ帰って夕飯の膳《ぜん》についても絵の事が心をはなれぬ。黄昏《たそがれ》に袖無《そでなし》を羽織って母上と裏の垣で寒竹筍《かんちくたけのこ》を抜きながらも絵の事を思っていた。薄暗いランプの光で寒竹の皮をむきながら美しい絵を思い浮べて、淋しい母の横顔を見ていたら急に心細いような気が胸に吹き入って睫毛《まつげ》に涙がにじんだ。何故泣くかと母に聞かれてなお悲しかった。そんなに欲しくば買って上げる。男の癖にそんな事ではと諭《さと》されてさらにしゃくり上げた。母は虫抑えの薬を取り出して呑《の》ませてくれたがあの時の自分の心は今でも説明はできぬ。幼く片親の手一つで育ってあまり豊かでない生活が朧《おぼろ》げに胸にしみ浮世の木枯しはもう周囲に迫っていたから、何かの刺戟《しげき》はすぐにわけのわからぬ悲みを誘うたのだ。

あくる日銭をもろうてまず学校へ行ったが、教場でも時々絵の事に心を奪われ、先生に何か聞かれても何を聞かれたか分らぬような事もあった。放課のベルを待ちかねて学校を飛出し、信さんに教わった新店を尋ねたら、すぐに分った。店へはいると一面に吊《つる》した絵のニスの香に酔うてしまう。あれもよい。これも気に入った。鍛冶屋《かじや》の煙突から吹き出る真赤な焔《ほのお》が黒い樹に映えて遠い森の上に青い月が出ている絵も欲しかったが、なんとなく静かなこの「森の絵」にきめた。粗末な額縁をはめてもらってその上を大事に新聞で包んで店を出た時は、心臓が高い音を立てて踊っていた。

帰り途《みち》に旧城の後を通った。御城の杉の梢はちょうどこの絵と同じようなさびた色をして、お濠《ほり》の石崖の上には葉をふるうた椋《むく》の大木が、枯菰《かれこも》の中のつめたい水に影を落している。濠に隣《とな》った牧牛舎の柵の中には親牛と小牛が四、五頭、愉快そうにからだを横にゆすってはねている。自分もなんだか嬉しくなって口笛をピュッピュッと鳴らしながら飛ぶようにして帰った。

森の絵が引出す記憶には限りがない。竪《たて》一尺横一尺五寸の粗末な額縁の中にはあらゆる幼時の美しい幻が畳み込まれていて、折にふれては画面に浮出る。現世の故郷はうつり変っても画の中に写る二十年の昔はさながらに美しい。外の記憶がうすれてくるほど、森の絵の記憶は鮮になってくる。

他郷に漂浪してもこの絵だけは捨てずに持ってきた。額縁も古ぼけ、紙もだいぶ煤《すす》けたようだが、「森の絵」はいつでも新しい。

（明治四十年一月『ホトトギス』）

病院の夜明けの物音

朝早く眼がさめるともうなかなか二度とは寝つかれない。この病院の夜はあまりに静かである。二つの時計――その一つは小形の置時計で、右側の壁にくっつけた戸棚の上にある、もう一つは懐中時計でベットの頭の手すりに吊してある――この二つの時計の秒を刻む音と、脚元の方から聞こえてくる附添看護婦の静かな寝息のほかには何もない。ただあまりに静かな時に自分の頭の中に聞こえる不思議な雑音や、枕に押しつけた耳に響く律動的なザックザックと物をきざむような脈管の血液の音が、注意すればするほど異常に大きく強く響いてくる。しかしそれはじきに忘れてしまって世界はもとの悠久《ゆうきゅう》な静寂に帰る。ところが五時ごろになると奇妙な音が聞こえ出す。まず病室の長い廊下の遥に遠いかなたで時々カチャンと物を取り落したような音がする、それから軽くパタパタパタパタと例えば草履《ぞうり》で廊下を歩くような音も聞こえる。これらのかすかな、しかし原因の分らない、なんだかこの世のあらゆる現実の物音とは比較のできないような雑音が不規則な間隔を置いて響いてくる。それが天井の高い、長い廊下に反響してなんとなく空虚なしかも重々しい音色に聞こえるのである。しばらく止まっているかと思うとまた始まる。そして今度は前に聞こえたたとは少し違った見当に、しかも前よりはだいぶ近い処で聞こえだす。近よるにしたがってこの音は前のような不思議な性質を失って、もっと平凡な現実的な音色に変ってくる。それはちょうど鉄《てっ》鎚《つい》で鉄管の端を縦に敲《たた》くような音である。不意に自分のベットの脚元の方でチョロチョロと水の湧き出すような音がしばらくつづいて、またぱったり止む。鉄管をたたくような音がだんだん近くなってくると、今度は隣室との境の壁の下かと思う処で、強くせわしなくガチンガチンと鳴り出す。例えばそれは小さいしかし恐ろしい猛獣がやけに檻《おり》にぶっつかるかと思うような音である。すると今まで鈍い眠りに包まれていた病室が急に生き生きした活気を帯びてくる。さらにこの活気に柔か味を添えるのは、鉄をたたく音の中に交ってザブザブザブザブと水の溢《あふ》れ出すような音と、噴気孔《こう》から蒸気の吹き出すような、もちろんかすかであるが底に強い力と熱との籠《こも》った音が始まる。このようないろいろの騒がしい音はしばらくすると止まって、それが次の室に移り行くころには、脚元との壁に立っている蒸気暖房器の幾重にも折れ曲った管の中をかすかにかすかに囁《ささや》いて通る蒸気の音ばかりが快い暖まりを室内に漲《みなぎ》らせる。すると今まで針のように鋭くなっていた自分の神経はしだいに柔らいで、名状のできない穏な伸びやかな心持が全身に行き渡る。始めて快い欠伸《あくび》が二つ三つつづけて出る。ちょうどそのころに枕元の硝子《ガラス》窓――むやみに丈の高い、そして残忍に冷い白の窓掛けを垂れた窓の外で、キュル、キュルキュルキュルキュルと、糸車を繰るような濁ったしかし鋭い声が聞こえ出す。たぶんそれは雀らしい。いったいこの寒い夜中をどんな処にどうして寝ていたのであろうか。今一夜の長い冷い眠りからさめて、新しい日のようやく明けるのを心から歓喜するような声である。始めの一声二声はまだ充分に眠りのさめきらぬらしい口ごもったような声であるが、やがて極めて明瞭《めいりょう》な晴れやかな囀《さえず》りに変る。窓の外はまだ真暗であるが「もう夜が明けるのだな」という事が非常に明確な実感となって自分の頭に流れ込む。重苦しい夜の圧迫が今ようやく除かれるのだという気がすると同時に硬ばって寝苦しかった肉体の端から端までが急に柔く快くなる。しばらく途絶えていた鳥の声がまた聞こえる。するとどういうものか子供の時分の田舎《いなか》の光景がありあり眼の前に浮んで来る。土蔵の横にある大きな柿の木の大枝小枝が真蒼な南国の空いっぱいに拡がっている。すぐ裏の冬田一面には黄金色《こがねいろ》の日光がみなぎりわたっている。そうかと思うと、村外れのうすら寒い竹藪の曲り角を鳥刺し竿《さお》をもった子供が二、三人そろそろ歩いていく。こんな幻像を夢現《ゆめうつつ》の界《さかい》に繰返しながらいつの間にかウトウト眠ってしまう。看護婦がそろそろ起き出して室内を掃除する騒がしい音などは全く気にならないで、いい気持に寝ついてしまうのである。

このような朝をいくつとなく繰返した。しかし朝の五時ごろにいつでも遠い廊下のかなたで聞こえる不思議な音は果して人の足音や扉の音であるか、それとも蒸気が遠いボイラーからだんだんに寄せてくる時の雑音であるか、とうとう確かめる事ができないで退院してしまった。今でもあの音を思い出すとなんとなく一種の——神秘的というのはあまり大げさかもしれぬが、しかしやはり一種の神秘的な感じがする。なぜそんな気がするのか分らない。遠い処から来る音波が廊下の壁や床や天井からなんべんとなく反射される間に波の形を変えて、元来は平凡な音があらゆる現実の手近な音とはちがった音色に変化し、そのためにあのような不可思議な感じを起させるのか、あるいは熱い蒸気が外気の寒冷と戦いながら、徐々にしかし確実に鉄管を伝わって近寄ってくるのが、なんだか「運命」の迫ってくる恐ろしさと同じように、何かしら避くべからざるものの前兆として自分の心に不思議な気味のわるい影を投げるのか、考えてもやっぱり分らない。

これとはなんの関係もない事だが、自分の病気の経過を考えてみるとなんだか似よった点がないでもない。気味のわるい、不安な、しかし不確な前兆が永くつづいている間にだんだんに何物かが近よってくる。それが突然破裂すると危険はもう身に迫っている。しかし危険が現実になればもう少しも気味のわるい恐ろしさはない。

病院の蒸気ストーブは数時間経つとだんだんに冷えてくる。冷えきったころにはまた前のような音がして再び送られてくる蒸気で暖められる。しかし昼間は、あの遠い処でする妙な音はいろいろな周囲の雑音に消されてしまうのか、ただすぐ自分の室の隅でガチャンガチャンと鳴るきわめて平凡で騒々しい、いくらか滑稽味《こっけいみ》さえ帯びた音だけが聞こえる。夜明け前の寂寞《せきばく》を破るあの不思議な音と同じものだとはどうしても思われない。

自分の病気と蒸気ストーブはなんの関係もないが、しかし自分の病気もなんだか同じような順序で前兆、破裂、静穏とこの三つの相を週期的に繰返しているような気がする。少くも、これでもう二度は繰返した。一番いやなのはこの「前兆」の永い不安な間隔である。「破裂」の時は絶頂で、最も恐ろしい時であると同時にまた、適当な言葉がないから強いて云えば、それは最も美しい絶頂である。不安の圧迫がとれて貴重な静穏に移る瞬間である。あらゆる暗黒の影が天地を離れて万象が一度に美しい光に照らされると共に、永く望んで得られなかった静穏の天国が来るのである。たとえこの静穏がもしや「死」の静穏であっても、あるいはむしろそうであったらこの美しさは数倍も、もっともっと美しいものではあるまいか。

（大正九年三月『渋柿』）

凍雨と雨氷

大気中の水蒸気が凍結して液体または固体となって地上に降るものを総称して降水という。その中でも水蒸気が地上の物体に接触して生ずる露と霜と木花《きばな》と、氷点下に過冷却された霧の滴が地物に触れて生ずる樹氷または「花ボロ」を除けば、あとは皆地上数百ないし数千メートルの高所から降下するものである。その中でも雨と雪は最も普通なものであるが、雹《ひょう》や霰《あられ》もさほど珍らしくはない。霙《みぞれ》は雨と雪の混じたもので、これもありふれた現象である。

以上挙げたもののほかに稀有《けう》な降水の種類として凍雨と雨氷を数える事ができる。我邦《わがくに》では岡田博士に従って凍雨の名称の下に総括されているものの中にも種々の差別があって、その中には透明な小さい氷球や、硝子の截片《せっぺん》のような不規則な多角形をしたものや、円錐形《えんすいけい》や円柱形をしたものもある。氷球は全部透明なものもあるが内部に不透明な部分や気泡を含んでいるものもある。北米合衆国の気象台で定めたスリート（sleet）というものの定義が大体この凍雨に相当している。（英国で俗にスリートというのは我邦の霙である。）スリートとして挙げられているものの中には、以上のようなもののほかに雪片のつながったのが一度溶けかけてまた凍った事を明示するようなものや、氷球の一方から雪の結晶が角を出しているのや、球の外側だけが氷で内部は水のままでいるのもある。

次に雨氷と称するものは、過冷却された雨滴が地物に触れて氷結するものである。これが降ると道路はもちろん樹木の枝でも電線でも透明な氷で蔽《おお》われるために、道路の往来は困難になり電線の被害も多い。蝙蝠傘《こうもりがさ》の上などに落ちて凍った雨滴を見ると、それが傘の面に衝突して八方に砕け散った飛沫がそのままの形に氷になっている。

凍雨と雨氷はほぼ同様な気層の状態に帰因する。すなわち地面に近く著るしく寒冷な気層があってその上に氷点以上の比較的温暖な気層のある場合に起る現象である。凍雨の方は上層でできた雨滴が下層の寒冷な空気を通過するうちにだんだん冷却して外部から氷結し始めるということは、内部に水や不透明の部分のある事から推定される。また中層の温暖な層の上に雪雲がある場合には、そこから落ちる雪片の一部は中層を通る時に半融解して後に再び寒冷な下層に入って氷結し、前に挙げた特殊の形になるものと考えられる。雨氷の成因については岡田博士もかつてその研究の結果を発表されたとおり、やはり上層の雨滴が下層の寒気に逢《お》うて氷点下に冷却され、しかも凝結の機縁を得ないために液状で落下し、物体に触れると同時にまず一部が氷結し、あとは徐々に氷結するのである。

昨年の一月下旬、北米合衆国で数日続いて広区域にわたって著るしい凍雨と雨氷があった。その当時の気層の状態を高層気象観測の結果と対照して詳細に調査したものが彼《か》の地の雑誌に出ているのを見ると、当時の空中の状況がよく分って面白い。氷点に相当する等温線が大陸をほぼ東西に横断してその以北は雪、以南は雨が降っている、その雨と雪の境界に沿うて帯状をなした区域が凍雨や雨氷に見舞われている。この零度等温線とほぼ並行して風の境界線があり、その以北は北がかった風、以南では南風が吹いている。これは南から来る暖かい風がこの境界線から地面を離れて中層へあがりその下へ北から来る寒風がもぐり込んでいるのだという事は、当時各地で飛揚した測風気球の観測からも確かめられている。そのために中層へは南方から暖かい空気が舌を出したような形になっている。この舌状帯下の部分に限って凍雨と雨氷が降っている事が分るのである。

このような特殊の気層の状態を条件としているために、この現象が稀有《けう》でその区域の割合が狭いのである。

北米のような大陸で、ことに南北の気流の比較的自由な土地はこの現象の生成に都合がよさそうに思われる。いくら米国でもこの天象を禁止し排斥する事はできないので、その予報の手がかりを研究しているのである。

我邦におけるこれらの現象の記録は極めて少数であるらしい。しかし現象の性質上から通例狭い区域に短時間だけしか降らないものだとすれば、降るには降っても気象学者の耳目に触れない場合もかなりあるかもしれない。それで読者のうちで過去あるいは将来に類似の現象を実見された場合には、その時日、継続時間、降水の形態等についての記述を、最寄《もより》の測候所なり気象台なり、あるいは専門家なりへ送ってやるだけの労を惜しまないようにお願いしたい。

これらの天象について特に興味を感ぜられる読者には岡田博士著『雨』について詳細の説明や興味ある実例を一読される事をお勧めしたい。

（大正十年二月『東京朝日新聞』）

藤の実

昭和七年十二月十三日の夕方帰宅して、居間の机の前へ坐ると同時に、ぴしりという音がして何か座右の障子にぶつかったものがある。子供が悪戯《いたずら》に小石でも投げたかと思ったが、そうではなくて、それは庭の藤棚の藤豆がはねてその実の一つが飛んできたのであった。宅のものの話によると、今日の午後一時過から四時過までの間に頻《ひん》繁《ぱん》にはじけ、それが庭の藤も台所の前のも両方申合わせたように盛んにはじけたということであった。台所の方のは、一間ぐらいを隔てた障子の硝子に衝突する音がなかなか烈《はげ》しくて、今にも硝子が割れるかと思ったそうである。自分の帰宅早々経験したものは、その日の爆発の最後のものであったらしい。

この日に限って、こうまで眼立ってたくさんにいっせいにはじけたというのは、数日来の晴天でいい加減乾燥していたのが、この日さらに特別な好晴で湿度の低下したために、多数の実がほぼ一様な極限の乾燥度に達したためであろうと思われた。

それにしても、これほど猛烈な勢いで豆を飛ばせるというのは驚くべきことである。書斎の軒の藤棚から居室の障子までは最短距離にしても五間はある。それで、地上三メートルの高さから水平に発射されたとして十メートルの距離において地上一メートルの点で障子に衝突したとすれば、空気の抵抗を除外しても、少くも毎秒十メートル以上の初速をもって発射されたとしなければ勘定が合わない。あの一見枯死しているような豆の鞘《さや》の中に、それほどの大きな原動力が潜んでいようとはちょっと予想しないことであった。この一夕の偶然の観察が動機となってだんだんこの藤豆のはじける機巧を研究してみると、じつに驚くべき事実が続々と発見されるのである。しかしこれらの事実については他日適当な機会に適当な場所で報告したいと思う。

それはとにかく、このように植物界の現象にもやはり一種の「潮時」とでもいったようなもののあることはこれまでにもたびたび気づいたことであった。例えば、春季に庭前の椿《つばき》の花の落ちるのでも、ある夜のうちに風もないのにたくさん一時に落ちることもあれば、また、風があってもちっとも落ちない晩もある。この現象が統計的型式から見て、いわゆる地震群の生起とよく似たものであることは、すでに他の場所で報告したことがあった。

もう一つよく似た現象としては、銀杏《いちょう》の葉の落ち方が注意される。自分の関係しているある研究所の居室の室外にこの樹の大木の梢が見えるが、これが一様に黄葉して、それに晴天の強い日光が降り注ぐと、室内までが黄金色《こがねいろ》に輝き渡るくらいである。秋が深くなると、その黄葉がいつの間にか落ちて梢がしだいに淋しくなっていくのであるが、しかしその「散り方」がどうであるかについては去年の秋まで別に注意もしないでいた。ところが去年のある日の午後なんの気なしにこの樹の梢を眺めていたとき、ほとんど突然にあたかも一度に切って散らしたようにたくさんの葉が落ち始めた。驚いて見ていると、それから十余間を距《へだ》てた小さな銀杏も同様に落葉を始めた、まるで申合わせたように濃密な黄金色の雪を降らせるのであった。不思議なことには、ほとんど風というほどの風もない、というのは落ちる葉の流れがほとんど垂直に近く落下して樹枝の間を潜り潜り脚下に落ちかかっていることで明白であった。なんだか少し物凄《ものすご》いような気持がした。何かしら眼に見えぬ怪物が樹々を揺さぶりでもしているか、あるいはどこかでスウィッチを切って電磁石から鉄製の黄葉を一斉に落下させたとでもいったような感じがするのであった。ところがまた、今年の十一月二十六日の午後、京都大学のN博士と連立って上野の清水堂《きよみずどう》の近くを歩いていたら、堂の脇にあるあの大木の銀杏が、突然に一斉の落葉を始めて、約一分ぐらいの間、たくさんの葉をふり落した後に再び静穏に復した。その時もほとんど風らしい風はなくて落葉は少しばかり横に靡《なび》くくらいであった。N博士も始めてこの現象を見たと云って、面白がりまた喜びもしたことであった。

　この現象の生物学的機巧については吾々《われわれ》物理学の学徒には想像もつかない。しかし葉という物質が枝という物質から脱落する際にはともかくも一種の物理学的の現象が発現している事も確実である。このことは吾々にいろいろな問題を暗示し、またいろいろの実験的研究を示唆する。もしも植物学者と物理学者と共同して研究することができたら案外面白いことにならないとも限らないと思うのである。

これとはまた全く縁もゆかりもない話ではあるが、先日宅の子供が階段から落ちて怪我をした。それで、近所の医師のM博士に来てもらったら、ちょうど同じ日にM氏の子供が学校の帰りに道路で転んで鼻頭をすりむきおまけに鼻血を出したという事であった。それから二、三日たってから、宅の他の子供がデパートでハンドバッグを掏《す》摸《り》にすられた。そうして電車停留場の安全地帯に立っていたら、通りかかったトラックの荷物を引掛けられて上衣《うわぎ》に鍵裂《かぎざき》をこしらえた。その同じ日に宅の女中が電車の中へ大事の包みを置き忘れてきたのである。これらは現在の科学の立場から見ればまるで問題にもなにもならないことで、全く偶然といってしまうよりほかはないことである。しかし、これが偶然であると云えば、銀杏の落葉もやはり偶然であり、藤豆のはじけるのも偶然であるのかもしれない。またこれらが偶然でないとすれば、前記の人事も全くの偶然ではないかもしれないと思われる。少くも、宅に取込事のある場合に家内の人々の精神状態が平常といくらかちがうことは可能であろう。

年末から新年へかけて新聞紙でよく名士の訃《ふ》音《いん》が頻繁《ひんぱん》に報ぜられることがある。インフルエンザの流行している時だと、それが簡単に説明されるような気のすることもある。しかしそう簡単に説明されない場合もある。

四、五月ごろ全国の各所でほとんど同時に山火事が突発する事がある。一日のうちに九州から奥羽《おうう》へかけて十数箇所に山火事の起る事は決して珍らしくない。こういう場合は、たいてい顕著な不連続線が日本海から太平洋へ向って進行の途中に本州島弧を通過する場合であることは、統計的研究の結果から明らかになったことである。「日が悪い」という漠然《ばくぜん》とした「説明」が、この場合には立派に科学的の言葉で置換えられるのである。

人間が怪我をしたり、遺失物をしたり、病気が亢進《こうしん》したり、あるいは飛行機が墜《お》ちたり汽車が衝突したりする「悪日」や「さんりんぼう」も、現在の科学から見れば、単なる迷信であっても、未来のいつかの科学ではそれが立派に「説明」されることにならないとも限らない。少くもそうはならないという証明も今のところなかなかむつかしいようである。

（昭和八年二月『鉄塔』）

追憶の冬夜

子供の時分の冬の夜の記憶の中に浮上がってくる数々の物象の中に「行灯《あんどん》」がある。自分の想い出し得られる限りその当時の夜の主なる照明具は石油ランプであった。時たま特別の来客を饗応《きょうおう》でもするときに、西洋蠟燭《ろうそく》がばね仕掛で管の中からせり上がってくる当時ではハイカラな燭台を使うこともあったが、しかし就寝時の有明けにはずっと後までも行灯を使っていた。しかも古風な四角な箱形のもので、下に抽出《ひきだ》しがあって、その中に灯心が入っていたと思う。時には紙を貼り代えたであろうが、記憶に残っているのはいつも煤《すす》けており、それに針や線香でつついたいたずらの痕跡《こんせき》を印したものである。夜中にふと眼がさめると台所の土間《どま》の井戸端で虫の声が恐ろしく高く響いているが、傍には母も父もいない。戸の外で棕櫚《しゅろ》の葉がかさかさと鳴っている。そんなときにこの行灯が忠義な乳母《うば》のように自分の枕元を護《まも》っていてくれたものである。

母が頭から銀の簪《かんざし》をぬいて灯心を搔《か》き立てている姿の幻のようなものを想い出すと同時にあの灯油の濃厚な匂いを聯想《れんそう》するのが常である。もし自分が今でもこの匂いの実感を持合わさなかったとしたら、江戸時代の文学美術その他のあらゆる江戸文化を正常に認識することはむつかしいのではないかという気もする。

石油ランプはまた明治時代の象徴のような気もする。少くも明治文化の半分はこの照明の下に発達したものであろう。冬の夕まぐれの茶の間の板縁で古新聞を引破ってのホヤ掃除をした経験をもたない現代青年が、明治文学に興味の薄いのは当然かもしれない。ホヤの中にほうっと呼気を吹き込んでおいて棒切れの先に丸めた新聞紙できゅうきゅうと音をさせて拭《ふ》くのであった。

そのころでは神棚の灯明を点《とも》すのにマッチは汚れがあるというのでわざわざ燧《ひうち》で火を切り出し、まずホクチに点火しておいてさらに附け木を燃やしその焔を灯心に移すのであった。燧の鉄と石の触れ合う音、迸《ほとばし》る火花、ホクチの燃えるかすかな囁《ささや》き、附け木の燃えつくときの蒼白《そうはく》な焔の色と亜硫酸の臭気、こうした感覚のコンプレックスには祖先幾百年の夢と詩が結び付いていたような気がする。

マッチのことは「スリッケ」といった。「摺《す》り附け木」の略称である。高等小学校の理科の時間にTK先生という先生が坩堝《るつぼ》の底に入れた塩酸加里の粉に赤燐《せきりん》をちょっぴり振りかけたのを鞭《むち》の先でちょっとつつくとぱっと発火するという実験をやって見せてくれたことを思い出す。そのとき先生自身がひどく吃驚《びっくり》した顔を今でもはっきり想い出すことができる。

マッチの軸木を並べてするいろいろの西洋のトリックを当時の少年雑誌で読んではそれを実演して友達や甥などと冬の夜長を過ごしたものである。

また少年雑誌などというものの存在を知らなかったころの冬夜の子供遊びにはよく「火渡し」「しりつぎ」をやったものである。日本紙を幅五、六分に引き裂いたのに火鉢の灰を少し包み込んで線香大の棒形に捻《ひね》る。その一端に火をつけて「火渡し」と云って次の人に渡すと、次の人は「しりつぎ」と答えて次へ廻す、それからだんだんに東京でいわゆる「尻取《しりと》り」をするのであるが、言葉に窮して考えている間に火が消えるとその人は何かしら罰として道化た隠し芸を提供実演しなければならないのである。

そのほかに「カアチカアチ」という遊びがあった。詳しいことは忘れたが、なんでも庄屋《しょうや》になる人と猟師（加八《かはち》という名になっている）になる人のほかに、狸や猪や熊やいろいろの動物になる人を籤引《くじび》きできめる。そこで庄屋になった人が「カアチカアチ鉄砲打て」と命ずると、「カアチ（加八）」になった子が「何を打ちましょう」と聞く。そこで庄屋殿が例えば「狸」と仰せられると加八は一同の顔色を注意深く観察して誰が「狸」であるかを観破するためにいわば読心術の練習のようなことをする。「狸」でない子がわざとなんだか落着かないような様子をして天井を仰いでみたり鼻をこすってみたりして牽制《けんせい》しようとするなどはきわめて初歩であるので、その裏をかくつもりで「狸」自身がわざとそのようなふりをすることもある。これを仮に第二次の作戦とすると、そのもう一つ上の第三次の方策は第一次とほぼ同じようなことになるのである。とにかく幼少なる「加八」君はここでそのありたけの深謀をちゃんちゃんこの裏にめぐらして最後の狙いを定めて「ズドーン」と云って火蓋《ひぶた》を切る真似をする。うまく当れば当てられたのが代って「加八」になり当てた「加八」が庄屋になる。当らなかったら当るまで同じことを繰返すのである。

「神鳴り」というのは、一人が雷神になって例えば障子の外の縁側へ出て戸をたたいて雷鳴の真似をする。大勢で車座に坐って茶碗《ちゃわん》でも石塊《いしころ》でも順々に手渡ししていく。雷の音がしだいに急になって最後にドシーンと落雷したときに運拙《つたな》くその廻送中の品を手に持っていた人が「罰」を受けて何かさせられるのである。

パリに滞在中下宿の人達がある夜集って遊んでいたとき「ノーフラージュ」をやろうと云い出したものがあった。この「難破船」の遊びが前述の「神鳴り」とそっくり同じようである。

まずはじめにめいめいの持ちものを何か一つずつ担保《たんぽ》 gage として提供させる。それから一人「船長」がきめられる。次にテーブルを囲んだ人々の環を伝わって卓の下でこそこそと品物が廻される。口々に La mer est calme, la mer est calme（よい凪《なぎ》だ）と云っている。次になんと云ったか忘れたが、とにかく「海が荒れ出した」という意味の言葉を繰返している。その間にも断えず皆が卓の下で次々に品物を渡しているような真似をしている、その人の環のどこかを実際に品物が移動しているのである。船長がいきなり「ノーフラージュ（難船）」と怒鳴ると、移動がぴたりと止まるのである。自分も一度運悪くこの難船にぶつかって何かケルクショーズをしなければならないことになったので、そのケルクショーズの思案に苦しんでいたら隣席の若いドイツ人がドイツ語でこっそり「一番年とったダーメに花を捧《ささ》げ玉え」と教えてくれた。幸にドイツ語はこの席の誰にも通じなかったのである。そこで私は立って窓枠にのせてあった草花の鉢をもって片隅に始から黙って坐っていた半白《はんぱく》の老寡婦《ろうかふ》の前に進み、うやうやしくそれを捧げる真似をしたら皆が喜んでブラボーを叫んだり手を拍《たた》いたりした。その時主婦のルコック夫人が甲高《かんだか》い声を張上げて **Ell'a rougie ! ell'a rougie !** と叫んだ。私はそのときの主婦の灰汁《あく》の強過ぎるパリジェンヌぶりに軽い反感を覚えないではいられなかったのであった。

あとで担保に入れてあったガージュをめいめいに返えしていたとき、一本の鉛筆をさし上げて「これはどなたのでしたか」と主婦が尋ねたら、一座の中の二人のイタリア女の若い方が軽く立上って親指で自身の胸を指さし、ただ一言ゆっくり静かに **il mio** と云った。そのときほど私はイタリア語というものを優美なものに思ったことはないような気がする。

ドイツの冬夜の追憶についてはもう前に少しばかり書いたような気がするが、今この瞬間に突然想い出したのはゲッチンゲンの歳暮のある夜のことである。雪が降り出して夜中には相当積もった。明りを消して寝ようとしていると窓外に馬の蹄《ひづめ》の音とシャンシャンシャンという耳馴れぬ鈴の音がする。カーテンを上げて覗《のぞ》いてみると、人気《ひとけ》のない深夜の裏通りを一台の雪橇《ゆきぞり》が辷《すべ》っていく、と思う間もなく、もう町のカーヴを曲って見えなくなってしまった。

子供の時分にナショナルリーダーを教わったときに生れてはじめて雪橇というものの名を聞き覚え、その絵を見て、限りなき好奇心と異国の冬への憧憬《どうけい》を喚《よ》び起こされたのであったが、その実物をこの眼に見、その鈴の音を耳にしたのはじつにこの夜が始めてでありそうしてまたおそらく最後でもあった。しかも、それがかすかな雪明かりに窓からちらちらと見えた後影だけで消えてしまった。それだけにその印象はかえって一倍強烈であったのかもしれない。ともかくもその瞬間に自分が子供の時分に夢みていた生粋《きっすい》の西洋というものが忽然《こつぜん》と眼前に現われて忽然と消えてしまったのであった。今の日本人ことに都会人が西洋へ行って西洋の都市に暮していても、真に西洋を感じるということはおそらく比較的稀《まれ》であろう。ただかえってこんな思わぬ不用意の瞬間に閃光《せんこう》のごとくそれを感じるだけであろうかと思われる。

この雪夜の橇の幻の追憶はまた妙な聯想を呼出す。父が日清戦争に予備役で召集されて名古屋にいたのを、冬の休みに尋ねていってしばらく同じ宿屋に泊っていたときのことである。戦争中で夜までも忙がしいので父の帰りは遅いことがしばしばあった。自分だけ早くから寝てもなかなか寝付かれないので、もう帰るかもう帰るかと心待ちにしていると自然と表通りを去来する人力車の音が気になる。凍結した霜夜の街を駆け行く人力車の車輪の音――まだゴム輪のはまっていなかった車輪が凍てた夜の土と砂利を嚙《か》む音は昭和の今日ではもうめったに聞くことのできないものになってしまった。

だんだん近付いてくる車の音が宿の前で止まるかと思っているとただそのまま行過ぎて消えてしまう。今度こそと思ったのもまた行過ぎる。そんなことを繰返し繰返し十二時過ぎても眠られないで待っている。やっと車の音が玄関へ飛び込んでくると思うと番頭や女中の出迎える物音がしてそうして急に世の中が賑《にぎや》かに明るくなった。「ほう、まだ起きていたのか」と云ってびっくりしたような顔をして見せるのであったが、その顔になんとなしに寄る年の疲れが見えて鬚《ひげ》の毛の白くなったのが眼につくのであった。

凍てた霜夜の土で想い出すことがもう一つある。子供のころ、寒月の冴《さ》えた夜などに友達の家から帰ってくる途中で川沿いの道の真中をすかして見ると土の表面にちょうど飛石《とびいし》を並べたようにかすかに白っぽい色をした斑点が規則正しく一列に並んでいる。それは昔この道路の水準がずっと低かったころに砂利をつめた土俵を並べて飛石代りにしてあった、それをそのまま後に土で埋めて道路面を上げたのであるが、砂利が周囲の湿気を吸収するために、その上に当る処だけ余計に乾燥して白く見えるとの事であった。しかし、どうしてそれが月夜の晩によく見えるかは誰も説明する人はなかった。それはとにかく、寒月に照し出されたこの「飛石の幽霊」にはなんとなく神秘的な凄味が感ぜられた。埋められた過去が月の光に浮かされて浮び上がっているのだというような気がしたのかもしれない。

そういう晩には綿入羽織《わたいればおり》をすっぽり頭からかぶって、その下から口笛と共に白い蒸気を吹出しながら、なるべく脇目をしないようにして家路を急いだものである。そういう時にまたよくほど近い刑務所の構内でどことなく夜警の拍子木を打つ音が響いていた。そうして河向いの高い塀の曲り角の処の内側に塔のような絞首台の建物の屋根が少し見えて、その上には巨杉に蔽われた城山の真暗なシルエットが銀砂を散らした星空に高く聳《そび》えていたのである。

（昭和九年十二月『短歌研究』）

枯菊の影

少し肺炎の徴候が見えるようだからよく御注意なさい、いずれ今夜もういっぺん見に来ますからと云い置いて医者は帰ってしまった。

妻は枕元の火鉢の傍で縫いかけの子供の春着を膝へのせたまま、向うの唐紙《からかみ》の更紗《さらさ》模様をボンヤリ見つめて何か考えていたが、思い出したように、針を動かし始める。唐縮緬《とうちりめん》の三つ身の袖には咲き乱れた春の花車が染め出されている。嬢やはと聞くと、さっきから昼寝と答えたきり、元の無言に帰る、火鉢の鉄瓶の単調なかすかな音を立てているのだけが、なんだか心強いような感じを起させる。眼瞼《まぶた》に蔽《おお》いかかってくる氷袋を直しながら、障子のガラス越しに小春の空を見る。透明な光は天地に充ちてそよとの風もない。門の垣根の外には近所の子供が二、三人集まって、声高に何か云っているが、その声が遠くのように聞える。枕につけた片方の耳の奥では、動脈の漲《みなぎ》る音が高く明《あきらか》に鳴っている。

また肺炎かと思う。これまですでに二度、同じ病気に罹《かか》った時分の事も思い出す。始めての時はまだ小学時代の事で、おおかたの事は忘れてしまった。病気の苦しみなどはまるきり忘れてしまって、ただ病気の時に嬉しかったような事だけが、順序もなく浮んで来る。いったい自分は両親にとっては掛け替えのない独り子で、わがままにばかり育ったが、病気となると一層のわがままで手がつけられなかったそうである。薬でもなかなかおとなしくのまぬ。これを飲んだらあれを買ってやるからと云ったような事で、枕元には玩具《おもちゃ》や絵本が堆《うずたか》くなっていた。少し快《よ》くなるころはもう外へ遊びに出ようとする、それを引き止めるための玩具がまた増した。これが例になって、その後はなんでも少し金目のかかるような欲しい物は、病気の時ねだる事にした。病気を種に親をゆするような事を覚えたのはあの時だったと思うと、親の顔が今さらになつかしい。二度目に罹った時は中学校を出て高等学校に移った明けの春であった。始めての他郷の空で、某病院の二階のゴワゴワする寝台に寝ながら窓の桜の朧夜を見た時はさすがに心細いと思った。ちょうど二学期の試験のすぐ前であったが、忙しい中から同郷の友達らが入り代り見舞に来てくれ、みんな足《た》しない身銭《みぜに》を切って菓子だの果物だのと持ってきては、医員に叱られるような大きな声で愉快な話をして慰めてくれた。あの時の事を今から考えてみると、あるいは自分の生涯の中で最も幸福な時だったかも知れぬと思う。憎まれ児世に蔓《はびこ》ると云う諺《ことわざ》の裏を云えば、身体が丈夫で、智恵があって、金があって、世間を闊歩《かっぽ》するために生れたような人は、友情の籠った林檎《りんご》をかじって笑いながら泣くような事のあるのを知らずにしまうかもしれない。あのころ自分は愛読していた書物などの影響から、人間は別になんにもしなくても、平和に綺麗《きれい》に一生を過せばそれでよいといったような考が漠然とできていたので、病気で試験を休もうが、落第しようが、そんな事は一向心配しなかった。むしろ病気で身体が弱くなって、学問などできぬようになれば、それだけ自分の夢みているような無為《むい》の生涯に近づくのではあるまいかと考えたりした。田舎に少しばかりの田地があるから、それを生計のしろとして慰みに花でも作り、余裕があれば好きな本でも買って読む。朝いっぺん田を見廻って、帰ると宅の温い牛乳がのめるし、読書に飽きたら花に水でもやってピアノでも鳴らす。誰れに恐れる事も諛《へつら》う事も入らぬ、唯我独尊《ゆいがどくそん》の生涯で愉快だろうと夢のような呑気《のんき》な事を真面目に考えていた。それで肺炎から結核になろうと、なるまいと、そんな事は念頭にも置かなかった。肺炎は必ずなおると定《きま》ったわけでもなし、一つ間違えば死ぬだろうに、あの時は不思議に死という事は少しも考えなかったようである。自分は夭死《ようし》するのだなと思った事はあったが、死が恐ろしくてそう思ったのではない。夭死という事が、なんだか一種の美しい事のような心持がしたし、またその時考えていた死というものは、有が無になるような大事件ではなく、ただ花が散ってその代りに若葉の出るようなほんのちょっとした変り目で、人が死んでも心はそこらの野の花になって咲いているような事を考えていた。こんな心持であったから、多少の病苦はあったにもかかわらず、心は不思議なくらい愉快であった。

呑気にあせらずよく養生したためか、あの後はからだがかえって前よりは良くなった。そして医者や友達の勧めるがまま運動を始めた。テニスもやった、自転車も稽古《けいこ》した。食物でも肉類などはあまり好きでなかったのが運動をやり出してから、なんでも好きになり、酒もあのころから少し飲めるようになった。前には人前に出るとじきにはにかんだりしたのが、校友会で下手《へた》な独唱を平気でやるようになった。なんだか自分の性情にまで、著しい変化の起った事は、自分でもよくわかったし、友達などもそう云っていた。しかし、それはただ表面に現われた性行の変りに過ぎぬので、生れ付き消極的な性質はどこまでも変らぬ。それでなければ今ごろこんな消極的な俗吏になって、毎日同じような消極的な仕事を不思議とも思わずやっている筈《はず》はないかも知れぬ。いったい自分は法科などへはいってこんな俗吏になろうというような考は毛頭なかった。中学校にいたころ、先では何になるつもりかなどとよく人に聞かれた事はあったが、なんになるつもりだか、そんな事はまだ考えていなかった。もし考えたら何もなるものが無くて困ったかも知れぬ。官吏はどうかと云った人もあったが、役人というものは始めから嫌だった。わけもわからないでむやみに威張り散らすのが御役人だと思っていた。郵便局の雇や、税務署の受付などに、時おり権突《けんつく》を食わせられるたびに、ますます厭《いや》になった。それから軍人も嫌であった。そのころ始めて国の聯隊《れんたい》ができて、兵隊や将校の姿が物珍しく、剣や勲章の眼につくうちは好《よ》かったが、だんだん厭な事が子供の目に見えてきた。日曜に村の煮売屋などの二階から、大勢兵隊が赤い顔を出して、近辺の娘でも下を通りかかると、好的好的《ホオテホオテ》などと冷かしたり、グズグズに酔って二、三人も手を引き合うて狭い田舎道《いなかみち》を傍若無人に歩いたりするのが、非常に不愉快な感じを起させた。兵隊はいやなものでも、将校というものはいいものだろうと思っていたが、いつか練兵場で練兵するのを見ていたら、若い将校が一人の兵隊をつかまえて、何か声高に罵《のの》しっていた。その言葉使の野卑で憎らしかったには、傍で聞いている子供心にもカッと腹が立った。その時ばかりは兵隊が可哀相で、反身《そりみ》になった士官の胸倉へ飛び付いてやろうかと思った。それ以来軍人というものはすべてあんなものかというような単純な考えが頭に沁《し》みて今でも消えぬ。こんなわけだから、学校でも軍人希望の者などとはどうしても肌が合わぬ、そういう連中から弱虫党と目指されて、行軍や演習の時など、ずいぶん意地悪くいじめられたものだ。実際弱虫の泣虫にはちがいなかったが、それでも曲った事や無法な事に負かされるのは大嫌であった。無理の圧迫が劇《はげ》しい時には弱虫の本性を現してすぐ泣き出すが、負けぬ魂だけは弱い体軀《たいく》を駆って軍人党と格闘《かくとう》をやらせた。意気地《いくじ》なく泣きながらも死力を出してどこでも手当りしだいに引っかき嚙みつくのであった。喧嘩《けんか》を慰みと思っている軍人党と、一生懸命の弱虫との格闘にはたいてい利口な軍人の方が手を引く。これはどちらが勝ってどちらが負けたのだか、今考えても判らない。

ウトウトこんな事を考えていたが、気がついてみると垣の外ではさっきの子供らがまだ大きな声で歌ったりわめいたりしている。年かさらしいのが何か大将ぶって指揮している。こんなのもおおかた軍人党になるだろうと思って、過ぎた我が小半生の影が垣の外にちらつくように思う。突然向うの家の板塀へ何か打《ぶ》っつけた音がしたと思うと一斉に駆け出してそれきりどこかへ行ってしまった。凧《たこ》のうなりがブンブンと聞えている。熱はおいおい高くなるらしい。口が乾いて舌が上顎《あご》に貼り付く。少し眠りたいと思うて寝返りをすると、額の氷袋の氷がカチカチと鳴って袋は額をはなれる。まだ傍で針を使うていた妻はそれを当てなおしながら気分を問う。一片の旨《うま》い氷を口に入れてもらう。

もう何事も考えまいと思ったが、熱のために乱れた頭にはさっきまで考えていたような事がうるさく附き纏《まと》うてくる。そして脳が過敏になっているためか、不断はまるで忘れていたような事まで思い出してくる。自分は子供の時から絵が好きで、美しい絵を見れば欲しい、美しい物を見れば画いてみたい、新聞雑誌の挿画でもなんでも彩色してみたい。彩色と云っても絵具は雌黄《しおう》に藍墨《あいずみ》に代赭《たいしゃ》くらいよりしかなかったが、いつか伯父《おじ》が東京博覧会の土産に水彩絵具を買ってきてくれた時は、嬉しくて幾晩も枕元へ置いて寝て、眼が覚めるや否や大急ぎで蓋をあけて、しばしば絵具を検査した。夕焼の雲の色、霜枯れの野の色を見ては、どうしたらあんな色ができるだろうと、それが一つの胸を轟《とどろ》かすような望みであった。伯父は画《え》かきになったらどうだと云った事がある。自分も中学に居たころ父にその事を話して、絵を習わせてくれぬかと願った事がしばしばある。そのたびに父はいつでもこう云っていた。俺はおまえの行末の志望については少しも干渉せぬ。附け焼刃というものはなんにもならぬものである。なんでも自分の好いた方、気に向いた事をやるが得策だ。しかし絵はそればかりを職業として、それで生活しようというにはあまりに不利なものである。せっかく腕は立派でも、衣食に追われて画くようでは、よい絵はできず、第一絵に気品がなくなる。なんでもいいが、ほかにも少し立派に衣食の得らるるような事を修めて、傍ら自分の慰み半分絵をかく事にしたらどうか。衣食足った人の道楽に画いたものは下手でも自然の気品があって尊いものだ。とこう云うのである。自分もなるほどと思ってその方はあきらめたが、さらば何をやって身を立てるかと考えても、やっと中学を出ようと云う自分に、どんな事が最もよいか分りかねた。工科は数学が要るそうだからやめた。医科は死骸《しがい》を解剖すると聞いたから断った。そして父の云うままに進まぬながら法科へはいって政治をやった。父は附け焼刃はせぬせぬと思いながら、ついに独り子に附け焼刃の政治科を修めさせた事になる。しかしこれは恐らく誰の罪でもあるまい。自分はこの事を考えると、何よりも年老いた父に気の毒だ。せっかく一身を立てさせようと思えばこそ、祖先伝来の田地を減らしてまで学資を給してくれた父を、まあ失望させたような有様で、草深い田舎にこの年まで燻《くす》ぶらせているかと思うと、なんとなく悲しい心持になってしまうのだ。三十にしてなお俗吏なりというような句があったと思うが、自分の今は正にそれである。今年の文官試験にも残念ながら落第してしまった。課長の処へ挨拶《あいさつ》に行ったら、仕方がないまたやるさと云ってくれた。自分もそう思った。去年の試験にしくじった時もやはり仕方がないと思ったが、その時の仕方がないと今度のとは少し心持が違う。去年のはどこか快活な、希望の力の籠った「仕方がない」であったが、今度のにはもう弱い失望の嘆声が少し加わったように思われる。自分ながら心細い。

四、五日前役所で忘年会の廻状がまわった。会費は年末賞与の三プロセント、ただし賞与なかりし者は金弐円也《なり》とあった。自分は試験の準備でだいぶ役所も休んだために、賞与は受けなかったが、廻状の但し書が妙に可笑《おか》しかったからつい出掛ける気になって出席した。少し酒を過ごしての帰り途で寒気がしたが、あの時はもうすでに病に罹《かか》っていたのだ。帰って寝たら熱が出てそれきり起きられぬ。医者は流行性でたいした事はないと云っていたが、今日来た時は妙に丁寧に胸を叩《たた》いたり聞いたりして首をひねってとうとうあんなことを云って帰った。いよいよ肺炎だろうか。そう思うとなんだか呼吸が苦しいようである。熱はだんだん上るらしい。天井を見ると非常に遠く見える。耳が絶えず鳴っている。傍に坐った妻の顔が小さく遠い処にいるようで、その顔色が妙に蒼く濁って見える。妻は氷袋を気にして時々さわってみるが、始終無言である。子供はまだよく寝ているか音もせぬ。なんとなく淋しい。人には遠く離れた広間の真中に、しんとして寝ているような心持である。表の通りでは砂利をかんで勢よく駆ける人車《じんしゃ》の矢声《やごえ》も聞える。晴れきった空からは、かすかな、そして長閑《のどか》な世間のどよめきが聞えてくる。それを自分だけが陰気な穴の中で聞いているような気がする。どこか遊びに行ってみたい。行かれぬのでなおそう思う。田端《たばた》辺りでもよい。広々した畑地に霜解を踏んで、冬枯れの木立の上に高い蒼空を流れる雲でも見ながら、当《あて》もなく歩いていたいと思う。いつもは毎日一日役所の殺風景な薄暗い部屋にのみ籠っているし、日曜といっても余計な調べ物や内職の翻訳などに追われて、こんな事を考えた事も少いが、病んで寝てみると、急に戸外のうららかな光が恋しくて胸をくすぐられるようである。早くなおりたい。なおったらみんなを連れて一日くらい遊びに行こう。いつ治るだろう。むろん治る事はきっと治ると思ってみたが、ふっと二、三年前肺炎で死んだ姪《めい》の事を思出す。姪は死ぬる少し前まで、わたしが治ったらどこへ行くとか、何を買うとか、よくそんな事を云っていたので、死んでからはみんなでそのことを云ってよく泣いた。肺炎は容易ならぬ病気だと思うと、姪の美しく熱にほてった、いまわの面影がありあり見える。しかし自分は死にたくても死なれぬ。もしもの事があったら老い衰えた両親や妻子はどうなるのだと思うと満身の血潮は一時に頭に漲《みなぎ》る。悶《もだ》え苦しさに覚えず唸《うな》り声を出すと、妻は驚いてさし覗《のぞ》いたが急いで勝手の方へ行って氷を取りかえてきた。一時に氷が増してよく冷えると見えて、少し心が落付いたが、しだいに昇る熱のために、纏《まと》まった意識の力は弱くなり、それにつれて恐ろしい熱病の幻像はもう眼の前に押寄せてくる。いつの間にか自分と云うものが二人に別れる。二人ではあるがどちらも自分である。元来一つであるべきものが無理に二つに引きわけられ、それが一緒になろうなろうと悶え苦しむようでもあり、また別れよう別れようとするのを恐ろしい力で一つにしようしようと責め付けられるようでもある。その苦しみはとても名状ができぬ。やっとその始末が付いたと思うと今度は手とも足とも胸ともいわず、綿のように柔い、しかも鉛のように重いもので、しっかり抑え付けられる。もがきたくても体はちょっとも動かぬ。そのうちに自分のからだは深い深い地の底へ静にどこまでもと運ばれていく。もう苦しくはないが、ただ非常に心細い。いつの間にか暗い何もない穴のような処へ来ている。自分のほかには何物もない。何の物音も聞えぬ。耳に響くはただ身を焼く熱に湧く血の音と、せわしい自分の呼吸のみである。何者とも知れぬ権威の命令で、自分は未来永劫《えいごう》この闇の中に封じ込められてしまったのだと思う。世界の尽きる時が来ても、一寸もこの闇の外に踏み出すことはできぬ。そしていつまで経っても、死ぬと云うことは許されない。浮世の花の香もせぬ常闇《とこやみ》の国に永劫生きて、ただ名ばかりに生きていなければならぬかと思うと、なんとも知れぬ恐ろしさにからだがすくむ。生涯の出来事や光景が、稲妻のように一時に脳裏に閃いたと思うとそれは消えて、身を囲《めぐ》る闇は深さも奥行も知れぬ。どうかしてここを逃れ出たい。今一度小春の日光を見ればそれでよい。霜解け道を踏んで白雲を見ればそれでよい。恐ろしい闇、恐ろしい命と身を悶えた拍子に、氷袋がすべって眼がさめた。怖ろしい夢は破れて平和な静かな冬の日影は斜に障子にさしている。縁に出した花瓶の枯菊の影がうら淋しくうつって、今日も静かに暮れかかっている。発汗剤のききめか、漂うような満身の汗を、妻は乾いたタオルで拭《ぬぐ》うてくれた時、勝手の方から何も知らぬ子供がカタコトと唐紙《からかみ》をあけて半分顔を出してにこにこした。その時自分は張りつめた心が一時にゆるむような気がして心淋《うら》しく笑ったが、眼からは涙が力なくこぼれ落ちた。

（明治四十年二月『ホトトギス』）

年賀状

友人鵜照君、明けて五十二歳、職業は科学的小説家、持病は胃《い》潰瘍《かいよう》である。

彼は子供の時分から「新年」というものに対する恐怖に似たあるものを懐《いだ》いていた。新年になると着なれぬ硬直な羽織はかまを着せられて親類縁者を歴訪させられ、そして彼には全く意味の分らない祝詞の文句をくり返し暗誦《あんしょう》させられた事も一つの原因であるらしい。そして飲みたくない酒を嘗《な》めさせられ、食いたくない雑煮《ぞうに》や数の子を無《む》理強《りじ》いに食わせられる事に対する恐怖の念をだんだんに蓄積してきたものであるらしい。

それでも彼が二十六の歳に学校を卒業してどうやら一人前になってから、始めて活版刷の年賀端書《はがき》というものを印刷させた時は、彼相応の幼稚な虚栄心に多少満足のさざなみを立てたそうである。しかし間もなくそれが常習的年中行事となると、今度はそれが大きな苦労の種となった。わがままで不精な彼にとって年賀状というものが年の瀬に横たわる一大暗礁のごとく呪わしきものに思われてきたのだそうである。「同じ文句を印刷したものを相互に交換するのであるから、結局始めから交換しないでも同じ事である。ただ相違のある点は国民何千万人が総計延べ時間何億時間を消費し、そうして政府に何千万の郵税を献納するか、しないかである。」

こんなよい加減の目の子勘定を並べてありふれの年賀状全廃説を称《とな》えていたが、本当はそういう国家社会の問題はどうでもよいので、実際はただせっかくの書いれ時の冬の休みをこれがために奪われるのが彼のわがままに何より苦痛であったのである。

字を書くことの上手な人はこういう機会に存分に筆を揮《ふる》って、自分の筆端からほとばしり出る曲折自在な線の美に陶酔する事もあろうが、彼のごとき生来の悪筆ではそれだけの代償はないから、全然お勤めの機械的労働であると思われる上に、自分の悪筆に対する嫌忌の情を多量に買い込まされるのである。この点はいくらか同情してもよい。

かくのごとくわがままである癖にまたはなはだしく臆病《おくびょう》な彼は、自分で断然年賀端書を廃して悠然炬燵《こたつ》にあたりながら彼の好む愚書濫読に耽《ふけ》るだけの勇気もないので、表面だけはおとなしく人並に毎年この年中行事を遂行してきた。早く手廻《てまわ》しをすればよいのに、元日になってから慌《あわ》てて書き始める、そうして肩を痛くし胃を悪くして溜息《ためいき》をしているが、傍《はた》から見ると全く変った道楽としか思われないのであった。

ところが、不思議なことに数年前から彼鵜照君の年賀状観が少なからず動揺を始めた。何を感じたかこのごろではしきりに年賀状の効能とありがた味を論じるようになった。今までとはまるで反対の説を述べて平気でいられるところが彼の彼らしいところを表現していて妙である。

どうも彼のいう事には順序というものがないから簡単に要領を捕捉《ほそく》するのが困難であるが、まあ例えばこういう事をいう。

「空間の中にn個の点がある。そのおのおのの点から平均m本の線を引いて他のm個の点と結ぶ。そうすると合計nかけるのm本の線が空間に複雑なる網を織りだす。仮りにnが一千万、mが百とすると十億本の線が空間に入乱れる。これらの線が一度はどこかの郵便局へ束になって集められ、そこで選《よ》り分けられて、幾筋かの鉄道線路に流れ込み、それが、途中で次々に分派して国の隅々まで拡がってゆく。中には遠く大洋を越えて西洋の光の都、南洋のヤシの葉蔭《はかげ》に運ばれる。その数々の線の一つずつには、線の両端にいる人間の過去現在未来の喜怒哀楽、義理人情の電流が脈々と流れている。何と驚くべき空間網ではないか。」

そういえば、それはそうであるが、何故にそれがそれほど有がたいかは我々にはよくは分らない。これはたぶん横浜岸壁あたりで訣別《けつべつ》の色テープの束の美しさを見てきてから考えたものらしい。

「自分の知人A、B、Cの三人が同じ市の同じ町に住まっている事を、年賀状をより分けてみて始めて気がつく。しかしA、B、C相互になんらの交渉もない赤の他人である。それが遠い所にある自分という一点を通じて空間的に互に連結されている。そうして見るとAから流れだす電流の一部は廻り廻ってBやCをも通過するかもしれない。これを推し広めて考えると、結局少くも日本国中のおのおのの人間は全国民のおのおのと切っても切っても切り尽せないほどの糸でつながり合っているわけである。」

こういう全く分りきった事を、自分で始めて発見したように思って独りで喜ぶのが彼の癖である。またそういう事が何故に年賀状有用論の根拠になるかは、おそらく彼自身のほかには分らないであろう。

彼は時としてまたひどく感傷的な事をいう。「年賀はがきの宛名を一つ一つ書いてゆく間に、自分の過去の歴史がまるで絵巻物のように眼前に展《の》べられる。もっとも懐かしいのは郷里の故旧の名前が呼びだす幼き日の追憶である。そういう懐かしい名前が年々に一つ減り二つ減っていくのがさびしい。」

こういって感に堪えないように締りのない眉《まゆ》をあげさげする。

「年賀はがきの一束は、自分というものの全生涯の一つの切断面を示すものである。人間対人間関係というものがいかに複雑多様なものであるかを示す模型のようなものである。人情と義理と利害をXYZの座標とする空間に描きだされた複雑極まりない曲面の集合の一つの切り口が見える。これをじっと眺めていると、面白くもあれば恐ろしくもある。」

何かというとすぐに「XYZの座標」を持ちだすのが彼の一つの癖である。これさえ持出せば科学者でない多数の人々を無条件に感心させる事ができるとでも思っているらしい。それはとにかく、彼が近ごろ急に懐旧《レトロスペクティブ》的の傾向を帯びてきたのはどういうわけであろう。人は水に溺《おぼ》れんとする瞬間に過去の生涯全部の幻影を見るそうである。事によると彼もさきが短くなった兆《きざし》ではないかと密《ひそか》に心配している友人もある。そのせいでもあるまいが、彼がこのごろ年賀状の効能の一つとして挙げているのは、それが死んだ時の通知先名簿の代用になるという事である。実際彼の場合にはこれが非常に役立つに相違ない。彼の知人名簿には十年も前に死んだ人の宿所がそのままに残っていて、なんの符号も付いていない。また同じ人の名がいろいろな住所と結合してぱらぱらに散在しているので、どれが現住所であるか、当人でさえ時々間違えることがありそうである。年賀はがきを大切にしまっておくのももっともなわけである。ただし市会議員のよこしたのだけは紙くずかごに入れるようである。また自分の住所をかかないでよこすのはこの目的を達しないといってこぼしている。ずいぶん勝手なことをいうのである。

そうかと思うとまた彼はこういう気焔《きえん》を吐く事もある。「ある僕の全く知らない人の年々に受取る年賀はがきの束を僕に貸してよこせば、それを詳しく調べた上で、その人の年恰好《かっこう》、顔形、歩きぶり、衣服、食物の好みなどを当てて見せる」という。しかしそれくらいの事が自慢になるようであったら世の中に易者や探偵という商売は存在しないわけであり、奥歯一本の化石から前世界の人間や動物の全身も描きだすような学者はあり得ないわけである。

いろいろとむつかしい、しかもたいていはエゴイスティックな理窟《りくつ》を並べてはいるようであるが、結局は、当り前分りきった年賀状の効能を五十の坂を越えてから始めてやっと気のつくようになったのであるらしい。いったいこれに限らず彼の考える事、する事は大概人よりちょうど一時代だけ後れているようである。幸に永生きをして八十くらいになったら、その時にそろそろマルクス、エンゲルスの研究でも始めるだろうと皆でうわさをすることである。しかし負惜みの強い彼の説によると「世界は循環する。一番おくれたものが結局一番進んでいることになる」というのである。別に議論にもならないから、我々友人の間ではただ機嫌よく笑ってすむのである。

友人鴉照君の年賀状観の変遷史をここにご紹介して読者のご参考あるいはお笑い草に資するのである。

（昭和四年一月『東京朝日新聞』）

新年雑俎

数年前までは正月元旦《がんたん》か二日に、近い親類だけは年賀に廻ることにしていた。そうして出たついでに近所合壁の家だけは玄関まで侵入して名刺受にこっそり名刺を入れておいてからいっぺん奥の方を向いてお辞儀をすることにしていたのであるが、いつか元旦か二日かが大変に寒くて、おしまいには雪になったことがあって、その時に風邪を引いて持病の胃に障害を起したような機会から、とうとう思いきって年賀廻りを廃してしまった。すると、その翌年は正月がたいそう暖かくて廻礼《かいれい》廃止理由の成立が少々怪しくなったようであった。

年賀に行くとたいてい応接間か客座敷に通されるのであるが、そうした部屋は先客がない限り全く火の気がなくて永いこと冷却されていた歴史をもった部屋である。這《は》入《い》って見廻しただけですでに胴ぶるいの出そうな冷たさをもった部屋である。置時計、銅像、懸物、活花《いけばな》ことごとくが寒々として見えるから妙である。

瓦斯《ガス》ストーヴでもあると助かるが、さもなくて、だいぶしばらく待たされてから、やっと大きな火鉢の真中に小さな火種を入れて持参されたのでは、火のおこるまでに骨の髄まで凍ってしまいそうな気がする。またストーヴがあるにはあっても、その部屋の容量を考慮に入れないで瓦斯消費量のみを考慮に入れたようなストーヴだと効果はやはり同様である。そういう寒い部屋で相対坐《たいざ》している主人に百パーセントの好意を感じようとするのは並々ならぬ意志の力を必要とするようである。

多くの家では玄関は家の日裏にあり北極にあたる。昼ごろ近くになっても霜柱の消えないような玄関の前に立って呼鈴《よびりん》を鳴らしてもなかなかすぐには反応がなくて立往生をしていると、凜冽《りんれつ》たる朔風《さくふう》は門内の凍《い》てた舗石《しきいし》の面を吹いて安物の外套《がいとう》を穿《うが》つのである。やっと通されると応接間というのがまた大概きまって家中で一番日当りの悪い一番寒い部屋になっているようである。

自分が昔現在の家を建てたとき一番日当りがよくて庭の眺めのいい室を応接間にしたら、ある口の悪い奥さんから「たいそう御客様本位ですね」と云って、底に一抹《いちまつ》の軽い非難を含んだような讃辞を頂戴《ちょうだい》したことがあった。この奥さんの寸言の深い意味に思い当る次第である。

屠蘇《とそ》と吸物が出る。この屠蘇の盃が往々はなはだしく多量の塵埃《じんあい》を被《かぶ》っていることがある。もっとも屠蘇そのものがすでに塵埃の集塊のようなものかもしれないが、正月の引盃《ひきさかずき》の朱漆の面に膠着《こうちゃく》した塵《ちり》はこれとは性質がちがい、また附着した菌の数も相当に多そうである。日当りの悪い部屋だと塵の目立たぬ代りに菌数は多いであろう。

アルコールで消毒はされるかもしれないがあまり気持のよいものではない。屠蘇と一緒に出される吸物も案外に厄介《やっかい》なものである。歯の悪いのに蛤《はまぐり》の吸物などは一番当惑する。吉例だとあって朝鮮の鶴と称するものの吸物を出す家があったが、それが妙に天井の煤《すす》のような臭気のある襤褸《ぼろぎ》切れのような、どうにも咽喉《のど》に這入りかねるものであった。

御膳《おぜん》が出て御馳走《ごちそう》がいろいろ並んでも綺麗《きれい》な色取りを第一にしたお正月料理は結局見るだけのものである。

二、三軒廻って吸物の汁だけ吸うのでも、胸がいっぱいになってしまう。そうして新玉《あらたま》の春の空の光がひどく憂鬱《ゆううつ》に見えるのである。

子供の時分の正月の記憶で身に沁《し》みた寒さに関するものは、着馴《きな》れぬ絹物の妙につめたい手ざわりと、穿《は》きなれぬまちの高い袴《はかま》に釣上げられた裾《すそ》の冷え心地であった。その高い襠《まち》で擦《す》れた内股《うちまた》にひびが切れて、風呂《ふろ》に入るとこれにひどくしみて痛むのもつらかった。

今はどうか知らないが昔の田舎の風として来客に食物を無理強《むりじ》いに強いるのが礼の厚いものとなっていたから、雑煮《ぞうに》でももう喰《た》べられないといってもなかなかゆるしてくれなかったものである。もっとも雑煮の競食などということが普通に行われていたころであるから多くの人には切餅《きりもち》の一片二片は問題にならなかったかもしれないが、四軒五軒と廻る先々での一片二片はそうそう楽なものではないのである。いよいよはいり切らなくなって吐出し始めたら餅が一とつながりの紐《ひも》になって果しもなく続いて出てきたなどという話しを聞かされたこともある。真偽のほどは保証の限りでない。

雑煮の味というものが家々でみんな違っている。それぞれの家では先祖代々の仕来《しきた》りに従って親から子、子から孫とだんだんに伝えてきたリセプトによって調味する。それが次第次第にダイヴァージしていろいろな変異を生じたではないかという気がする。とにかく他家の雑煮を食うときに「我家」と「他家」というものの間に存するかっきりした距《へだ》たりを瞬間の味覚に翻訳して味わうのである。

土佐の貧乏士族としての我家に伝わってきた雑煮の処方は、椀《わん》の底に芋一、二片と青菜ひとつまみを入れた上に切餅一、二片を載せて鰹節《かつおぶし》のだし汁をかけ、そうして餅の上に花松魚《はながつお》を添えたものである。ところが同じ郷里の親類でも家によると切餅の代りに丸めた餅を用い汁を味噌《みそ》汁にした家もあった。ある家では牡蠣《かき》を入れたのを食わされて胸が悪くて困った記憶がある。高等学校時代に熊本の下宿で食った雑煮には牛肉が這入っていた。土佐の貧乏士族の子の雑煮に対する概念を裏切るような贅沢《ぜいたく》なものであった。比較にならぬほど上等であるためにかえって正月の雑煮の気分が出なくて、淡い郷愁を誘われるのであった。

東京へ出てきて汁粉屋などで食わされた雑煮は馴れないうちは清汁《すましじる》が水っぽくて、

自分の頭にへばりついている我家の雑煮とは全く別種の食物としか思われなかったのである。

去年の正月ある人に呼ばれて東京一流の料亭で御馳走になったときに味わった雑煮は粟餅《あわもち》に松露《しょうろ》や蓴菜《じゅんさい》や青菜《あおな》やいろいろのものを添えた白味噌仕立てのものであったが、これは生れてから以来食った雑煮のうちでおそらく一番上等で美味な雑煮であったろうと思われる。それだのに、それと比べて我家の原始的な雑煮が少しも負けずにうまく食われるから全く不思議なものである。

雑煮の膳には榧実《かやのみ》、勝栗《かちぐり》、小殿原《ことのばら》を盛合わせた土器《かわらけ》の皿をつけるという旧《ふる》い習慣を近年まで守ってきた。小殿原はためしにしゃぶってみたことがあり、勝栗もかじってみたことがあるが榧の実ばかりは五十年間ただ眺めてきただけである。いつか正月の朝の膳に向ったとき、いったいこのような見るだけで食わない肴《さかな》が何を意味するかということが家族の間で問題になったことがあった。討論の結果、これは今でこそほとんど食べないような装飾物であるが、ずっと昔これらのものが非常に珍しいうまい御馳走であった時代があったので、その時代にこれらのものが特別なとっときの珍肴《ちんこう》として持出され、そうして賞味され享楽されたものであろうという臆説が多数の承認を得たようであった。その後何年か後の正月にも前のことを忘れていて、また同じ問題を持出し、同じようなことを云ってみんなで気がついて笑ってしまったことがある。

その後正月の吉例にまたわざと同じ事を話して笑ったりしたこともあった。

母が亡くなってから、いつとはなしに榧、勝栗、小殿原が正月の食卓の上に現われなくなった。そうして、それが現われなくなったことを誰も意識しなくなってきた。

自分の子供らが今の自分ぐらいの年配になるころには、ことによるともう正月に雑煮を喰《く》うという習慣もおおかた忘れられて、そうしてそのころの年取った随筆家が「雑煮の追憶」でも一九六五年あたりの新年号に書くことになるかもしれない。そう思うと少し淋《さび》しい心持もするのである。

（昭和十年一月『一橋新聞』）

相撲

一

一月中旬のある日の四時過に新宿の某地下食堂待合室の大きな革張りの長椅子の片隅に陥没して、あとから来るはずの友人を待合わせていると、つい頭の上近くの天井の一角からラジオ・アナウンサーの特有な癖のある雄弁が流れ出していた。両国《りょうごく》の相撲の放送らしい。野球の場合とちがって野天ではなく大きな円頂蓋《えんちょうがい》状の屋根で蔽《おお》われた空間の中であるだけに、観客群衆のどよみがよくきこえる。行司の古典的荘重さをもった声のひびきがちゃんと鉄傘《てっさんか》下の大空間を如実に暗示するような音色をもってきこえるのが面白い。観客のどよみも同じく空間を描き出す効果があるのみならず、その音の強弱緩急の波のうち方で土俵の上の活劇の進行の模様が不案内な吾々《われわれ》にもよく分るような気がする。それでこの放送では、むしろ観客群集の方が精神的に主要な放送者であって、アナウンサーの方は機械的な伴奏者だというような気もするのである。

そんな気のするのは畢竟《ひっきょう》自分が平生相撲に無関心であり、二、三十年来相撲場の木戸をくぐった事さえないからであろう。それほど相撲に縁のない自分が、三十年ほど前に夏目《なつめ》漱石先生の紹介で東京朝日新聞に「相撲の力学」という記事を書いて、掲載されたことがある。切抜きをなくしたので、どんな事を書いたか覚えていないが、しかし相撲四十八手の裏表が力学の応用問題として解説の対象となり得ることには違いはないので、その後に誰か相撲好きの物理学者が現われ、本格的な「相撲の力学」を研究し開展させて後世に対する古典文献を著述するであろうと思って期待していたが、自分の知る限りまだそうした著書はおろか論文も見当らない。そんなものを書いても今の日本では学位も取れず金も儲《もう》からないためかもしれない。しかし昨今のように国粋的なものが喜ばれ注意される傾向の増進している時代では、あるいはこうした研究もそれほどに異端視されなくてもすむかもしれないと思われる。「囲碁」や「能楽」のように西洋人に先鞭《せんべん》をつけられないうちに誰か早く相撲の物理学や生理学に手をつけたらどうかと思うのである。

相撲の歴史については相当いろいろな文献があると見えて新聞雑誌でそれに関する記事をしばしば見かけるようであるが、しかしそれはたいていいつもお定まりの虫食い本を通して見た縁起沿革ばかりでどこまでが本当でどこからが嘘か分らないもののような気がする。この歴史についてもも少し違った見地からの新しい研究が欲しい。

例えば世界各地方の過去から現在までに行われた類似の角力戯との比較でもしてみたら存外面白い結果が得られはしないかと思われる。

二

少し唐突な話ではあるが、旧約聖書にたしかヤコブが天使と相撲を取った話がある。その相手の天使からイスラエルという名前をもらって、そうしてびっこを引きながら歩いていったというくだりがあったようである。その「相撲」がいったいどんな風の相撲であったかさっぱり分らない。しかし、ヘブライ語の相撲という言葉の根幹を成す「アバク」という語は本来「塵埃《じんあい》」の意味があるからやはり地べたに転がしっこをするのであったかもしれない。そうして相撲の結果として足をくじいてびっこを引くこともあったらしい。それから、これは全く偶然ではあろうが、この同じヘブライ語が「撲」の漢音「ボク」に通ずるのが妙である。一方で和名「すまふ」はこれは相撲の音から転じたものであるに相違ない。bはmに、kはhに変りやすいからである。ついでにもう一歩脱線すると、相撲の元祖と云われる野見宿禰《のみのすくね》の「スクネ」とよく似たヘブライ語の「ズケヌ」は「長老」の意味があるのである。

このヤコブと天使との相撲の話は、私にはまた子供の時分に郷里の高知でよく聞かされた怪談を想い出させる。

昔の土佐には田野の間に「シバテン」と称する怪物がいた。たぶん「柴天狗《しばてんぐ》」すなわち木の葉天狗の意味かと想像される。夜中に田圃《たんぼ》道を歩いているとどこからともなく小さな子供がやって来て、「おじさん、相撲取ろう」と挑む。これに応じてうっかり相手になると、それが子供に似合わず非常な怪力があって結局ひどい目にのされてしまう、というのである。これと並行してまたエンコウ（河童《かっぱ》の類《たぐい》）と相撲を取ってのされたという話もある。上記のシバテンはまた夜釣の人の魚籠《びく》の中味を盗むこともあるので、とにかく天使とはだいぶ格式が違うが、しかし山野の間に人間の形をした非人間がいて、それが人間に相撲を挑むという考だけは一致している。

自分たちの少年時代にはもう文明の光にけおされてこのシバテンどもは人里から姿を隠してしまっていたが、しかし小学校生徒の仲間にはどこかこのシバテンの風格を具《そな》えた自然児の悪太郎はたくさんにいて、校庭や道ソバの草原などでよく相撲をとっていた。そうして着物をほころばせたり向脛《むこうずね》をすりむいては家へ帰ってオナン（おふくろの方言）に叱られていたようである。自分なども一度学校の玄関の土間のたたきに投げ倒されて後頭部を打って危く脳震盪《のうしんとう》を起しかけたことがあった。

三

高等小学校時代の同窓に「緋縅《ひおどし》」という渾名《あだな》をもった偉大な体軀《たいく》の怪童がいた。今なら「甲状腺《せん》」などという異名がつけられるはずのが、当時の田舎力士の大男の名をもらっていたわけである。しかし相撲は上手でなく成績もあまりよくなかったが一つ誰にもできぬ不思議な芸をもっていた。それは口を大きく開いて舌を上顎《あご》にくっつけておいて舌の下面の両側から唾液《だえき》を小さな二条の噴水のごとく噴出するという芸当であった。口から外へ十センチメートルほどもこの噴水を飛ばせるのは見事なものであった。一種のグロテスクな獣性を帯びたこの芸当だけは誰にも真似ができなかった。これを噴きかけられるのを恐れて皆逃出したものである。

中学時代に相撲が好きで得意であったような友人の大部分は卒業後陸軍へはいったが、それがほとんど残らず日露戦役で戦死してしまって生残った一人だけが今では中将になっている。海軍へはいった一人は戦死しなかった代りに酒をのんで喧嘩《けんか》をして短剣で人を突いてから辞職して船乗になり、シンガポールへ行って行方が分らなくなり、結局亡くなったらしい。若くて死んだこれらの仲よしの友達は永久に記憶の中に若く潑剌《はつらつ》として昔ながらの校庭の土俵で今も相撲をとっている。一番弱虫で病身で意気地なしであった自分はこの年まで恥をかきかき生き残って恥の上塗にこんな随筆を書いているのである。

中学の五年のとき、ちょうど日清戦争時分に名古屋に遊びに行って、そこで東京大相撲を見た記憶がある。小錦という大関だか横綱だかの白皙《はくせき》の肉体の立派で美しかったことと、朝潮という力士の赤ら顔が妙に気になったことなどが夢のように思い出されるだけである。

高等学校時代には熊本の白川《しらかわ》の河原で東京大相撲を見た。常陸山《ひたちやま》、梅ヶ谷、大砲などもいたような気がする。同郷の学生達一同と共に同郷の力士国見山のために密《ひそ》かに力瘤《ちからこぶ》を入れて見物したものである。贔屓《ひいき》ということがあって始めて相撲見物の興味が高潮するものだということをこの時に始めて悟ったのであった。夜熊本の町を散歩して旅館研屋支店の前を通ったとき、ふと玄関を覗《のぞ》き込むと、帳場の前に国見山が立っていて何かしら番頭と話をしていた。そのときのこの若くて眉目秀麗《びもくしゅうれい》な力士の姿態にどこか女らしく艶《なまめ》かしいところのあるのを発見して驚いたことであった。

四

大学生時代に回向院《えこういん》の相撲を一、二度見に行ったようであるがその記憶はもうほとんど消えかかっている。ただ、常陸山、梅ヶ谷、大砲、朝潮、逆鉾《さかほこ》とこの五力士のそれぞれの濃厚な独自な個性の対立がいかにも当時の大相撲を多彩なものにしていたことだけは間違いない事実であった。それぞれの特色ある音色をもった楽器の交響楽を思わせるものがあった。皮膚の色までがこの五人それぞれはっきりした特色をもっていたような気がするのである。これとは直接関係のないことであるが、大学などでも明治時代の教授達には、それぞれに著しくちがったしかもそれぞれに濃厚な特色をもった人が肩を比べていたような気がするが、近ごろではどちらかといえばだんだん同じような色彩の人ばかりが揃えられるといったような傾向がありはしないかという気がする。これは自分だけの僻目《ひがめ》かもしれないが、しかしそうなるべき理由はあると思われる。昔は各藩の流れをくんで多様な地方的色彩を帯びた秀才が選ばれて互に対立し競争しまた援《たす》け合っていた。しかし後にはそうではなくて先任者が順々に後任者を推薦し選定するようになった。したがって自然に人員の個性がただ一色に近づいてくるという傾向が生じたのではないかという気がする。どちらがいいか悪いかは別問題であるが、昔の人選法も考えようによってはかえって合理的であるかもしれない。学風の新鮮を保ち沈滞を防ぐためにはやはりなるべく毛色のちがった人材を集める方がかえっていいかもしれないのである。同じことは他のあらゆる集団についてもいわれるであろう。

それはとにかく、ある時東海道の汽車に乗ったら偶然梅ケ谷と向合いの座席を占めた。からだの割合に可愛い手が眼についた。蜜柑《みかん》をむいて一袋ずつ口へ運び器用に袋の背筋を嚙《か》み破っては綺麗に汁を吸うて残りを捨てていた。すっかり感心して、それ以来蜜柑の食い方だけはこの梅ヶ谷の真似をすることにきめてしまった。

ラジオの放送を聞きながらこんな取止めもないことを考えていたのであった。

相撲と自分との交渉は洗いざらい考えてみてもまずあらかたこれだけのものにすぎない。相撲好きの人から見たらじつに呆《あき》れ返るであろうと思われるほどに相撲の世界と自分の世界との接触面は狭小なものである。しかしむしろそういう点で自分らのようなもののこうした相撲随筆も広大な相撲の世界がいかなる面あるいは点において他の別世界と接触し得るかということを示す一例として、一部の読者にはまた多少の興味があるかもしれないと思った次第である。

（昭和十年一月『時事新報』）

歳時記新註

一

稲妻

晴れた夜地平線上の空が光るのをいう。ドイツではこれを Wetterleuchten という。虚子《きよし》の句に「一角に稲妻光る星月夜」とある。『説文《せつもん》』に曰《いわ》く電《いなずま》は陰陽の激曜するなりとはちと曖昧《あいまい》であるが要するに陰陽の空中電気が相合する時に発する光である。遠方の雷に伴う電光が空に映るのだが雷鳴の音は距離が遠いのと空気の温度分布の工合《ぐあい》で聞えぬのである。稲妻のぴかりとする時間は一秒の百万分一という短時間でこれに照して見れば砲丸でも止って見える。あまり時間が短いからさほど強く目には感ぜぬが、そのじつ月の光などに比べては比較にならぬほど強い光である。時としては天の真上で稲光がしてやはり音の聞えぬ事がある、これはブラシ放電と名づける現象で、この時の光の色を分析してみると普通の電光とちがう事が分る。稲妻が光るたびに稲が千石ずつ実るという云い伝えがあるが、どういう処から割り出したものであろう。近ごろ海外では農芸に電気を応用する事がようやく盛になろうとしているから、稲妻の伝説と何かこじつけができそうである。

（明治四十一年九月十二日『東京朝日新聞』）

二

一葉

『淮南子《えなんじ》』には一葉落而天下知秋とあるが、植物学者に聞いてみると、木の葉が夏過ぎて落ち散るのは葉柄の根元の処にコルク質の薄い層ができてそこだけ脆《もろ》くなるから少しの風にでも誘われて天下の秋を示すものだそうだ。またある人の話によると、落葉樹の葉の中で遅く発育したのがまだ十分成熟しないうちに早い霜に痛んでしまうと、それきり発育が止まって、コルク質のできる間がなく、梢《こずえ》に枯れたまま淋しい趣を見せるという事である。

（明治四十一年九月十三日『東京朝日新聞』）

三　露

夜地上の草木土石が冷えて空気よりも冷くなると、空気中の湿気が持ちきれなくなって露と結ぶ。地面は昼間温かい太陽に向って九千三百万マイルのかなたから来る光熱を浴びているが、夜になると冷い死灰《しかい》のような宇宙の果に向き変ってしまう。すると昼間せっかく太陽からもらった温熱の大部分は人の知らぬ間に音もなく地面から抜け出して虚空へ逃げていく。一秒時間に十八万六千マイルという驚くべき速度で逃げ出すと、もう未来永劫《えいごう》再び我が地球へは帰って来ぬ。よく晴れた夜には地面は赤裸で天体の寒さに曝《さら》されるようなものだから余計によく冷える。こんな晩には露が多い。しかし雲があればちょうど地面に着物を着せたようなわけで熱の放散が少い、それだから露が少い。また風があると地面の冷えようとするのを始終空気が撫《な》でていくから空気よりも著るしく冷える間がない。それだから風のない雲のないそして湿気の多い晩に露が多いわけである。また物によって熱の逃げやすいものと逃げにくいものとある。草木の葉や土、石、藁《わら》のようなものは冷えやすいから露も多くつくが、光った金属例えば金盥《かなだらい》などは冷えにくいから露も付きにくい。熱帯地方では露の夥《おびただ》しく降る処がある。アフリカのコンゴー河口に近い海岸で一夜に降る露の量は地面を一分ほどの深さに蔽《おお》うに足るという。

（明治四十一年九月十七日『東京朝日新聞』）

四

鳩吹

古書には「鳩をとるとて手を合せて鳩の声のようにふきならすなり」とある。ちょうどフラスコの口に斜に呼気《いき》を吹き付ける時に出る音と同じわけで、両掌の間の空洞内の空気が振動して音を出すのである。この種類のものではその音の調子は空洞が狭くて口の穴の広いほど高くなる。唸《うな》り独楽《ごま》の音なども同じような例である。また栗の実に小さい穴を穿《うが》って中実を掘出し穴から長い糸を出しその糸の端をもって栗の殻を烈《はげ》しく振り廻すと音を出すがあれも同理である。この種類のものは大抵ウ行に近い音を出す。人間の声でもウ行の音を出すには口を狭く突き出さねばならぬ。「吹く」という言葉も頬を膨《ふく》らし口をすぼめた時に出る声から起ったものであろう。

(明治四十一年九月二十五日『東京朝日新聞』)

五

秋分

昨日まで北半球の上に照っていた太陽がまさに南半球へ越えんとしてちょうど赤道の真上に来る日である。この日我が皇室では皇霊祭を行わせられる。仏教では彼岸の中日時正《じしょう》の日で、一切の諸仏三世の諸尊および無数万億菩薩《ぼさつ》説法して衆生《しゅじょう》に楽みを与うというので春分の時と同様阿弥陀詣《あみだもうで》などをする。昔エジプトの天文学者は地上に環を立てて北極星に面せしめておき、環の影がちょうど一直線になる日を見て春分秋分を定め、これを基として暦を定めたという事で、その時の環が今日でもアレキサンドリアの博物館に保存してある。この日は昼夜長短相同じでこれからだんだん夜長になる。ずっと昔十二宮を定めたころには秋分の日地球から太陽を望むとほぼ天秤星座《てんびんせいざ》に当ったので秋分をもって太陽天秤宮に入ると云っていたが、今から二千年前ギリシャのヒッパーカスは昼夜平分の日に太陽が天球の上に見える位置すなわち秋分点は少しずつ西の方へ変っていくという事を発見した。今日では秋分の太陽は処女宮の西のはずれに近い処まで動いてきた、したがってもとは同名の星座に配してあった十二宮は同名の星座と合わなくなってきたのである。秋分点あるいは春分点が天を一廻りして旧位に帰るまでには二万五、六千年の星霜を経ねばならぬ。今から一万二、三千年の子孫の世には北極はとんでもない天《あま》の河《がわ》のはずれを向いて、七夕の星が春見えるような事になる。こんな変化の起るわけは地球の自転の軸が独楽《こま》の軸と同じように徐々に味噌摺《す》り運動をやるためである。

（明治四十一年九月二十六日『東京朝日新聞』）

六　霧

霧の出来方にはいろいろある。夜地面に近い空気がだんだんに冷えてくるために水蒸気が細かい滴になって空中に浮《ふ》游《ゆう》すればすなわち霧である。また湿気を帯びた温かい風が森や山腹の冷い処に触れる場合や黒潮と親潮が出会うて温かい空気と冷い空気が混ずる場合などにも起る。いずれにしても空中の水蒸気が凝って水滴となったもので実質においては雲と少しも異っておらぬ。この滴が大きくなれば雨である。霧の滴の大きさはいろいろあるが直径およそ一分の百分一くらいのもので一滴ごとに凝結の中心となるべき核をもっている。この核となるものは極微な塵埃やまた物理学者がイオンと称えて顕微鏡でも見えぬしかもそれぞれ電気を帯びた微分子である。滴があまり細かいから空気の摩擦に支えられて容易に地に落ちず空中に浮かんでいる。野山の霧は消えやすいに反して市街の霧が消散しがたいのは水滴の核になる塵の差違から起るという事である。霧で有名なのはロンドンで、石炭や煤の粉交りだから特別な不快な色をしている。そしてこの霧は市の上に限られて少し市外へ出れば無くなる。つまり市中の工場や住家から立昇る煙が霧の核を多量に供給しているためであろう。この霧を散らせるために大砲などを発火して試験をしている。市街の煤煙《ばいえん》と同様に火山の煙も霧の発生を助けるものである。もう一つ霧で有名なのはニューファウンドランド島の近海で、ここは暖流と寒流の出会うために春から夏へかけては霧が深くて航海が危険である。三十七、八年の戦役に我が艦隊を悩ました濛気《もうき》もこの従兄弟《いとこ》のようなものであろう。また船乗の恐れる海坊主というのは霧の濃いかたまりだという説がある。とにかく霧は航海には厄介なもので、この障害を防ぐために霧笛、霧砲などというものがいろいろ工夫された。

（明治四十一年九月三十日『東京朝日新聞』）

七

霧の海

野原に下りた霧の渺々《びょうびょう》として海のごとく見ゆるをいう。ドイツにはこれに相当して Nebelmeer という字がある。仏国にも une mer de brouillard という語がある。

霧の笆

霧は「切り」で、立ち切る意なりとの説がある。霧が物を障《さえ》ぎる事は東西を通じて詩にも歌にもいろいろに云い現されているが、ある学者は霧が視界を障ぎる距離を詳しく調べてみた。その人の説によれば視力のおよぶ距離は霧の滴の直径に比例し、空気の一定容積中に含まるる水の量に反比例する。早くいえば霧が細かくて濃いほど遠くが見えぬのである。まず普通山中などで出会う霧では百歩のほかは見えぬものと思えばよい。英語に「霧の堤」という語があるが、これは障ぎるという意味よりはむしろ海上などで霧が水平線に堤のように下りて陸と見違えるようなのをいうそうである。

霧の香

古書には「霧に匂ひのあるものなり云々《うんぬん》」とあるが水滴ばかりでは香のあるはずはない。按《あん》ずるに霧の凝結する核となる塵埃中にはいろいろ香や臭のあるものもあってこれが鼻感を刺戟《しげき》する場合があるのでそう云ったものではあるまいか。実際松山の霧は松の香がして火山の霧は硫黄《いおう》臭い。しかし「霧不断の香をたく」というのは香煙に見立てた眼の感じで鼻の感じではあるまい。

（明治四十一年十月一日『東京朝日新聞』）

八

火桶、火鉢

金属や陶器のは火を入れると周囲が熱くて触われなくなるが木製のだとそんな事はない。これはつまり金属陶器木材等の伝熱率の大小による。この三者のうちで木材が一番熱を伝え悪《にく》いからたとえ内側は焦るほど熱くなっても外までは熱が届かぬのであ

ぶ る。灰には石灰や土灰をも用いるが普通は藁灰《わらばい》である。藁を燃した屑《くず》にはまだだいぶ灰に炭素が残って黒い色をしているが火鉢に入れておくとこの灰はだんだんに燃えて灰ばかり残る。灰の成分は主にいろいろの軽金属の酸化物で、なかんずく水に溶ける分は強いアルカリ性でいわゆる灰汁《あく》になる。灰の火鉢における効用は強い炭火を容器に密接させぬ事や炭をのせる台になる事のほかに、炭が急に燃えるのを防ぎ、また熱の直接に空気へ放散するのを一部その中に貯えておく事である。炭の活け方にはいろいろあるが、要するに炭を並べて真中に縦穴を作り穴の下の方に横穴を作れば全体がちょうどストーヴの煙突と同じ作用をして空気の流通を促し炭の燃えるのを助けるわけになる。炭火から出る炭酸瓦斯は熱した空気と一緒に天井へ上り障子の紙を透して外へ出るから日本の家屋ではそう恐ろしい害はない。また炭火の中で炭酸瓦斯《ガス》が還元して一酸化炭素という恐ろしい毒瓦斯を作る事はあるが、これは大抵青い焰《ほのお》を上げて燃えてしまう。

（明治四十一年十一月十一日『東京朝日新聞』）

九 炭

木材を蒸焼にすると大抵の有機物は分解して一部は瓦斯になって逃げ出し、残ったのは純粋な炭素と灰分とが主なものである、これがすなわち木炭である。質の粗密によってあるいは燃え切りやすいのもあれば、燃えにくく消えやすいのもある。いずれも内部には無数な細かい穴があってその間に多量の瓦斯を吸収する性質がある、炭が臭気止めに使われるのはこのためである。近ごろ檳榔子《びんろうじ》の炭を使って極寒まで冷した空気を吸わせ真空を作る事も発明された。また炭は溶液の中にある有機性の色素を吸収する性質がある、ことに獣炭あるいは骨炭がこれに適しているので砂糖の色を抜く事などに使われる。コークスは石炭を蒸焼にした炭だ、火力が強いが燃えつきにくい。近来電気の応用が盛になるにつれていろいろの事に炭を使う、白熱電灯の細い線も炭、アーク灯の中の光る棒も炭である、電話機の受話口の中の最も要用なものは炭でこしらえた丸薬のようなものである。

白炭

小枝に石灰を塗って焼いた炭である。黒い炭の中に交ぜて炭取を飾り炉の中を飾る。焼けると真白に光って美しい。瓦斯の焔を石灰に吹きつけて光らせるのはドラモンド灯であるが、白炭の強い光を喜んだ昔の人は偶然に一種のドラモンド灯を知っていたわけである。

埋火

炭火を灰で埋めれば酸素の供給が乏しくなるから燃えにくくなって永く保っている。しかしついには燃えてしまうのは空気が少しずつ中を流通している証拠である。

（明治四十一年十一月十二日『東京朝日新聞』）

解説

角川源義

日本人の季節感を探ろうとして、『古事記』の中から俳諧《はいかい》の季題を探し出す作業はどはかないものはない。季題が季節季節の約束事として固定したのは、随分時代がくだる。人事を中心とした季節感が固定したのは、宮廷が一都市に永くつづき、宮廷をめぐる貴紳の生活内容や祭事に対する感覚が類型化して、人びとの約束事が成立する。清少納言が春を「をかし」の世界と感じ、秋を「あはれ」と思ったのは、春の行事と秋の自然とが比較されての上である。清少納言のこの季節感は勿論源氏物語《もちろんげんじものがたり》に通ずる世界で、『徒然草』に『源氏物語』『枕草子』などにことふりにたれどとしたのは、つまり、季節感覚が固定化し類型化していたことを意味する。つまりこの前提のもとに俳諧季題が成立するのである。

暦日の観念は農耕社会に発生する。種下しや収穫は時を無視しては考えられぬ。殊に日本の風土地形は自然の恩寵《おんちょう》とともに、自然の暴戻にもさらされる。歳時の観念にいささかの誤謬《ごびゅう》あってはならぬわけである。暦の観念は大陸から入ったと考えてよい。『古事記』に見える帰化人出石処女《いずしおとめ》を春山《はるやま》ノカスミ男《おとこ》と秋山《あきやま》ノシタビ男《おとこ》とが争ったという説話はその解決点を与えている。春山の霞《かすみ》の精霊と秋山の下氷の精霊との争いは、もともと農耕占いから出ている。霞と氷とが争って霞が勝った歳は豊作だと考えられたであろう。竈《かまど》の上の詛戸《とこど》は春行いの呪術《じゅじゅつ》で、この物語の母神は祭の主宰者の資格をもって氷の精霊を屈服させる詛《とこ》いを行った。春行いの年中行事が物語化し、歴史化して帰化人の処女を二人の男が争ったという伝承となった。これと似た五月女《さおとめ》と冬女との争いという形をとった行事が東欧にまでもそのひろがりを見せているのは、ともに農作上の吉凶を占う祭りから出ている。

花の散るのを惜しむ風情が日本人の性格となる前に、桜に伴う鎮花祭を考えねばならぬ。花の早く散った年には疫病がはやり、田作りが悪いと考えられ花が散るのを忘れさせるための祭が行われた。春の一日を遊山にくらし、花のもとに踊り狂うた前代人の生活が変化し、特殊な風情を育成した。比叡山《ひえいざん》の花が散るのを見て泣いている稚児に法師が若いくせにあわれを知ると感じて問い寄ると、花が早く散るからには、さだめし田舎は凶作だろうと答えられて、うたてしやと驚いた話が『宇治拾遺《うじしゅうい》』に見えている。都市と農村との生活感覚にずれが生じ初めた証拠であろう。花見に行く趣味の可否は別として、美的感動の対象と人びとがする以前の生活があったのである。前おきにもならぬ解説と思われるであろうが、私は一応これだけのことから始めて、寅《とら》彦《ひこ》の季節感に入り込もうと思う。

四十前後の寅彦は、春が来ると気温が高くなるので毎年待ち遠しかったとともに、肉体的にはたのしまなかった。第一胃が悪くなり、頭が重くなる。桜が咲く時分には血液がみな身体の外郭と末梢《まっしょう》部分へ出張し、急に頭の中が萎縮《いしゅく》してしまうような気がした。空虚と倦怠《けんたい》感から妙な精神の不安が寅彦を襲った。寅彦は「悪人」であることを意識した。しなくてはならない要件を打ち捨ててあるような気がして、ひどくなると自分が積極的な悪事を犯していて、その応報が待ちかまえているような幻想を抱いた。理由のない不安と憂鬱《ゆううつ》の雰囲気が菖蒲や牡丹《ぼたん》の花弁から醸され、鯉幟《こいのぼり》の翻る青葉の空に流れたなびくような気がした。人間の心理は肉体の生理状態に深い関係があって、それが気候に左右されることが多いらしい。その代り秋風が立ち初めて黍《きび》の葉がかさかさ音をたてるころには世の中が急に頼もしく明るくなり、秋を悲しいものときめてしまった昔の歌人の気持がのみこめなかった。そして冬のあいだは乏しい血液が身体の内部へ集合しているような感じがした。手足の指などが冷え凍えてこちこちしている代りに頭の中は好い加減に温かいものの充実感を抱いた。「丸善と三越」のなかで寅彦は「不思議な事に自分は毎年寒い時候が来ると哲学や心理がかった書物が読み度《た》くなる。自分の病弱な肉体には気候の変化が著しく影響する。冬が来ると身体は全くいぢけてしまつて活動の力が減退する代りに頭の方は却《かえ》つて冴《さ》えて来て、心が兎《と》角《かく》に内側へ向きたがる、其《そ》のせゐかも知れない」と云っているが、木枯に吹かれても、何か弱い糸で吊《つる》されている簑虫《みのむし》の冬ごもりの状態を学者の思索にくらべたことなどが思いあわされる。

「やもり物語」（明治四十年）は虚構の世界である。つまり小説的仕立て方がなされている。無為の生涯を理想世界（枯菊の影）として描いた寅彦はここでは初夏を迎える強烈な自然の力に圧服されている。若葉の梢《こずえ》が茂り黒み、「情ない空風」が遠い街の塵《ちり》を揚げて、寅彦の下宿に吹き込んで来る頃には、「定まつた様に」脳の具合が悪くなり、庭の八つ手の葉《は》蔭《かげ》に夕闇の蟇が出る頃には益々悪くなる。自分の内側か外側かに何かが起りそうな気配がする。こうした条件のもとに虚構が成立する。重苦しい心理状態の解決法として寅彦は雨の降り出した夕を、きまったように風呂《ふろ》へ行った。寅彦にとって追いつめられたような緊張感から救われる唯一の方法が風呂であることは「電車と風呂」の中でも云っている。風呂屋の途中、暗闇阪の街灯に止ったやもりに何物かの呪いを感じた。寅彦が十九歳の夏休み、父に伴われて上京し麴町の宿屋に泊っていたとき、雨戸を閉めていた女中お房に、あやしい美しさである瞬間胸を射られた。手をついて風呂をすすめたときは女は平生の女であった。女の去ったあと青年は雨戸を一枚あけて庭を見ると、やもりが一疋《ぴき》雨に迷う蚊を吸うとてか、窓の片側に黒いくの字を画いていた。

やもりにからむ女の思い出を抱いて暗闇阪を下りつめた角に荒物屋がある。寅彦の推理小説めいた短篇がこの荒物屋に発生する。五十前後の主人夫婦と、十九歳の娘とその養子が住んでいたが、お袋が邪慳《じやけん》で夫婦仲のよかった養子を離縁してから、身体の弱かった娘は次第に悪くなって翌年の春亡くなった。寅彦はその間屢々《しばしば》行きずりにこの娘を見かけていたから関心が深かった。嫌いな初夏がまた来て、再びやもりを見かけるようになった頃、娘を失った老主婦が重い病苦に悩む様を、通りがかりに見ていた。「やもりと荒物屋には何の縁もないが、何物かを呪ふ様な此阪のやもりを行き通りに見、打ち続く荒物屋の不幸を見聞きするにつけて、恐ろしい空想が悪夢のやうに心を襲ふ。黒ずんだ血潮の色の幻の中に、病女の顔や、死んだ娘の顔や、十年昔のお房の顔が、呪の息を吹くやもりの姿と一緒に巴のやうにぐるぐる」寅彦の脳裏をめぐった。二、三日後の夕方、荒物屋の座敷には大勢集って酒を酌んでいた。人びとの赤い顔は陽気にみえる。呪われた病主婦は前夜死んだのだ。いまわの際に死んだ娘の名を呼んだという。

「やもり物語」は寅彦の代表作ではない。むしろ失敗作である。私には寅彦の異常心理を考える上に必要があったからである。「やもり物語」や「春六題」の中の寅彦は春から初夏にかけての自然の力に圧服されている。ところが晩年の寅彦はこの季節感の上では著しい「転向」があった。私は初め寅彦随筆の読者の一人としてあった頃、夏の随筆が非常に多いのに疑問を抱いた。甚だ難解な問題を山盛りした綜合《そうごう》雑誌の中間読物として寅彦随筆が編輯《へんしゅう》者からも読者からも喜ばれたが、殊に銷夏《しょうか》の読物として執筆を強いられた事情によるものと独りぎめしていた。若葉の初夏をあんなに嫌っていた寅彦は「五月の唯物観」の中で、不連続線の狂風が雨を呼び、むせるような風がおさまるとともに、おとずれて来る雨に花も若葉も急に蘇生《そせい》したように光彩を増し、人間の頭の中まで一時に洗われたようになり、軒の雨垂れを聞きながら静かに浴槽に浸っている心持は、比較するものもない閑寂で爽快《そうかい》なものであると発言する。「やもり物語」や「春六題」の寅彦は此処《ここ》では正反対の証言を敢《あ》えてなしている。

「年を取るうちに何時の間にか自分の季節的情感がまるで反対になつて、このごろでは初夏の若葉時が年中で一番気持のいい、勉強にも遊楽にも快適な季節になつて来た」といい、小宮氏に宛てて「僕のからだには酷暑が割にいい、酷暑中は重炭酸ソーダがのみ度くなるやうな事は殆《ほと》んどなかつたが、涼しくなると思ひ出したやうにのみ度くなる」とさえ云った。事実遺族の回想にも「夏になると大変元気になりました。私共が暑い暑いと閉口してゐる時には、我が世の春を謳歌《おうか》して上機嫌で大活動です。そのかはり私達がほつとする時候になるともう元気が衰へます。胃病のために常に悪寒のやうな寒さが」して、朝は寝床の中でズボン下も靴下もはくような有様であったという。

寅彦は格別の理由もなく憂鬱になったり快活になったりする心情の変化は、或《あ》る特殊な内分泌《ないぶんぴ》ホルモンの分泌量に支配されるためではないかとし、それが過剰になると憂鬱感傷怒りなどの状態になり、過少になると意気銷沈した不感《アパシー》の状態になる。分泌の適当な範囲内にあるときが生理的に健全な状態で、また分泌には一年を週期とする季節的変化があり、その最高《マキシマム》が晩春、最低《ミニマム》が初秋であろうとした。そして季節とは別に人びとは年齢により健康状態によって変異があるものではないかと考えた。確かに四季に対する感覚には年齢や体質の変化による差異があるようで、こうした詩的世界に科学者としての観察が行われたのは、寅彦にして初めてなし得たものであろう。私はこの解釈に二、三の蛇足を加える。

兼好法師が「青葉になりゆくまで、よろづにただ心をのみなやま」したが、清少納言は晩春から初夏にかけて宮廷で行われた年中行事に心を躍らしていた。清少納言は人事《いにょう》の「をかし」の世界を囲繞する若葉の夕空や、夜忍びよる時鳥《ほととぎす》などにえならぬ感動を覚え、行事の日を急ぎ歩く子供の世界に入り込んで子供とともに歓喜している。つまり隠者と宮廷人という生活態度の相違を来たしていると考えられる。大正十年までの寅彦はある意味で失意の人であり隠者であった。大正十一・二年頃から寅彦は活動期の人となり世の人であった。内分泌ホルモンの関係が先か後か、運命主義者でも生理学者でもない私には判じがたい。ただ活動期に入った寅彦が体質的に違って来たらしいことは云える。五月は前代人にとって物忌の月である。この月だけは外に出かけず家に籠《こも》り生活を正しくしたのは、単に田植え時というだけではなく、生霊死霊などの物怪《もののけ》の活動期にあると考えられ、特に忌まれたのは、やはり生理的な変り目であったからであろうか。民俗学と生理学とがどう結びついた解釈をなすか今後の問題であろう。

「年賀状」の科学小説家鶉照は明けて五十二歳、持病は胃潰瘍《かいよう》。彼は子供のときから「新年」に恐怖を抱いていた。着なれぬ硬直な羽織袴《はかま》で親類縁者を歴訪させられ、酒や雑煮を無理強いされる恐怖が蓄積し、年賀状を書くことが苦労の種であった。国民何千万人が総計延べ時間何億時間を消費し、政府に何千万円の郵税を献納するに過ぎないと思っていた鶉照の寅彦は、二、三年前からしきりに年賀状の効能を論じた。「今までとは丸で反対の説を述べて平気で居られるところが彼の彼らしいところを表現して居て妙である」という。国民の相互が発して入り乱れる無数の線の両端にいる人間の過去現在未来の喜怒哀楽、義理人情の電流が脈々と流れている。鶉照が「驚くべき空間網」を実感したのは横浜岸壁で訣別《けつべつ》の色テープの束の美しさを見て来てからであったらしい。寅彦は自分の過去を屢々絵巻物に喩《たと》えたが、此処でも年賀状の宛名を書いてゆく間に思い出される幼き日の追憶を絵巻物のように眼前にくり展《の》べていた。

だが「さういふ懐かしい名前が年々に一つ減り二つ減って行く」さびしさを考える年齢になっていたのである。

「球根」のなかでは寅彦は週期的に交代する「二つの世界」が自分にあることを意識した。大正八年の大患直後、寅彦は憑《つ》かれたように読書した。自分でも不思議に思うほど頭は冴《さ》え、行間に潜む暗示が襲いかかり、それを追求すると無限な思索の連鎖をたぐり寄せられた。誇大妄想狂に襲われているのではないかという不安を感じると、みじめになり倦怠が来て読書していても空虚であった。「世界を埋め尽くした泥の底に自分が蠢いて居るやうな気が」した。こうして生活が次第に実世間と離れて行くのを意識し、世間をへだてる隔壁が自ら生じ、その隔壁の中で独居した。これは明らかに病気の仕業である。「枯菊の影」を見るがいい。熱病の幻像は寅彦を分裂させ、二人の寅彦は一緒に悶《もだ》え苦しみ、また別れようとするのを恐ろしい力で一つにしようと責めつける。「病中記」を見るがいい。そこでも大学の研究室で大患に倒れた寅彦とは別にもう一人の寅彦がいて、汚い床の上に打ち倒れてうめいている寅彦を冷やかに傍観しているような気がした。寅彦は晩年信州星野温泉に夏をすごした。同じ家のベランダに出て屋前のたたずまいを見ていると去年の夏の記憶が二、三日前のことのように甦《よみがえ》り、東京の自分とは別に信州の自分がいてそれが一年の間眠っている。そして今ひょっくり眼を覚ましたのではないかと思う（家鴨と猿）。つまり互に遊離した魂が二つあって、肉体の赴くところで主人となるように思えたのである。

何か解決しきれぬものが病気の寅彦を苦しめていた。晩年の寅彦には研究室の人として社会人として多忙な生活の外に、僅《わず》かな自分を見出《みいだ》す喜びがあった。「二人の寅彦」は「詩人」たらしめ、「科学者」たらしめた。主観と客観との全く相対立する世界である。「貴方は馬鹿にハイカラで西洋かぶれがして居るとともに、馬鹿に日本流の昔気質な処がある」と夫人に云わしめた（手帳）。科学者として西洋的進歩的世界と、詩人として東洋的懐旧的世界があった。学者としての寅彦は丸善に精神の衣食住の供給を受け、市民としての寅彦は三越に肉体の丸善を見出した。田舎の自然の親切を喜ぶ寅彦は田舎の人の過度な親切の押売りをこばみ、都会の「人間の沙漠《さばく》」を喜ぶ。ある時はそれぞれの寅彦は他の一人を否定し訣別すべく悶え苦しみ、ある時は別れようとする意志を別の力で一緒にするために圧力を加える。寅彦はさまざまな苦悶《くもん》を忍び、遂《つい》に一人の寅彦を大成した。忍苦の生涯にあって、唯一の救いが俳諧であった。俳諧は省略と飛躍の文芸である。寅彦はこの世界ではすべてを切り捨て、自分を飛躍した。

寅彦は短歌俳諧に現われる自然の風物と、それに附随する日本人の感覚の最も手近かな目録でありインデックスが俳諧歳時記であるとした。日本の精神生活の諸現象の中で、日本の自然、日本人の自然観、日本の自然と人とを総括した一つの全機的な有機体の諸現象を要約し、それを支配する諸方則を記録したものが日本の文学や芸術で、その代表的なものを短歌と俳句だとし、人は自然に同化し、自然は人間に消化され、人と自然とが融合して活《い》き動くとき自ら発する楽音のようなものである。俳句の季題はこの人と自然との融合した世界の諸断面の具象性を決定するのに必要な座標としての時の指定と、空間の標示に役立つものであると考えた。また枕詞《まくらことば》の語彙《ごい》を調べると、それ自身天然の景物を意味するような言葉が非常に多く、中には季題となるものも少くない。枕詞が喚《よ》び起す聯想《れんそう》の世界が予《あらかじ》め一つの舞台装置を展開し、やがてその前で演出される「主観」の活躍に適当な環境を組み立てる役目をする。それはある特殊な雰囲気を喚び出すための呪文を示すという考えに到達した。

季題もまた季節の感じの最も直接な端的なものであり、あらゆる季節的聯想の背景となりセットとなる。季節感は俳句の生命であり第一要素である。これを除去したものは最早《もはや》俳句ではない。それは川柳か一種のエピグラム（警句）に過ぎないとまで極言した。俳句の内容としての具体的な世界像の構成に要する「時」の要素を決定するものが、この季題に含まれた時期の指定で、時に無関係な「不易」な真の宣明のみでは俳諧にならぬ。「流行」する時の流れの中の一つの点を確実に把握して指示しなければ具体的な映像は現われ得ない。この議論は「新しい」現代俳句作家の反感を買いそうである。寅彦の「古い」季題論は日本の風土が特殊なものであることの上に立って行われている。私は「新しい」人びとのために寅彦の所論の拠《よ》るところを述べる。

細長い温帯の島国の両側に大海とその海流を控え、陸上には脊梁《せきりよう》山脈が聳《そび》えている。そこでは欧米にはないモンスーンの影響を受けている。つまり日本の気候には大陸的な要素と海洋的な要素が複雑に交錯し、時間的にも週期的季節的循環の外に不規則で急激活潑《かつぱつ》な交代がある。「天気」が多様でその変化が頻繁である。雨の降り方だけでもいろいろで、それを区別する名称が分化している点でも日本は世界随一である。春雨、五月雨《さみだれ》、時雨《しぐれ》の訳語が外国語にあるだろうか。花曇、霞、稲妻などの現象が他国に見られるか、日本の特殊な地理的位置は、毎年のように秋になると颱風《たいふう》が本土を襲う。私たちは終戦後耳なれぬ女性名詞の颱風の怒りに幾度となく家を破壊され、交通の足を奪われた。「野分、二百十日、かういふ言葉も外国人にとつては空虚な言葉」であると寅彦はいう。山脈や河流の交錯による複雑な地形の区分は、小都市の萌芽《ほうが》を発達させ後日封建割拠の基礎をつくり、民族を土着させた。私は文学の上でも文字を持たぬ古代の伝説や歌謡が割りに外部の影響を受けずに伝承され、旅の文学者の詩情が地方に土着し育成された原因ともなったと思う。近世の俳諧が地方で栄えたのもそのせいであろうか。

地質地形の複雑さの素因をなした過去の地質時代における地殻の活動は僅かな余響を地震火山の現象として現代に伝える。地震による津浪は岸辺を襲い、火山は日本の山水美を形成した。火山の噴出は土壌に回春の効果をもたらした。植物の分布の上では東亜の北から南へかけて、いろいろな国土の植物がさまざまに入り込み入り乱れた。植物界は動物界を支配する。不毛の地に最初芽生えた草が昆虫を呼び、昆虫が鳥を呼び、鳥の糞粒《ふんりゅう》が新しい植物の種子を輸入し、いろいろの獣類が移住して、一つの「社会」が生まれる。日本の植物界の多様性は動物界の豊富の可能性を指示する。日本の地理的位置は多種な渡り鳥の通路となり、日本の季節的景観の多様性に寄与した。雁《かり》や燕《つばめ》の去来は農民に暦の役目を果した。鳥の啼《な》き声は季節の象徴として短詩型文学に詠ぜられた。海岸線の長大さは水産生物の豊富さを意味する。それは食膳《しょくぜん》に供せられて同様に日本人の季節感を豊かにした。

日本の家屋が木造を主として発達したのは、到るところで繁茂した良材を得ることが出来たからで、頻繁な地震や颱風に耐えるために、平家造りか、二階建てにさせた。床下の通風をよくしたのは、温湿の気候による土台の腐朽を防ぐためで、これを無視した文化住宅は土台が数年をへずに腐る。寅彦が颱風禍の信州へ行ったとき、諏訪湖に臨む昔からの部落は全く無難のように見えたが、水辺の近代的建築に随分ひどく破損したのを見た。「颱風雑俎」のなかで、日本人が二千年かかって研究し、改良に改良を加えて、最も安全な耐風建築、耐風部落、耐風市街を建設した。昔は「地を相する」という術があったが、明治大正の間にこの術が見失われた。颱風も烈震もない西欧文明を継承することによって、同時に颱風も地震も消失するかのような錯覚に捕われたのではないかと嘆いている。

寅彦は西洋と日本とに自然・人間・科学の関係が著しい相違があることを明確にした。人間の力で自然を克服せんとする努力が西洋における科学の発達を促した。つまり西洋人は自然を人間の自由にしようとするが、日本人は自然に帰し自然に従おうとする。日本では自然の慈母のごとき慈愛が深く、住民は安んじてその懐に抱かれることが出来ると同時に、厳父のごとき厳罰のきびしさ恐ろしさが身に沁《し》みて、それに背き逆らうことの不利を心得させた。自然の十分な恩恵を甘受すると同時に自然に対する反逆を断念し、自然に順応する経験的知識を蒐集《しゅうしゅう》し蓄積することに努めた。支那や印度《インド》の文化や宗教が、何時の間にか俳諧の季題になってしまう。「涼しさを知らない大陸の色々な思想が、一時流行《はや》つても、一世紀たたない内に同化されて同じ夕顔棚の下涼みをするやうになり」はしないかと寅彦は考える（涼味数題）。終戦後の日本の俳句や文学の否定論は、日本人がすべての文化や思想を俳諧化する消化力に対する反撥《はんぱつ》であった。

寅彦の文学世界には寅彦ほど自然や季節に恐怖した人があり得るかと思えるまでに恐怖している。寅彦の生涯が西洋と東洋、学者生活と市民生活、詩人と科学者その他あらゆる相剋《そうこく》と忍苦であったが、晩年の寅彦に人間的完成のすがたを見るとき、寅彦もまた日本人としての限界を持っていたとも云えるであろうし、寅彦が日本人としてあることの大きな誇りを持っていたとも云えるであろう。それは寅彦随筆の読者にゆだねられた自由な理解と批判であっていい。文学の考察の上に風土性が無視出来ぬと同じに、人間の考察の上にも風土性が無視出来ぬ。私たちの希《ねが》いが人間的な完成にあるとしたら、寅彦がさまざまな相剋のはてに、一つの境涯に達した、それが日本人としてのぎりぎりの限界に近づき得たことは矢張り讃嘆《さんたん》すべきことではなかろうか。寅彦随筆の世界はさまざまに苦悩する人間の相であり、その人にして始めて語り得た人生論でもあったのである。

漱石が「山会」で朗読するために書いた「猫」がホトトギスに発表され、非常な人気を呼んだ。門下生が夏目家に集まり文章会を開くようになり、その刺戟《しげき》で寅彦が「団栗」を書いた。「猫」の世界と「団栗」とがどうして根本的な相違があるのだろう。「猫」が文壇的名声において成功した後で、それとは全く別の世界の「団栗」が生まれたのは何故か。正直なところ私にそれが長いあいだ疑問であった。高浜《たかはま》虚子の「俳句の五十年」は虚子の主観がかなり強いが、その間の事情を明らかにする。「山会」は明治三十三年九月に始められ、文章には一つずつ山がなければ面白くないという子《し》規《き》の主張から、毎月子規の枕頭で開かれた。文章の山は滑稽《こっけい》を主とした。各自自作の文章を朗読する時に、聞いている者が覚えず噴き出すといった、落語の山のような山が文章になければならぬとする子規の主張があった。漱石の「猫」がその文章会の需要にもとづくとしたなら、自ら「猫」の世界が如何《いか》なる効果を考えての創作であるか判る。つまり漱石の文学論とは別の意識によって書かれている。当時神経衰弱にかかっていた漱石が、色んな不満のやり場のように吐き出した「猫」であった。

子規すでに歿《ぼっ》した後も、子規の妹が住んでいた子規の家を借りて、子規の遺志を継ぐ意味で「山会」が催されていた。子規の友である漱石が、子規の唱導《あいさつ》にもとづく「山会」のためにあのような形で「猫」を書いたのは、亡友への挨拶の心があった。それがまた俳諧の第一の心得でもあった。夏目家の文章会は「山会」とは全く別の趣きであり得た。寅彦の「団栗」や「竜舌蘭」、三重吉《みえきち》の「千鳥」がこの文章会で生まれたのは漱石の自由な意志によったからであろう。本書には、寅彦文学の記念碑ともいうべき「団栗」「竜舌蘭」を初めとして、寅彦の晩年に到る随筆の中から、歳時記風に俳諧世界、即《すなわ》ち季節感を色んな風に考察し、詠嘆したものを選んだ。四季にわたるアンソロジイは先にも誌《しる》したように夏の随筆が余りに多い故に、惜しみつつも他の巻に廻《まわ》さざるを得なかった。本書には夏目家の文章会以前の作品「祭」「車」「窮理日記」「凩」の四篇を収めたから、寅彦の極く初期の作品から晩年までの見わたしがなされている。

「枯菊の影」や「やもり物語」は文学としては失敗作であろう。それは多分に小説的な虚構が目につきすぎる。文学的意識が出すぎる。文学的意識が出すぎて文学的作為が目立つ。だが寅彦の季節感を知る重要な記録という意味では問題を多く提出している。寅彦はこういう形式ではもう満足出来なくなった。文学的な技巧よりも、もっと真実なことが云いたかった。大患後の寅彦は専ら随筆を書き、この世界では未踏の境地を拓《ひら》き大成した。

随筆は誰でも書けるが小説はなかなか誰にでも書けないと云った小説家の言葉に、寅彦は、随筆は何でも本当のことを書けばよいが、小説は嘘を書いてさも本当らしく読ませねばならぬからであろう、本当に本当のことを云うのはそう易しくはないと思うが、それでも本当に本当らしい嘘を云うことの六つかしさに比べれば何でもないと云った（雑記帳より）。そして科学者には随筆が書けるが、小説は容易に書けそうもない。天文の学生が怠けて星の観測簿を偽造して先生に差出したら、忽《たちま》ち見破られてお眼玉を頂戴《ちょうだい》した。一晩の観測簿を尤《もっと》もらしく偽造するための労力は十晩百晩の観測の労力よりも大きいと云った寅彦の言葉そのものが、寅彦をかりたてて随筆を書かしめた事情を明らかにしている。

寅彦は嘘のつけない人であった。嘘を本当らしく云えない人であった。その癖自分の思うことを、真実を、冗談のように云う人でもあった。本当のことを本当のように云うよりも、冗談のようにしか云えない本当のことがあるのを見抜いていた人である。それは俳諧世界である。寅彦はカントやヘーゲルの厄介になったり、研究室の人生論者でもなかった。電車や銀座街頭やデパートの食堂や、花鳥草木や、有りと有るもの、生きとし生けるものの世界に俳諧を見出し、人生を見出した。寅彦随筆の世界は人生の諸断面を毎日丹念に観測した生活記録と云えるであろう。

解説

竹内　薫

寺田《てらだ》寅彦《とらひこ》といえば、私が学生の頃は、「科学者で随筆家」というジャンルでは右に出る者がなかった。夏目《なつめ》漱石《そうせき》から派生して、その弟子筋である内田《うちだ》百閒《ひゃっけん》や寺田寅彦へと読み進むのが、ある意味、定番だったのだ。

寺田は東京に生まれ、父親の郷里である高知、名古屋、東京と引っ越しが多かったようだ。熊本の第五高等学校へ進み、やがて、夏目漱石と運命の出会いをすることになる。これは、理系の寺田が、夏目という最高の恩師を得て、文学の道を志すきっかけとなった。

実際、寺田といえば随筆であり、彼の物理学における業績を知る者は少ないだろう。東京帝国大学（いまの東京大学）を実験物理学の首席で卒業した寺田は、母校の講師、助教授を経て、当時の世界の物理学の最高峰であったベルリン大学に留学する。この頃は、主に地球物理学の研究をおこなっていたらしい。帰国後も幅広い実験物理学の研究を続け、X線回折の現象を追究し、学士院恩賜賞を受賞している。

つまり、寺田は一線級の物理学研究をおこなっていたわけだが、では、同じ物理畑の人間である私が寺田の物理論文を読むかと問われれば、正直、読まないのである。私が読んできた寺田の文章は、論文ではなく、やはり、随筆なのだ。

学生の頃、私の本棚には、寺田寅彦随筆集が置いてあった。その隣は夏目漱石全集であり、さらに隣は泉鏡花《いずみきょうか》全集だった。一線級の物理学者だった寺田だが、おそらく、その真の才能は文学にこそあり、（言葉の壁の問題がなければ、）世界屈指の名随筆を遺《のこ》したのだと私は思う。

「随筆は誰でも書けるが小説はなかなか誰にでも書けないとある有名な小説家が何かに書いていたが全くその通りだと思う。（中略）しかし本来はやはり客観的の真実の何かしら多少でも目新らしい一つの相を提供しなければ随筆という読物としての存在理由は稀薄《きはく》になる、そうだとすると随筆なら誰でも書けるとも限らないかもしれない」（雑記帳より　八）

文学の世界における、一流と二流の議論である。人は誰しも、自分の仕事は大変で苦労が多く、他人は楽をしていると考えがちだ。実際には、そんなことはなく、どのような仕事も、それなりに大変で苦労が多いわけだ。しかし、主観と客観とは別物である。高名な小説家とて、「客観的の真実」を自覚することは難しい。

この客観と主観という問題意識は、実は、寺田の専門である物理学とも深く関係する。

「近ごろ、アインシュタインの研究によってニュートンの力学が根柢《こんてい》から打ち壊された、というような話が世界中で持て囃《はや》されている。（中略）特別な数学的素養のない人でも、この理論の根柢に横《よこた》わる認識論上の立場の優越を認める事はそう困難とは思われない。（中略）誰れにでも分るものでなければそれは科学ではないだろう」（春六題　一）

アインシュタインの相対性理論に触れた箇所で、寺田は、専門家らしく、その理論の本質を突いている。ニュートンの理論は客観的な理論であり、アインシュタインの理論は間主観的もしくは共同主観的な理論である。寺田は、この間主観もしくは共同主観という言葉は遣っていないが、それが現代物理学・哲学における解釈であり、その意味は、たくさんの主観があるが、その間をとりもつ何かがあり、それぞれの主観がお互いを理解し合える、ということだ。

専門用語でいえば、それぞれの立場を理解し合うための何かにはローレンツ変換という名前がついているのだが、そこには深入りしないでおく。

寺田の随筆は、本人が強調しているように、「客観的の真実」だけではない点が、大きな魅力であり、その意味で、アインシュタインの理論も、寺田にとっては、まさに「目新らしい一つの相」にほかならなかったのだと思う。

実験物理学者であった寺田は、随筆においても、これでもかといわんばかりに実験と観察を記述している。特に虫や花（植物）の観察は、物理学者というよりも生物学者に近いのではないかと思わせるほどだ。

「烏瓜の花は『花の骸骨《がいこつ》』とでもいった感じのするものである。遠くから見ると吉野《よしの》紙《がみ》のようでもありまた一抹の煙のようでもある。手に取って見ると、白く柔く、少しの粘りと臭気のある繊維が、五葉の星形の弁の縁辺から放射し分岐して細かい網のように拡がっている」（烏瓜の花と蛾）

それでも、生物を観察しているときに、ふとあらわれるのが物理学者の顔であることもたしかなのだ。

「この鳴声の意味をいろいろ考えていたときにふと思い浮んだ一つの可能性は、この鳥がこの特異な啼音《ていおん》を立てて、そうしてその音波が地面や山腹から反射してくる反響を利用して、いわゆる『反響測深法』(echo-sounding) を行っているのではないかということである」(疑問と空想　一　ほととぎすの啼声)

物理学は、森羅万象を数式で記述し、実験と観測 (観察) によって、その正しさを確かめる学問である。だから、人間を観察していても、虫や菌やウィルスによる現象を観察していても、常にそれを数式に乗せようとする。そんな物理学者の姿勢は、仲間内ではあたりまえかもしれないが、端から見たらどうなのだろう。たとえば、電車に乗ってきた人の身体にくっついてきた玉虫を拾ってきて (おそらく標本にした後で)、寺田は同僚らとこんな議論をするのである。

「吾々の問題は、虫が髪に附いてから、それが首筋に這い下りて人の感覚を刺戟《しげき》するまでおおよそどのくらいからどのくらいまでの時間が経過するものかというものであった。もしもその時間が決定され、そしてその人が電車で来たものと仮定すれば、その時間と電車速度の相乗積に等しい半径で地図上に円を描き、その上にある樹林を物色することができる。しかし実際はそう簡単にはいかない」

（さまよえるユダヤ人の手記より　二　玉虫）

錚々《そうそう》たる物理学者たちが、「午後の御茶」に集い、延々と玉虫がどこから来たかを探索する手段を論じている様は、グループ外の人間から見れば、異様な光景にしか見えないだろう。

だがもちろん、このような状況は、おそらく現代の物理学者たちの間でも変わっていない。

この解説を書いているとき、世界は混沌《こんとん》としている。中国の武漢《ぶかん》に端を発した新型コロナウイルスが世界中で猛威を振るっており、日本での感染爆発や医療崩壊の恐れが、人々を不安のどん底に突き落としている。

そんな中、世界中の物理学者たちが論文を書き始めたそうである。医者でも感染症の専門家でもない彼ら・彼女らは、物理学者の本能に突き動かされ、いてもたってもいられず、目の前で起きているウイルスの現象を数式にあてはめて、計算し始めたのである。

かくいう私も、物理屋の端くれであるから、世界と日本の感染者数のグラフを睨《にら》みながら、微分方程式で数理シミュレーションをやってみた。これは、さほど難しいことではない。感染症数の方程式は、ほぼ確立されており、そこに感染者数のデータを当てはめれば、ほぼ自動的に感染者数の予測はできるのだ。

ところが、一部の物理学者が、データサイエンティストや数理疫学の専門家の予測に文句を言い始めた。そもそもの数式が頼りない、物理学的に矛盾があるという指摘である。私はそれを見ていて、ああ、物理学者の悪い癖が出たなと苦笑を禁じ得なかった。

なまじ数学能力が高いだけに、感染者数の予測をしている専門家が使っている数学の道具が頼りなく見えてしまうのだ。そして、おそらく、自分たちの方がはるかに高度な数式を駆使して、もっと正確に感染者数を予測できると信じているのだ。

しかし、ここで気をつけなくてはいけないことがある。「しかし実際はそう簡単にはいかない」のである。小説家が随筆など誰でも書けると誤解するのと同じように、一部の物理学者たちは、感染症の数学など誰でも解くことができると誤解しているのではあるまいか。

いま、物理学者と書いたが、どうやら、論文を書いているのは、どちらかというと理論物理学の人々であり、実験物理学の人々は静観を決め込んでいるような気がする。寺田が現代に蘇《よみがえ》ったならば、「しかし実際はそう簡単にはいかない」と、逸《はや》る理論物理学者たちを窘《たしな》めたであろうか。

寺田寅彦といえば、学生時代に貪《むさぼ》り読んだ随筆家であることはすでに書いた。寺田とは、一読者としてのつながりしかない私だが、ふと、子どもの頃のことを思い出したので書いておく。

家庭の事情で、一時期、私は母親の実家に預けられていたことがある。祖父は捕り物小説を書いていた作家で、怖くて気難しく、祖母は八幡製鉄所の技師の娘で、いつもピアノばかり弾いていた。その家の近くに小さな文具店があった。これは成人してから母親に聞いた話なのだが、その文具店の店主が、寺田寅彦の血縁だったそうだ。いや、だからどうした、という話ではあるが、好きな作家の持ち物とか生原稿とか、そういったものにファンは弱いわけで、血縁というだけで純粋に羨《うらや》ましいのである。

もう一つ、ご縁があるといえばある。十年くらい前だったかと思うが、高知市の寺田寅彦記念館の学芸員の方からメールを頂戴《ちょうだい》した。なんでも、市のお偉いさんが「もう寺田寅彦の時代じゃないだろう」と、記念館の閉鎖を進めているというのである。かなり驚いた。寺田の随筆は時代を超えて普遍的なものだと思っていた私にとって、そういう安直な判断をする役人と政治家が憎らしく思われた。

署名活動に協力し、他にも私より影響力がある科学者や文人が署名したこともあり、なんとか記念館の存続が決まった、という知らせをもらった。

好きな作家の記念館存続に少しは役立ったかと思い、なんだか、無性に気分が爽快《そうかい》だったことを憶《おぼ》えている。

（文中敬称略）

編集付記

一、本書は、一九五〇年に角川書店から刊行された『科学歳時記』を底本とした。

一、目次と本文との不一致、文字・句読点など明らかに誤りと思われる箇所については、『寺田寅彦随筆集』（岩波書店）などを校合のうえ適宜修正した。

一、原文の旧仮名遣いは現代仮名遣いに、旧字体は新字体に改めた。

一、漢字表記のうち、代名詞、副詞、接続詞、助詞、助動詞などの多くは、引用文の一部を除き、読みやすさを考慮して平仮名に改めた（例／凡そ→およそ、其の→その）。

一、送り仮名が過不足の字句については適宜正した。また片仮名の一部を平仮名に改めた。

一、底本本文の漢字にはすべて振り仮名が付されているが、小社基準に則り、難読と思われる語にのみ、改めて現代仮名遣いによる振り仮名を付し直した。

一、外来語、国名、人名、単位、宛字などの多くは、現代で一般に用いられている表記に改めた。

一、書名、雑誌名には『　』を、論考名には「　」を付した。

一、本文中には、「精神病」「精神病者」「ニグロ」「片輪者」「アフリカの蛮人」といった、今日の人権意識や歴史認識に照らして不適切と思われる語句や表現がある。著者が故人であること、また扱っている題材の歴史的状況およびその状況における著者の記述を正しく理解するためにも、底本のままとした。

科《か》学《がく》歳《さい》時《じ》記《き》

寺《てら》田《だ》寅《とら》彦《ひこ》

令和2年 5月25日　初版発行
令和6年 11月25日　7版発行

発行者●山下直久

発行●株式会社KADOKAWA
〒102-8177　東京都千代田区富士見2-13-3
電話　0570-002-301（ナビダイヤル）

角川文庫 22188

印刷所●株式会社KADOKAWA
製本所●株式会社KADOKAWA

表紙画●和田三造

Printed in Japan
ISBN 978-4-04-400586-3　C0195

角川文庫発刊に際して

角　川　源　義

第二次世界大戦の敗北は、軍事力の敗北であった以上に、私たちの若い文化力の敗退であった。私たちの文化が戦争に対して如何に無力であり、単なるあだ花に過ぎなかったかを、私たちは身を以て体験し痛感した。西洋近代文化の摂取にとって、明治以後八十年の歳月は決して短かすぎたとは言えない。にもかかわらず、近代文化の伝統を確立し、自由な批判と柔軟な良識に富む文化層として自らを形成することに私たちは失敗して来た。そしてこれは、各層への文化の普及滲透を任務とする出版人の責任でもあった。

一九四五年以来、私たちは再び振出しに戻り、第一歩から踏み出すことを余儀なくされた。これは大きな不幸ではあるが、反面、これまでの混沌・未熟・歪曲の中にあった我が国の文化に秩序と確たる基礎を齎らすためには絶好の機会でもある。角川書店は、このような祖国の文化的危機にあたり、微力をも顧みず再建の礎石たるべき抱負と決意とをもって出発したが、ここに創立以来の念願を果すべく角川文庫を発刊する。これまで刊行されたあらゆる全集叢書文庫類の長所と短所とを検討し、古今東西の不朽の典籍を、良心的編集のもとに、廉価に、そして書架にふさわしい美本として、多くのひとびとに提供しようとする。しかし私たちは徒らに百科全書的な知識のジレッタントを作ることを目的とせず、あくまで祖国の文化に秩序と再建への道を示し、この文庫を角川書店の栄ある事業として、今後永久に継続発展せしめ、学芸と教養との殿堂として大成せんことを期したい。多くの読書子の愛情ある忠言と支持とによって、この希望と抱負とを完遂せしめられんことを願う。

一九四九年五月三日

角川ソフィア文庫ベストセラー

天災と日本人　寺田寅彦随筆選

寺田寅彦
編／山折哲雄

地震列島日本に暮らす我々は、どのように自然と向き合うべきか――。災害に対する備えの大切さ、科学と政治の役割、日本人の自然観など、今なお多くの示唆を与える、寺田寅彦の名随筆を編んだ傑作選。

春宵十話

岡　潔

「人の中心は情緒である」。天才的数学者でありながら、思想家として多くの名随筆を遺した岡潔。戦後の西欧化が急速に進む中、伝統に培われた日本人の叡智が失われると警笛を鳴らした代表作。解説・中沢新一

春風夏雨

岡　潔

「生命というのは、ひっきょうメロディーにほかならない。日本ふうにいえば〝しらべ〟なのである」――科学から芸術や学問まで、岡の縦横無尽な思考の豊かさを堪能できる名著。解説・茂木健一郎

夜雨の声

岡　潔
編／山折哲雄

世界的数学者でありながら、哲学、宗教、教育にも洞察を深めた岡潔。数々の名随筆の中から科学と宗教、日本文化に関するものを厳選。最晩年の作「夜雨の声」ほか貴重な作品を多数収録。解説／編・山折哲雄。

風蘭

岡　潔

人を育てるのは大自然であり、その手助けをするのが人間である。だが何をすべきか、あまりにも知らなさすぎるのが現状である――。六十年後の日本を憂え、警鐘を鳴らした岡の鋭敏な教育論が冴える語り下ろし。

角川ソフィア文庫ベストセラー

一葉舟
岡　潔

「人が現実に住んでいるのは情緒としての自然、情緒としての時の中である」――。釈尊の再来と岡が仰いだ山崎弁栄の言葉や芭蕉の句を辿り、時に脳の働きにも注目しながら、情緒の多様な在り方を探る。

青春論
亀井勝一郎

青春は第二の誕生日である。友情と恋愛に対峙する「沈黙」のなかで「秘めごと」として自らの精神を育てなければならない――。新鮮なアフォリズムに満ち生きることへの熱情に貫かれた名随筆。解説・池内紀。

文学とは何か
加藤周一

詩とは何か、美とは何か、人間とは何か――。後年、戦後民主主義を代表する知識人となる若き著者が果敢に挑む日本文化論。世界的視野から古代と現代を縦横に行き来し、思索を広げる初期作品。解説・池澤夏樹。

陰翳礼讃
谷崎潤一郎

陰翳によって生かされる美こそ日本の伝統美であると説いた「陰翳礼讃」。世界中で読まれている谷崎の代表的名随筆をはじめ、紙、厠、器、食、衣服、文学、旅など日本の伝統に関する随筆集。解説・井上章一

恋愛及び色情
谷崎潤一郎
編／山折哲雄

表題作のほかに、自身の恋愛観を述べた「父となりて」「私の初恋」、関東大震災後の都市復興について書いた「東京をおもう」など、谷崎の女性観や美意識について述べた随筆を厳選。解説／編・山折哲雄